乡村志

男人档案

贺享雍 著

四川文艺出版社

图书在版编目（CIP）数据

乡村志. 男人档案/贺享雍著. —2 版. —成都：四川文艺出版社，
2019.7（2023.1 重印）
ISBN 978-7-5411-5459-1

Ⅰ. ①乡… Ⅱ. ①贺… Ⅲ. ①长篇小说—中国—当代
Ⅳ. ①I247.5

中国版本图书馆 CIP 数据核字（2019）第 125843 号

XIANGCUN ZHI NANREN DANGAN

乡村志·男人档案

贺享雍　著

编辑统筹　罗月婷　王梓画
责任编辑　罗月婷
内文设计　史小燕
封面设计　叶　茂
责任校对　王　冉

出版发行　四川文艺出版社（成都市锦江区三色路 238 号）
网　　址　www.scwys.com
电　　话　028-86361802（发行部）　　028-86361781（编辑部）

排　　版　四川胜翔数码印务设计有限公司
印　　刷　三河市嵩川印刷有限公司
成品尺寸　168mm×238mm　　　　　开　　本　16 开
印　　张　15.5　　　　　　　　　　字　　数　260 千
版　　次　2019 年 7 月第二版　　　　印　　次　2023 年 1 月第二次印刷
书　　号　ISBN 978-7-5411-5459-1
定　　价　58.00 元

目录
■ CONTENTS

作者说明

　　贺世亮，贺家湾人，按家族辈分我称他为老叔。坐过十年牢狱，摆过路边摊，做过小生意，倒卖过国库券，曾经腰缠万贯，又瞬间一贫如洗。现为"西南日化大王"，堂堂农民企业家，是贺家湾继贺世海之后又一可与陶朱斗富的成功人士。在得知我已将贺世海、贺世普、贺世龙、贺世凤、贺万山、贺世忠、贺春乾、贺端阳等一干贺家湾老老少少都写进了拙作"乡村志"系列小说中，心有戚戚焉，要求我也将他的事写一写，以期让世人也知道他所走过的路。我有感于他一生大起大落，极富传奇色彩，对世人多有警醒作用，于是慨然应允。原打算写成一部自传体小说，没想到写出第一部分初稿后，先是琐事缠身，后有病魔光顾，拙笔不得不停下。又禁不住他再三催问，无奈之下，只得将后两部分他的自述和访谈素材稍做整理，和前面手稿串在一起，滥竽充数，只图完成任务、蒙混过关而已。如此"四不像"，既不合文坛套路，亦有违坊间面目，实在有负于主人重托。但过后一看，如此率性挥洒，不但更显真实，更有几分脱离窠臼的新鲜之感，觉得还有点意思，于是便斗胆交给出版社。不知成书之后读者有何感觉？还望指正。

　　是为本书缘起，特此说明。

档案 1：背运日子

（小说手稿）

第一章

　　贺世亮深一脚浅一脚地走到自己的院子里，看见隔壁女知青王茵的屋子里透出灯光，知道王茵回来了。王茵是重庆知青，原先住在大队学校旁边的"知青点"。可没过几年，同住的四个知青先后回城了，因为她的成分是"资本家"，回不去。那几个知青一走，"知青点"便成为孤庙一座，王茵住着害怕。支书郑锋又想把"知青点"腾出来饲养生产队的耕牛，便想把王茵转到一家房屋宽敞、人又爱干净、待人又热情的社员家里。那时贺世亮父亲刚死了不久，家里正好有两间空房，郑锋便来找贺世亮商量，要他把那两间空房腾出来让王茵住。贺世亮想房子空着也是空着，何况还是支书亲自来给他做工作，岂好推辞？再说，自己虽然上了个高中，但仍然只是个修理地球的，人家可是大城市的知青，如果能做自己的邻居，难道不是好事？便一口答应了。郑锋急忙安排人来，将里面的门堵了，打通前面一堵墙壁，朝院子重新开了一道门。一间做卧室，一间做厨房，只有茅厕不好隔开，让她和贺世亮共用。为此郑锋特警告贺世亮说："我可先给你小子敲个警钟，格老子把裤裆里那个东西看紧点，敢去打知青的主意，你娃儿没有长两个脑壳！"几句话说得贺世亮连耳根都红了，也不知该怎样回答，只红着脸对郑锋讪讪笑着，一副傻傻的样子。

　　其实郑锋的担心多余了。自从有了襄渝铁路后，王茵回重庆很方便，她三天两头地回去，一回便是十天半月。回到生产队后除下地干那点活儿外，又不爱出门，晚上更是把门窗都关得紧紧的。因此贺世亮虽然和王茵做了快半年的邻居，可还没有说上几次话。如今见王茵屋子里亮着灯，便忍不住好奇，趁着几分酒意，竟过去敲起门来。

敲了半天，王茵才开了门。只见王茵里面穿了一件浅黄色蓝碎花翻领衬衣，外面罩着一件桃形领的红色毛衣，把胸脯箍得格外饱满。下面一条靛蓝色裤子，裤腿有些瘦，一双大腿显得格外修长。双手拢着湿淋淋的头发，一张圆圆的脸被胸前的毛衣映得红红的，鲜艳欲滴，恰如秋天成熟了的苹果一般。贺世亮像被什么抓挠了一下，脑海里立即叠印出了另外一个十分熟悉的女孩子形象，一种甜蜜中掺和着说不清楚的感觉，立即涌上了心头，便目光徜徉，落到王茵身上半天没说出话来。

王茵看清了是贺世亮，便把头发松开，埋着头从密密的发丝后面问了一句："是你？"贺世亮半天才回过神来，说了一句："你啥时回来的？"王茵也没看贺世亮，两只手一上一下交替着从头发上往下捋水，水滴到门外的地上，湿了一大片，说："这天气真短，我以为半下午就能到家的，没想到天都快黑了才拢屋！"贺世亮说："快过年了，你怎么不要到过了年才回来呢？"王茵说："过年不是还有一两个月吗？"

说完这话，贺世亮不知道该说什么了，过了半天，看见王茵胸前的毛衣也湿了一大片，便没话找话地说："你头发上的水把毛衣打湿了……"王茵一听这话，便忙说："你帮我捼一下头发行不行……"贺世亮瞪大了眼睛，说："我？"王茵看了贺世亮一眼，目光中水汪汪的，像刚才洗头时也将双眼洗了一遍，说："我头发太长了，自己不好捼！正想找个人帮忙呢，可院子里的人都走了！"贺世亮有点受宠若惊，立即像是两肋插刀地问："怎么捼？"王茵说："把我肩膀上的毛巾拿下来，兜住发梢，从下往上捼就是！"说着背过了身去。

贺世亮一见，便说："那好，你等我把东西放好了就来！"说着在阶沿上找了一块干净的地方，将手里的东西放下，过去从王茵肩膀上扯下毛巾，兜住了王茵湿沥沥的头发。在扯下毛巾那一瞬间，王茵脑后那半截白皙细嫩的脖子及衣领里面的一截光滑得像绸缎的皮肤，一下展现在贺世亮面前，贺世亮的身子颤抖了一下，心里禁不住"咚咚"地跳起来。长这么大，他是第一次这么近距离地看见女人平时被头发和衣服遮住的地方，尽管这些地方算不上女人身上特殊和敏感的部位，可对于贺世亮来说，却足以让他产生羞涩、惊喜、矛盾、慌乱等情绪。他感到脸颊和身子发起烧来，既有一种罪过感，又忍不住还想去偷看几眼。这样过了一会儿，刚才在脑海中曾经和王茵的形象叠印在一起的姑娘，现在终于和王茵分开，十分清晰地占据了贺世亮大脑的屏幕，最后王茵那半截洁白细腻的脖子及以下的皮肤，慢慢在贺世亮眼前模糊起来。为了抵制再次被诱惑，贺世亮便将头别到一边，不再去看王茵。

王茵一点不知道这些，一边让贺世亮给自己揉着头发，一边和贺世亮拉话："你刚才拿的什么？"贺世亮咽下一口口水，努力平息了一会儿心里的慌乱，才回答说："是贺世海送的礼物……"话未说完，一股讨人厌的酒气从脑后飘到了王茵鼻孔里。王茵马上叫了起来："你喝酒了？"贺世亮过了一会儿才说："在贺世海家里喝了一点……"王茵又关心地问："没喝醉吧？"贺世亮说："只是脑壳有点沉，但肯定不会成酒疯子……"

王茵这才像是放心了，接着问贺世亮："太阳从西边出来了，贺世海请你吃饭还送你礼物！送的什么礼物？"贺世亮语气有几分自豪，说："一套《毛选》和一本日记本……"话没说完，王茵恍然大悟地叫了起来："哦，我想起来了！刚才我回来走到学校前面的坝子里时，听到贺七成几个人在摆龙门阵，说你考上解放军了，是不是？"贺世亮故意压抑着高兴和激动的心情说："你还不知道呀？"王茵说："我走的时候，才开征兵动员会，没想到你真考上了！"

贺世亮从王茵的话里，听出了一种羡慕的意思，更有些得意起来。他原本想谦虚一下，此时却禁不住将嘴唇附在王茵耳边，对她轻声说："要是别人，我可不会告诉他，对你，我就像掌秤的报数儿——句句实话！刚才我就是去问贺世海今天下午上面来政审的情况，贺世海叫我老太婆吃豆腐——一百个放心，完全通过了，就等着换衣服了！所以他要我喝几杯祝贺酒，这样的好事，我怎么能不喝呢？我走的时候，他就送了这套《毛选》和日记本给我，叫我在部队好好干，给大队团支部争气！"王茵听完，又马上叫了起来："好哇！这可太好了，我也祝贺你！"贺世亮更想炫耀一下，便问："你看不看贺世海送给我的礼物？贺世海还给我写了几句话，《毛选》上写的是'读毛主席的书，听毛主席的话，做毛主席的好战士！'日记本上写的是'一颗红心永向党，保家卫国传捷报！'落款是大队团支部全体同志，这全体同志也有你呢！"

王茵似乎对贺世亮的话有些不感兴趣，却提起了另外一个话题，对贺世亮说："你走的时候大队肯定会安排人送，到时我也来送你！"贺世亮听了这话，更高兴了，立即满嘴应承地说："那好哇，我现在就谢谢你！"说着话，贺世亮已经将王茵的头发上上下下搌了好几遍，毛巾也都给浸湿润了。王茵反过手在头上摸了一把，觉得头发上已经没水了，便说：“差不多了！”贺世亮突然有些怅然起来，问：“不搌了？”王茵说：“毛巾都湿得和头发一样了，再搌还不是老样子？”贺世亮只得停下来，将手里的湿毛巾交给了王茵。王茵回过头，对贺世亮说了一声：“谢谢！”

贺世亮心里一下觉得有点空落起来，看见王茵转身要走，忽然想起另一件事来，便马上又问王茵：“大队今晚上放电影，去看不？”王茵回过头问：“演什么片子？要是老片子就不去看了！”贺世亮知道现在放的电影，十有八九都是老掉牙的片子，却说：“去看了就明白了！”王茵站了一会儿，才对贺世亮问：“你看不看？”贺世亮说：“送到家门口来了，不看白不看！”王茵想了想，说：“反正晚上没事，你等我把头梳了就一起去！”贺世亮又受宠若惊地叫了起来：“好，我等你！”

王茵进屋梳头去了，贺世亮拿起放到地上的《毛选》和日记本，开了门，把书和本子放到枕头边，出来锁上门，站在阶沿上等王茵。

没过一会儿，王茵梳好头出来了，只见她罩了一件小翻领的蓝灰色灯芯绒衣服在外面，将里面的衬衣领翻出来，把毛衣盖住了，脖子显得比刚才长了许多。看得出来，她是想在众人面前，故意将自己打扮得朴素一些，但还是难以掩饰住那挺拔和饱满的胸脯。湿湿的头发又黑又亮，整齐柔顺地披散在肩头，如瀑布一般。也不知她刚才进去，是不是在身上抹了一点儿雪花膏啥的，此时身上散发着一股好闻的清香味儿。贺世亮没有勇气和她走在一起，故意拉开了几步距离。可那清香味儿却像长了翅膀一般，不断飞来袭击着贺世亮的鼻孔，贺世亮便心里有种酥酥的、痒痒的感觉，说又说不出来。

第二章

电影还没开演，放映台的竹竿上，挂了一只十五瓦的灯泡，灯光发红，站在场外边，可以看清灯光底下人的大致轮廓，可越向四周辐射，光线越弱，人的面孔越模糊。场上呼儿唤女、邀朋叫友的声音响成一片，也有人应和着叫声，在人缝里钻来窜去。大喇叭里，放映员朱勇正打着"刮刮板"，进行惯常的映前宣传。"刮刮板"是乡下常见的一种演唱方式，演唱人一手拿着一只竹板，一边一上一下地敲，一边唱出抑扬顿挫、合辙押韵的"顺口溜"来，和舞台上演唱的快板书差不多。朱勇的声音通过扩音器传出来，既高亢又有力量：

> 看电影，要安静，大叫大喊要住声！
>
> 看电影，要仔细，带来的小孩要带回去！
>
> 看电影，要安全，莫动地下黑皮线！
>
> 看电影，不要挤，站到哪里就哪里！
>
> 大板凳，要搭平，谨防凳翻摔了人！
>
> 女同志，要提防，小心"鬼手"要流氓……

一语未落，忽然有人故意高喊："耍啥子流氓？"又有人答："摸屁股墩儿嘛！"接着，一阵不怀好意又有些猥亵和放纵的笑声，立即在场子中响起来，像是这话刺激了他们什么神经，使他们兴奋不已。

王茵和贺世亮来到场子里，见场子四周都是站在高板凳上的人，贺世亮便对王茵说："朱勇是我的初中同学，我们到放映台旁边去看！"说完，便带着王茵从人缝中往里面挤。有人不满地叫了起来："挤啥挤?"可一看清是他们便不吭声了，有人还故意朝贺世亮意味深长地挤着眼睛，像是打暗号一样。贺世亮脸上不由得又有些热辣辣地发起烧来。挤了一阵，实在挤不动了，两人只好站下来。贺世亮站在王茵身后，起初还想尽量隔她远一点儿，可是后面的人很快便把他们俩挤到了一块儿。现在，贺世亮的身子紧紧贴在了王茵的后背上，王茵身上那股好闻的雪花膏味儿一个劲儿往他鼻孔里钻，那又黑又亮、披散在肩头的长发，还不时被风吹起来，从他面颊上掠过，丝绸一般柔顺。贺世亮的心脏又像做贼一般狂跳起来，他仿佛置身火海，身子里的热浪一浪高过一浪，觉得就要爆炸，就要窒息，可是他却不知道该怎么办。

就在这时，那个熟悉、亲切、漂亮的身影又突然浮现在贺世亮面前，让他不由自主地颤抖了一下。他像是明白了什么，马上踮起脚，扭头朝周围看去。他先是看见了无数的背影和脑袋，光头的、平头的、戴帽子的、扎花头巾的、留长辫的、捆短辫的，还有网发髻的。从这些密密麻麻的后背和脑袋中，当然发现不了什么。接着贺世亮便又转过身子朝后面看，这次他看见了许多人的面孔：男的、女的、年轻的、年老的、小孩的、漂亮的、丑陋的……靠近他身边的面孔清晰一些，离得远一些的则是朦朦胧胧，像是黑白胶片上的人影一样，离得更远一些的，则是影影绰绰连面孔也看不清了。一些人见贺世亮盯着他看，便不怀好意地叫道："看啥，看啥，啊?哪儿鼻子嘴巴没长齐呀?"

贺世亮听了这话，却是下定了决心，心里说："不行，我不能站在这里活受罪，我要去找她！我相信她今晚上也一定来了。我不能再错过机会，一定要找到她，给她把话说明！"这样想着，贺世亮便有些迫不及待起来。他怕王茵多心，也不打招呼，悄悄地抽身往后面退去。快到场边时，贺世亮才从人缝中朝王茵看了一眼，只见王茵还一动不动地站在原地，眼睛看着前面，并没有发现他已经撤退了。贺世亮这才放了心，穿过人群，到了场子外面。

原来，贺世亮心里早爱上了一个人——他的同学周敬英。周敬英是三大队周家沟的人，和他只隔一匹山梁。他们虽然不是一个大队的人，可从初中到高中，都是一个班的同学。周敬英开朗大方，一笑起来，脸庞上的两个酒窝儿直颤，像是盈满了太阳的光辉。也不知从什么时候开始，周敬英那圆圆的脸庞、苗条的身子开始进入他的心田，每次想起她来，都禁不住耳热心跳，神思恍惚。每次在睡梦中，她的笑容是那么灿烂，像和煦的太阳一样照耀着他。她的声音是那么甜蜜美好，比百灵鸟的声音还要清脆嘹亮。她的目光又是那么清澈和美丽，看人一眼，就勾魂摄魄……每次梦醒，贺世亮都觉得自己的魂魄像没有了一样。可是……可是，他从来没有勇气对她表白，因为周敬英的父亲是公社畜牧站站长，国家干部，母亲又是三大队的妇女主任。虽然周敬英在贺世亮面前并没有显出傲慢，可在贺世亮眼里，她无疑像是一个高贵的公主。可自己是什么呢？想想自己的家，想想父亲，再想想自己，贺世亮便一下灰了心。他觉得自己配不上她，而且还有一种癞蛤蟆想吃天鹅肉，有些不知天高地厚的感觉。有很多次，他都想给周敬英写信或喊住她，当面向她表明心迹，可无论事先鼓起多大勇气，事到临头，还是让强烈的自卑把勇气给打败了。直到今日，他对她所有的爱慕、思念，还只存在于自己心里。

可今天晚上有些不同了，他即将成为一名光荣的人民解放军了！毛主席都号召全国人民学解放军，姑娘们谁不羡慕解放军？媒婆上门介绍对象，说一句"对方是个当兵的"，那姑娘和父母的眼睛都会立即放出光来。要不然，姑娘们在找对象时，怎么会私下流行一句话，叫"一军二干三工人"，把解放军排在最前面？另一句话则说得更好，叫"要穿一身新，嫁个解放军，要穿一身蓝，找个工作员"，难道周敬英不想嫁个解放军？这么一想，贺世亮便觉得自己现在和周敬英不但没有了距离，甚至还高出了她几分！他心里想："畜牧站站长算啥？等我到部队考上了军校，毕业出来，比你畜牧站站长大得多了！即使我考不上军校，只要我好好干，难道还没有立功的机会？转业时说不定给安排到公社或县上，不也比一个畜牧站站长强？"这么一想，心里更是有了底气。另一方面，刚才和王茵的近距离接触，王茵的面孔、声音和身上的气息，仿佛一把烈火，把他心里的渴望烧得越来越旺了。如果说他以前对周敬英的思念，还只是精神上的，那么现在，心里已经有了那么一种不纯粹的欲念在里面。刚才紧紧贴着王茵身子的时候，他感到了自己的身子在急剧膨胀。他为这种膨胀感到脸红却又没有办法，他觉得自己已经到了需要女人抚慰的时候了。还有一点，贺世亮还没有明确意识到，那就是他不久前在贺世海家里喝的几杯酒，现在酒劲开始上来了。那纯高粱白酒不比烂红苕干酒，烂红苕干酒上酒快，可醒酒也快，纯高粱白酒酒劲在后面，当时不醉过后却可能醉。尽管他觉得内心并没有怎么糊涂，可那意识毕竟和平时不同，有些混混沌沌起来。酒壮英雄胆，几个原因在这个晚上综合在一起，驱使贺世亮毫不犹豫且信心百倍地去寻找心中的女神了。

他相信她一定会来，因为平时文娱生活少，一个大队演电影，附近大队的年轻人一般都不会放弃去看的机会。何况只隔一道梁子，周敬英本身又是个爱说爱唱爱跳爱热闹的人。"找到了她，我不但要把心中的话说出来，我还要把她约到没人的地方去，把她抱在怀里亲她，她一定不会拒绝的⋯⋯"贺世亮这么想着，便从放映场外边走到银幕底下，决定从前面找起。银幕底下虽然离放映台的灯光也很远了，但因为有打在银幕上的光线反射下来，所以还能看清每个人的面孔。离银幕最近的是一群孩子，有的盘腿坐着，有的坐在搬来的石头上，一边叽叽喳喳争论着什么，一边不时推搡一下。贺世亮当然知道周敬英不会在孩子里面，便绕过了他们。孩子后面，也有一些大人屁股下垫了一把草或一块石头席地而坐，不过这些大多是一些平时胆小怕事，只想安分守己过日子的人。女人偶尔和身边的女人摆几句龙门阵，男人们则闷头抽烟，不声不响地等待电影开场，头顶上空一片烟雾缭绕，贺世亮还没等走到他们身边，便被强烈的旱烟味刺激得打了一个响亮的喷嚏。贺世亮知道他要找的人也肯定不在里边，因为周敬英年纪轻轻，何况她又是个爱干净的人，怎么会随便扯把草来坐在地上？贺世亮又从他们中间绕过去，径直到了里面的人群中。

里面已经离放映台不远了，这才是看电影的主体人群，大多数是年轻人，有的三五成群地站着，有的则坐在凳子上，挤得像沙丁鱼一般。贺世亮刚一挤进去，便看见了自己队里的贺桂花和贺小莉，两个人的手互相搭在对方肩膀上，贺桂花肩上还披了一件红绒衣，灯光下格外招摇。贺桂花个子不高，长得格外丰腴饱满，特别是胸脯，像是倒扣了两只碗似的，高高地将衣服顶了起来。腰和腿也十分发达，肉滚滚的，一张脸黑里透红，倒是不难看。贺小莉则不同了。贺小莉比贺桂花高出了半个头，又瘦很多，容长脸儿，皮肤白皙，鼻子旁边有颗小黑痣，从胎中带来的，一双又黑又亮的眼睛圆溜溜转着，给人一种调皮的感觉。贺世亮正想和她们打声招呼，又一眼看见她们背后站着贺世健和贺银庆，贺世亮便对贺世健和贺银庆说："你们在这里看呀？"一边说一边四处张望。

几个人听见贺世亮的声音，回过头来，一齐看着他。过了一会儿贺小莉才说："你在哪里看？要不你站到这儿来，我们一起看！"贺世亮忙说："不，不，我随便哪儿看都可以，你们自己看！"又补了一句，"你们可要站好，谨防别人一打攘仗，把你们压到地下又要惊叫唤了！"说完这话，贺世亮见人堆里没周敬英，便往外退。贺世健却喊住了他问："当兵的事定下来没有，啥时走呀？"贺世亮一听这话，忙说："我怎么晓得呢？说不定是抱鸡婆刨糠壳——空欢喜一场呢！"

说完，贺世亮不等贺世健再问什么，急忙退了出来，正准备再往旁边人群去看时，挂在放映台竹竿上的灯泡突然一下熄灭了，场上顿时漆黑一片，人群却欢呼起来。贺世亮知道电影开演了。果然，银幕上一片雪花闪烁一阵后，出现了人影，果然是一部老掉牙的片子。此时贺世亮心里想着周敬英，哪还有心思看电影？可没有了灯光，他再急也没办法，只好在原地站了下来，却什么也没看进去。

看了一会儿，忽然贺桂花和贺小莉后面的人群骚动起来，先是有人朝前面推了一下，贺桂花、贺小莉及他们身后的贺世健、贺银庆像是遇到风的麦苗，身不由己地往前面俯了一下，随即又站直了身子。贺世健站稳身子后，扭过头去，对后面的人喝了一声："哪个狗日的打攘仗，啊？"话音未落，黑暗中也不知是什么人，更用了比先前大得多的力气猛地往前一推，刚刚站稳的人群立即像多米诺骨牌似的，往前倒了下去。贺世健和贺银庆分别扑到贺桂花和贺小莉身上，贺桂花和贺小莉也果然在地上像是被鬼打了一样尖声锐气地惊叫唤起来。

听见叫声，立即有人惊风火扯地喊了起来："揩油了！要流氓了！"话音刚落，后面有人又想往前面挤，秩序顿时大乱。放映台的灯光倏忽一下亮了起来，银幕上的人影也变成了一片白光，只见贺世海站到了放映台的凳子上，神色严峻地对众人连声问："干啥，干啥，啊？谁要流氓，谁要流氓……"有人听了这话，早指了贺世健和贺银庆说："他们两个，他们两个，流氓，流氓，想骑女娃儿的马儿，揩油……"贺世健和贺银庆已经站起来了，脸红筋涨地说："不是，不是，是后面的人打攘仗……"贺世海又马上把目光投向贺世健、贺银庆身后的人，又严肃地命令道："谁打的攘仗，站出来！"那些人听了，也扭着头互相瞅着，学着贺世海的语气道："谁打的攘仗，站出来！"却是一脸的坏笑。

贺世海是大队团支部书记，今天晚上，支书郑锋感冒了，委托他负责维护放映场的秩序。贺世海从公社农中毕业后，在生产队参加了两年劳动，后来县上中学恢复上课，被大队贫下中农协会和党支部推荐去读了三年高中。贺家湾很多人都不认识字，上过初中的寥寥无几。全大队上了高中的人，那时就只贺世海一个。所以毕业一回来，支书郑锋便让他做了大队学习毛泽东思想的政治辅导员。世海接受了这光荣的任务后，不辱使命，积极组织大家学习《人民日报》《红旗》上的社论。世海的口才极好，在社员大会上学习那些社论时，给人一种口若悬河、滔滔不绝、一泻千里的感觉，更使没多少文化的郑锋对他另眼相看。

除了组织社员学习《人民日报》《红旗》的文章外，世海还利用一切空闲时间，教大家唱革命歌曲。《东方红》《大海航行靠舵手》这些歌曲自然不用说了，还有《北京有个金太阳》《翻身农奴把歌唱》《毛泽东思想闪红光》《哈佤人民唱新歌》等，凡是他在学校里学到的革命歌曲，他全教会了大家。他嫌一个人的力量不够，还把大队毛泽东思想文艺宣传队的台柱子演员——郑锋的侄女儿彩虹也动员了起来，教会了大家唱《我家的表叔数不清》《打不尽豺狼决不下战场》《临行喝妈一碗酒》等革命现代京剧选段。有一天，公社李书记带领公社干部和其他大队的领导来大队参加"抓革命、促生产"春耕动员大会，世海在台上组织老湾和新湾互相拉歌，一连唱了几十首革命歌曲都还没有打住。李书记被现场群众热烈的气氛所感染，大为感动，当场表扬郑锋不愧是老革命，政治思想觉悟高，抓革命抓得好，号召全公社其他大队都要向四大队学习。郑锋在会上得到上级领导表扬，下来便对世海说："小伙子，好好干，组织不会亏待你！"世海满心欢喜，却说："这都是党支部领导得好！"

世海不但积极组织社员政治学习，还带头活学活用，在全大队青年中倡导争做"好事"的"无名英雄"。这年，生产队落实公社指示，在打石湾试种了几亩地的棉花。秋天棉花采摘过后，剩下棉花秆竖立在地里，队里一时又抽不出劳力去拔。一天下午，世海找到贺庆、贺兰、贺永生、贺银庆、贺兴良、贺七成等十几个青年，对他们说："我们学习毛泽东思想，要落实到具体的建设社会主义的实践活动中去，为集体做好事，这才叫活学活用！队里那几亩棉花秆一时抽不出劳力去拔，今天晚上有月亮，我们就开展一次义务劳动，去把它们拔了，你们愿不愿意？"不等几个青年回答，世海又接着说，"这是检验大家思想觉悟的时候，愿意做雷锋式的好青年的，就跟我走，不愿意的，就等思想觉悟提高以后，再来参加也行！"

他这么一说，一伙青年哪愿意背上一个"思想觉悟低"的名头？于是纷纷说："我们都参加！"世海听了又说："我们做好事可是关心集体利益，是不求回报的，所以大家都要像毛主席的好战士——雷锋同志一样，甘当无名英雄！因此我要求大家注意保密，一定不要说出去……"话没说完，七成便问了一句："要是明天干部发现棉花秆拔了，问起来了呢？"世海说："问起来了也不说！总之一句话，大家要争做无名英雄！"十几个青年一听，便说："无名英雄就无名英雄！"当下便这样定了。吃过晚饭，一伙人瞒过父母，到大队小学前面的黄葛树下集合，到打石湾地里拔起棉花秆来。拔到鸡开始叫第二遍的时候，才把几亩地的棉花秆拔完。世海要求大家甘当无名英雄，可他在拔棉花秆的过程中，却把自己写着"誓把青春献给党""甘洒热血写春秋"等豪言壮语的日记本，"不小心"遗失在了棉花地里。

第二天上午，队长贺世林发现几亩棉花秆在夜里被人拔了，急忙报告给了郑锋。郑锋一听，知道是有人做好事，便到地里来查看。背着手在地里走了一圈，在一堆棉花秸秆前，发现了世海那本日记本。郑锋文化虽然不高，却认识封面上"贺世海"三个字，便把笔记本放进口袋里，让贺世林去把贺世海叫到大队办公室来。没一时，贺世海来到郑锋面前。郑锋觑起眼睛，目光落到世海脸上，看了他半天，才笑着问："昨晚上你干啥子去了？"世海显出十分惊诧的神情，忙说："没干什么呀？"郑锋想了一想说："年轻人，做好事是对的，可做了好事，也要承认，是不是？"世海听了这话，更做出一脸茫然的样子，说："我们没做什么好事呀！"郑锋掏出了口袋里的日记本，说："这本子是你的吗？"世海做出十分惊奇的样子，说："可不是吗？我还正到处找呢！"说完又十分感激地对郑锋说，"郑叔是在哪儿捡到的？"一边说一边伸手去接。郑锋却一把将手收回去，继续盯着世海说："你不管我是在哪儿捡到的，你只老实告诉我，昨晚上有哪些人去拔了棉花秆，是谁组织的？"

世海脸立即红了，将头埋了下去，眼睛盯着脚尖，一副窘迫不安的样子。郑锋心里立即明白了，把日记本往旁边贺世林手里一塞，说："你看看上面都写了些什么？"贺世林打开日记本翻阅，到了最后一页，眼睛在上面扫了一遍，便对郑锋读了起来：

×月×日，星期三，夜，晴

　　昨天从打石湾路过，看见棉花秆还留在地里。眼看小春就要开始播种了，队里又一时抽不出人去拔，我心里十分着急。大队党支部把政治辅导员的重担交给我，我不但要带领社员学好毛泽东思想，还要带头用好毛泽东思想。我一直想为队里做点什么，看见棉花秆，我忽然有了主意。上午，我找到贺庆、贺兰、永生、银庆、兴良、七成、晓力、先春、长明、兴超、世发、雪东、小莉等青年。我对他们说："为了体现活学活用毛泽东思想，体现对集体的热爱和对毛主席的忠诚，今晚上我们组织起来，争做一次无名英雄，将那几亩地的棉花秆拔了，为集体做一次好事。"我的倡议得到了大家的积极赞同，现在我就要出发了。以后我要多组织大家做这样的好事，以实际行动建设好我们伟大的社会主义祖国……

　　读到这里，郑锋立即去开了大喇叭，向全大队广播了世海他们做好事不留名的事迹。还让贺世林去大队学校找老师写一封"表扬信"抄在红纸上，拿来张贴到大队办公室的墙上。不但如此，郑锋到公社开会，又在会上把这事向李书记等领导汇报了。公社广播站的"秀才"马上又把这事写成广播稿，在全公社广播上播出了。结果，原本是一心想当"无名英雄"的贺世海和被他发动的十几个青年，一下成了全公社的有名英雄。"无名英雄"变成有名英雄后，全大队年轻人想当"无名英雄"的就更多了，世海紧接着又组织了两次做好事的"无名英雄"行动。一次是给"水改旱"的田块开沟，一次是割小麦，两次也都是发生在有月亮的晚上。割小麦这次最有趣：一伙青年男女在地里正"嚓嚓"地割着，忽然从上面大路传来脚步声和说话声，为了"无名英雄"的身份不被暴露，有人嘘了一声，大家便一齐在麦地里趴了下来，眼睛盯着上面大路，一动也不动，就像电影里演的八路军偷袭日本鬼子的营地时突然遇到敌人的巡逻队一样。当然不管这伙做好事的"无名英雄"如何不想让外人知道，明察秋毫的大队和生产队干部总有办法弄清他们的身份和组织者，使他们变为"有名英雄"。他们的名字和事迹最终都会在大队的广播里反复广播并写成表扬信张贴在大队办公室墙上醒目的地方。这年冬天，世海便做了大队团支部书记，开始了他的仕途。

　　现在，贺世海知道不会有人站出来承认自己打了攘仗，便又说了几句"提高警惕，严防有人故意捣乱"的话，电影接着放了起来。贺世亮趁贺世海维持秩序，借着放映台的灯光，又挤到离放映台不远的地方，眼睛像探照灯一样在人群中搜寻起来。可仔细看了一遍后，还是没发现那个熟悉的面孔。贺世亮想继续朝里面挤去，却挤不动了，只好又退出来，从场子外面绕到另一边，正想挤进去时，灯光又熄了，贺世亮无可奈何，只好又在场子外边站了下来。没过多久，灯光又突然亮了，贺世亮知道第一卷胶片已放完，朱勇他们正在换片，便马上挤进一排排板凳中间，目光往周围匆匆掠去。就在这时，贺世亮的眼睛突然一亮，心里像是有只兔子在乱撞一样咚咚地狂跳了起来——他看见了那个熟悉的身影，就站在前边离他四五根板凳远的一条凳子上：苗条的身子，修长的大腿，又粗又长的辫子，辫梢用红毛线绑着，上面一件天蓝色收腰小翻领黄碎花衣服，下面一条浅青色裤子。这种打扮贺世亮再熟悉不过了！他在心里又惊又喜地叫了一声："敬英，我终于找到你了！"一时，他激动得颤抖了起来，忘记了眼前的一切，甚至连站在她身边的另一个女孩子也看不见了，只剩了那个熟悉的背影。他的嘴巴张成半圆形，似乎想喊，却没有发出声音，两只眼睛只紧紧盯着那个背影，仿佛害怕她会突然消失一般。过了一会儿，贺世亮才回过神，正想忍着狂跳的心过去时，放映台的电灯又熄了，胶片开始重新转动起来，银幕上又是一阵雪花飞舞，没一会儿便出现一队扛枪的人马。场上无论远近，都是一片模糊的人头。不过这不要紧，贺世亮已经看见了她，他现在就是闭着眼睛，也能走到她的身边。贺世亮甚至还觉得有些高兴，因为在黑暗中，没人能看见他那张因激动而红得像是要淌血的面孔。

这样想着，贺世亮一面忍着剧烈的心跳，一面趁人们都聚精会神地盯着银幕的时候，便悄悄地朝前面那根凳子做贼似的摸了过去。

第三章

现在，贺世亮站在了那个熟悉的背影后面。他想喊她，可心跳得实在太厉害，喉咙也干得难受，仿佛是被架到了柴火堆上烤着一样。过了一会儿，他咽了咽口水，定了一下神，这才鼓起勇气，在她背后轻轻喊了一声："敬英……"声音不大，并有些颤抖，仿佛被风吹得歪歪倒倒了似的。但贺世亮相信她足以听见了，因为他就在她的背后。他以为她马上会朝他转过身子，可是却没有。不但她没有，连她旁边的两个姑娘也没有，只听见她们"哧哧"的笑声。贺世亮想可能是电影里什么人把她们逗乐了，因为他站得低没法看见。贺世亮等了一会儿，想再大声喊一句，又怕周围的人听见笑话他，便打消了这个念头。他见她站到凳子上一动不动，不觉生起气来，心里说："我喊你你还不答应我，是不是真的看不起我？有什么了不起的，你爸爸不就是个畜牧站站长嘛！"这么一想，贺世亮心里便愤愤然起来。过了一会儿，他又想："她恐怕真没听见我喊她，别忙，我现在不喊她了，我在她身上戳一下，看她理不理我！"这样想着，贺世亮一下又高兴了！他把目光又落到她的背影上。这熟悉的背影他不知看了多少次，也不知在心里产生了多少幻想。现在她站在凳子上，他的头只能齐到她的腰际。他先是把头抬起来往上看，这时她的后脑勺便映入她的眼里。然后他的目光缓缓下移，落到脖子上。因为天黑，他无法看清她的脖子，但他马上想起了王茵脖子上白皙细嫩的皮肤，心里又立即骚动了起来。他像发渴似的，十分响亮地咽下一口口水，然后又把目光慢慢移下去，当移到她圆圆的臀部时，他的目光便变得像是狼的眼睛一样定在了上面，他的眼前浮现出她平时走路的样子，屁股一扭一扭，显得既热情又有点挑逗的样子。这时，贺世亮的心里像是闯进了一个魔鬼，撩拨得他五脏六腑乃至每个毛细血管都不安分起来。他的灵魂像是已经不听大脑指挥，身子发烫，血脉贲张，渴望做点什么。这时，他忽然想起了人们常说的"揩油"。他知道所谓"揩油"，就是指在看演出和看电影时，一些不安分的小伙子趁人多和天黑摸女娃儿的屁股。当然不是随便哪个女娃儿的屁股都敢去摸，一般都是平时要得较好和有交往的女娃儿，精光白日里没有机会，现在趁人多和天黑，一些精力旺盛的小伙子便像吃了豹子胆，在挤挤攘攘中伸出自己的"鬼手"，让自己荒芜的精神和情感家园得到一点刺激。因为是熟人，又因为害羞，被男孩子摸了屁股的女娃儿一般不会叫喊，更不会撕破脸皮告诉别人，最多只是换一个地方或默默地回家去。还有一种女孩，尽管嘴上讨厌男孩子"揩油"，其实只要不被发现，心里反倒希望男孩子能有这些小动作，因此被男孩在屁股上揩了"油"后，甚至连地方也不换！

　　贺世亮从来没有揩过女孩子的"油"，因此也不知道"揩油"是什么滋味？现在那两瓣圆鼓鼓的屁股撩拨着他的目光，他忽然鬼使神差地产生了一个大胆的念头——摸一下她的屁股！他想，他们是同学，他爱她，他揩她一下"油"，她肯定不会生气的！这样想着，他心里的欲念越来越强烈，在艰难地吞下一口唾沫后，真的将一只手向前伸去了……

　　令贺世亮没想到的是，他的"鬼手"刚接触到屁股，屁股的主人便像是被蛇咬了一口似的，在凳子上发出"呀——"的一声锐叫。这叫声是如此高亢、尖利，早已盖过了从喇叭里传出来的枪炮声。叫声还没落，场子里的人便纷纷朝发出叫声的方向转过头，大叫着问："怎么了？怎么了？"有人一听便兴奋地回答："肯定是'鬼手'摸女娃儿屁股了！"有人又唯恐天下不乱地喊："在哪里，在哪里？"这边的人便幸灾乐祸地答："在这里，在这里！"于是更多的声音又义愤填膺地喊起来："抓到起，抓到起——"

　　在板凳上姑娘发出锐声叫喊的那一瞬间，贺世亮也像是听到晴天霹雳，头脑"轰"的一声，灵魂一下出了窍。他刚说出一声："是我……"可板凳上的三个姑娘跳下来，一齐怒目而视，将他围住了。他抬头一看，惊得说不出话来：哪是什么周敬英？三个姑娘他一个也不认识，肯定是其他大队的！贺世亮的脸"唰"的一下红成了一块绸布，像是犯了弥天大罪似的立即对她们说："对不起，对不起，我认错人了……"

话音未落，几支手电筒光朝他射了过来。放映台的灯光也亮了，贺世海又站在凳子上大声问："是谁耍流氓，谁耍流氓，啊？"有人看清了是贺世亮，便叫了起来："是贺世亮，是贺世亮！哈，贺世亮摸女娃儿的屁股墩儿了……"贺世海像是不肯相信，又大声问："真的是贺世亮？"好几个便异口同声地说："不是贺世亮是谁？脸红得像猴子屁股呢！贺世亮，贺世亮，你出来跟大家说一声，是不是你？"贺世海虎着脸不吭声了。贺世亮窘得只恨无地缝可钻，急忙大声辩解说："我、我、我不是……"贺世亮本想对大家解释自己不是故意的，但没等他话完，周围更响起了一片哄笑声，一些人又下流地大声问说："哦，不是摸的屁股，是不是摸的奶奶？"说完又放声大笑起来。

被贺世亮揩了"油"的姑娘，在发出一声锐利的叫声后，回过了神来。在众人一片不怀好意和唯恐天下不乱的叫喊声中，她见贺世亮脸色先红得像是要淌血，后又白得像是一张纸，身子颤抖着，十分惶恐的样子，又听他说认错了人，心里已经有些后悔刚才那一声叫喊了。可是喊都喊了，已经吸引了那么多目光和不怀好意的叫喊，后悔也来不及了。看见那么多人围过来，而且手电筒的光如芒刺一般在她和贺世亮脸上晃着，羞涩的本能立即驱使她蹲在了地上。先是用手蒙住脸，然后干脆将头埋在两只膝盖之间，双肩不断抖动。众人都看得出她在抽泣。她先以为过一阵就好了，可没想到众人的话语越说越下流，笑声越来越放荡，也有人制止。一种被人剥光衣服绑在光天化日下示众的感觉，袭上了她的心头！她实在无法再忍受下去了，突然"哇"地哭了出来。一边哭，一边从地上爬起来，用手蒙住面孔从人群中冲了出去。她的两个同伴愣了一会儿，也回过了神，见她跑了，立即端起板凳追了过去。这样过了一会儿，场上秩序才慢慢安静下来。在这个过程中，贺世亮都像犯了罪一样，始终低着头看着地下，不管别人说什么，都像哑了似的一言不发，面孔一阵发烧。等电影重新放映过后，他才明白过来，也急忙挤出人群，向先前三个姑娘跑的方向追了过去。

三个姑娘早没了身影，贺世亮又沿着学校旁边的小路追了一阵，仍然没看见她们。他望着黑黝黝的夜空站了一会儿，然后便一屁股在路边坐下等候起来。因为过去也曾经发生过这样的事：如果哪位姑娘在遭"鬼手"揩油时被人发现后，也会做出受了侮辱的样子哭着跑开，但她们的同伴会跑过去将她拉住，劝说一阵后又回到放映场。现在贺世亮就期望她们能回转来，他等着向她说明情况，向她赔礼道歉，请求她原谅自己的"滔天大罪"。哪怕她把耳光打在他脸上，把口水吐在他身上，只要她能原谅自己，他也心甘情愿！谁叫自己鬼迷心窍，就去摸了人家珍贵的屁股呢？

可是坐了半天，却没看见人回来。除了从放映场传来的枪声炮声和人喊马嘶的嘈杂声外，四周静悄悄的，世界像是死去了一般。天地间黑乎乎一片，不时刮来一阵阵冬日的寒风，贺世亮感觉身子有些冷飕飕起来。屁股下的泥土十分潮湿，没一会儿，他感到屁股下一股凉气，用手一摸，才发觉裤子已被泥土的潮气润湿了。可他既不想离开，也不想挪动一下位置。又过了一阵，放映场的灯光又亮了起来，他知道第二卷胶片又放完了，现在正在换第三卷胶片。可是他已经没脸再回放映场看电影了！等放映场的灯光再次熄灭以后，他知道她们不会回来了。便站起来，活动了一下麻木僵硬的大腿，将两手抄在怀里，朝家里走去了。

回到家里，连灯也没点，贺世亮便摸到床边，和衣往床上一躺，拉过被子连头带身一下包了起来。他越是想忘掉刚才发生的事，耳朵里越是一片"嗡嗡"的响声——放映场上那些别有用心、幸灾乐祸、让人无地自容的叫喊，仍顽强地在头脑里响着。他想："完了，全完了，我是一个流氓了。尤其是在这时候，我怎么能犯这个错误呢？这年头背什么样的名声都可以，就是不能背流氓的名声。背了流氓的名声，部队还会要我吗……"一想到这里，贺世亮竟像怕冷似的在被窝里发起抖来。他想：要是部队真的不要他了，那可丢死人了！尽管没有正式通知，可全大队不论大人小孩，谁不知道他要去当兵了？贺世海连礼物都送给他了，他也告诉了王茵政审通过了的消息，可现在要是因为这事去不成了，他还有啥脸出去见人？想着想着，贺世亮感到太阳穴一阵悸动，脑袋仿佛被什么东西压得快破裂了。他用手紧紧按住太阳穴，眼睛呆呆地望着帐顶，眼神空洞而木然，似乎期待着有人来拯救自己一样。

这样过了一会儿，懊悔再次袭上贺世亮心头，他突然狠狠地朝自己两边脸颊上各抽打了两下，声音清脆而响亮。他一边抽打一边骂自己："混蛋，都是你自己造成的！你怎么要产生摸人家屁股的念头呢？现在怎么挽救得过来？怎么挽救得过来……"想到这里，另一个声音在他心里大声回答："没法挽救了，没法挽救了，这叫罪有应得！"听了这话，贺世亮嘴角一抽，忽然两颗又圆又大的泪珠顺着眼角滚了下来，他立即擦去了。可是刚刚擦掉，更多的泪水像是心有不甘似的，又前赴后继地夺眶而出。这次贺世亮再没去擦它们了，任它们顺着脸颊流到被子上。

流了一会儿泪，贺世亮才感到心里好受了一些。他忽然又觉得自己是不是黄鳝打屁——疑（泥）心过重，把事情想得太坏了？哪次放电影，没出现过揩女娃儿"油"这样的事？出现了这样"揩油"的事，一些人哪次又不是像今天晚上一样起哄？起哄是起哄，大家当场乐一乐也就算了，事后并不会怎么计较。至于那被揩了"油"的女孩，怕说出去影响今后找对象，一般也不会告诉别人，更不用说到哪儿去告发了。民不告，官不纠，事情也就像风一样很快就会过去。现在，贺世亮想今晚上这事也许会是这样，虽然一些人当时叫喊的话很难听，也不过是想借这事来乐一乐，并没有什么别的用意，难道还会有人向上面反映吗？只要没人向上面反映，接兵部队又怎么知道？接兵部队不知道，又怎么会取消他当兵的资格？贺世亮这样进行一番逻辑推理后，又禁不住为刚才的担心好笑起来。

正这样一阵好、一阵歹地折磨着，贺世亮忽听得隔壁房门"吱呀"一声响，接着又听见王茵在屋子里走路和擦火柴点灯的声音，便知道电影已经散场。贺世亮忽然想隔着壁子问问王茵后来场上怎么样了？可刚想开口又犹豫了，想：王茵也肯定知道自己在放映场上要流氓的事了，她这时会怎么看我？她要是问我为啥子要去摸女娃儿的屁股，我又怎么回答？这么一想，贺世亮又没勇气向她打听了。又在床上翻滚了半天，才迷迷糊糊睡去。

第二天醒来，贺世亮还感到眼皮发黏，不想睁开，头脑昏昏沉沉，像是感冒了，又像是没睡醒。他不想起床，也不想吃饭，更不想出去见到别人诧异的目光，便干脆赖在被窝里，一会儿睡，一会儿醒，醒了又再迷糊过去。这样不知过了多久，他的肚子饿得难受了起来。他正打算起来生火做饭，这时外面大门被人"咚咚"地敲响了。贺世亮先是愣了一下，然后才坐起来问："哪个？"只听得外面声音回答："是我！"贺世亮听出是王茵的声音，又停了一会儿才问："有什么事？"王茵答："你还没起来吗？"贺世亮本想说："我起没起来关你什么事？"可想了想却问："你有什么事？"王茵也像是在思考的样子，过了半天才说："郑支书叫你到大队办公室去一趟……"

贺世亮立即像被马蜂蜇了一下，跳下床，披上衣服就向外面跑去。出门见王茵还站在门口，贺世亮瞥了她一眼，便急忙问："他叫我去做什么？"王茵的眼睛也落到贺世亮身上，上上下下将他打量了一遍，然后才说："我去代销店买盐巴，正巧看见郑支书，他叫我给你带个信，让你赶快去一趟，说他们在那儿等你……"一听说"他们"，贺世亮又迫不及待地问："你看见还有哪些人？"王茵说："郑支书是出来叫的我，我又没到里面屋子去，能知道还有哪些人？"说完眼睛紧紧盯住贺世亮，像是要把贺世亮五脏六腑都看透似的，突然出其不意地问了一句："你昨天晚上真的要流氓了？"贺世亮仿佛重重挨了一鞭子，身子不由自主地颤抖了一下，脸"唰"地变红了。紧接着，鬓角的两股青筋跳动起来，眼里喷出两道火焰，一动不动地盯着王茵。王茵见贺世亮这样，倒吓了一跳，正想继续说点什么，忽见贺世亮像是十分生气地将大门"哐啷"一关，便将王茵关在了外面。

听了王茵的话，贺世亮确实痛苦，可是他却不知道该如何解释。更让贺世亮感到不安的是，他知道好事不出门，坏事传千里，郑锋此时找他，一定是为昨晚上的事。他拿不定主意是去，还是不去？可明摆着郑锋带信叫去，他敢不去？如果他不去，难道他们不会找上门来？这样想了一会儿，贺世亮横下一条心，想："躲脱不是祸，是祸躲不脱，反正事情都发生了，要打要罚，随他们的便吧！"又想，"万一要是因为其他啥事，郑锋叫我去，我不去岂不是不对？"这样一想，贺世亮便去洗了一把脸，又整了整睡皱了的衣服，从后门小路往大队部去了。

走到大队部一看，屋子里果然不仅有郑锋、贺世海，还有公社武装部赵部长和接兵部长张连长，几个人的目光如锥子一样盯着他，脸上都挂着十分严峻的神色。贺世亮心里立即"咚咚"地跳了起来，他想和他们打声招呼，可嘴唇动了几动却没有发出声音来。接着便像小孩做了错事一般，有些不知所措地站在屋子中央，等待着接受大人的惩罚。果然，公社武装部赵部长开口了，他也没绕圈子，盯着贺世亮便单刀直入地问："昨晚上你干啥了？"贺世亮一听，知道他们晓得昨天晚上发生的事了，脸腾地一下红了起来。他不敢抬头去看他们，眼睛落到自己鞋尖上，过了半天才嗫嚅着说："我、我、我犯错误了……"说着，贺世亮抬起头，可怜巴巴地看了屋子里的人一眼，似乎想获得大家的原谅。赵部长不等他说完，两眼又凌厉地盯着他追问："犯了啥错误？"贺世亮一见赵部长的目光，又马上把头低了下去，然后舔了舔嘴唇，脸涨得通红，半天没回答赵部长的话。因为他觉得实在不好开口。一时，屋子里响着几个男人粗重的呼气和吸气的声音，空气像是要爆炸了一般。

沉默了一会儿，贺世海忽然对贺世亮说："有啥就说啥吧，犯了错误不可怕，怕的是对毛主席他老人家不诚实！我们共青团员是无产阶级革命事业的可靠接班人，一定要对毛主席他老人家说老实话！"听了这话，贺世亮才慢慢抬起头鼓起勇气对赵部长说："我、我、我揩女娃儿的'油'了……"赵部长似乎并不满意贺世亮的答复，又立即大声追问着说："揩的啥油？孔夫子的老二，你给我们诌啥文吊吊的话？"贺世亮听赵部长这么说，更又不好意思地将头低了下去，然后看着地下像是自言自语地说了一句："我摸女娃儿的屁股了……"

一语未完，郑锋一下跳了起来，指了贺世亮脸红筋涨地骂了起来："好你个狗娘养的小兔崽子，蛋黄还没干，你就敢摸女娃儿屁股？老子革命的时候，三十多岁都没讨婆娘，也不敢去摸女兵的屁股，还反了你们这些手爪子不干净的小兔崽子不成？还不老实交代！你是啥思想作怪？又是谁叫你去摸女娃儿屁股的？"贺世亮急忙又抬起头看着赵部长和张连长说："是我一时糊涂，我有非无产阶级思想。我错了，我向领导检讨！可我真不是故意的……"赵部长却打断了他的话，继续盯着他问："敢在电影放映场上耍流氓，还不是故意的？"贺世亮听赵部长这么说，又大着胆子申辩了一句："我真不是故意的！我认错了人……"话音刚落，赵部长又马上看着他问："这么说，你原来是不打算摸她的屁股的？"贺世亮又嗫嗫地说了一个字："是。"可是赵部长马上又对他穷追不舍起来："那你是准备摸哪个女娃儿的屁股的？"

贺世亮一听这话，又愣住了，他想向他们解释，可解释出来他们会信吗？再说，即使是摸周敬英的屁股，那也是屁股！你说自己在和周敬英耍朋友，可周敬英会承认在和你耍朋友吗？就算周敬英承认，在公共场所摸她的屁股，仍然是流氓行为。何况自己从没向周敬英表白过，周敬英究竟爱不爱自己，一点不知道呢？这事要是传到周敬英耳朵里去了，周敬英还不知怎么看自己呢？一想到这里，贺世亮觉得无论怎么解释，他这个耍流氓的罪名都无法洗干净了，不如不解释，于是又沉默下来。

赵部长还想说什么，忽然一直没说话的张连长朝他挥了挥手，说："好了，事情已经弄清楚了，不再多说了！"说完才回过头看着贺世亮说："贺世亮同志，我们原先是很器重你的，打算把你带到部队好好深造！可现在既然你犯了这样严重的错误，我们怎么能把一个思想不健康、作风不好的人带到部队呢？解放军可是……"张连长说到这里，贺世亮立即明白过来了，顿时，他像是掉进冰窟窿里，全身上下凉透了，立即哭丧着说："这么说，你们是、是不准备要、要我了哟……"张连长忙说："你也不要灰心，解放军的大门永远是向你开着的，只要你认真读好毛主席的书，认真听毛主席的话，把头脑里的资产阶级思想彻底改造好了，今年没机会，以后机会还有的是！"说着便站了起来，对赵部长说，"就这样了吧！"说着也不等赵部长、郑锋和贺世海说什么，便朝门外走了。赵部长也马上跟了出去，临出门时又狠狠瞪了贺世亮一眼。贺世亮见张连长和赵部长往外走，本想追出去再求求他们，可是双脚却像生了根一样，上下牙齿磕碰着，发出清晰的声音。磕着磕着，双腿一软，便瘫在地上，接着"哇"的一声号啕了起来。

这年贺世亮十九岁。

第四章

　　贺世亮一哭，郑锋和贺世海才像是动了恻隐之心。两人在送走了赵部长和张连长后，回来看见贺世亮泣不成声的样子，郑锋便道："娘的个×，你跟老子还有×脸号！老子当年革命打仗，看见那些女兵屁股肥嘟嘟、圆溜溜的，惹得乱起乱翘起半天蔫不下去，可哪个敢去摸？你们这些小杂种倒好，看到女娃儿的屁股就想去摸一下，摸了哪儿就安逸些呀？光给老子添乱！老子看到你娃儿娘老子都没了，又没娶婆娘，一个人在农村过日子造孽，诚心诚意想把你送到部队去，可你个小杂种自己不争气，手爪子发痒，要去摸女娃儿屁股！你要摸悄悄摸一下也算了，哪个叫你把别个摸得叫唤起来的？现在去不成了，你怪得哪个？"说完又愤愤地说，"龟儿子，也不晓得是哪个屁巴虫这么快就到公社打了小报告？老子晓得了没他的好日子过！"

　　贺世海则说："好了，好了，事情既然发生了，后悔也没办法了！毛主席教导我们说：'错误和挫折教训了我们，使我们比较地聪明起来了。'你也不要管是哪个去公社反映的，只管吸取教训，好好改正就行了！郑书记刚才的话你都听见了，大队党支部和团支部是真心想把你送到部队去锻炼的，现在不能去了，也不要紧！部队首长早就说了要有一颗红心、两手准备的思想嘛。毛主席也说'广阔天地，大有作为'嘛！农村也需要年轻人建设，是不是？只要你改正了错误，郑书记还是信任你的，我也一样，有啥事尽管给我们说就是了！"

　　贺世亮哭了一阵，不哭了，站起来便往外走。贺世海以为是自己的政治思想工作起了作用，很高兴，送到门边又大声嘱咐贺世亮道："毛主席说要放下包袱，开动机器，可一定要振作起来继续前进，啊！"

贺世亮之所以哭了一阵便爬起来走了，实在不是因为贺世海的那番帮助教育，而是他觉得哭够了，心里好受了一些。贺世海那些话，他并没有记在心上，所以他也没回答贺世海。倒是郑锋那番日娘捣老子的责骂，让贺世亮觉得有几分亲切。一进门，尽管肚子饿得难受，却不想生火做饭，"哐啷"一声把门关上后，身子瘫痪了似的往床上一躺，便又睡下了。冬日天短，贺世亮一觉醒来，发现已经不能从瓦楞的缝隙中看见光了，知道天已经黑了。又侧耳一听，隔壁传来了王茵锅铲碰着锅底的声音。贺世亮的肚子不但传来一阵条件反射的"咕咕"声，而且胃部开始隐隐作痛起来。这时，贺世亮才想到整整一天没有吃饭。人是铁，饭是钢，不管出了什么事，他首先不能亏待了自己。这样想着，他便从床上跳下来，点上油灯，进灶屋做饭去了。

　　简单弄了一点吃的填到肚子里后，贺世亮觉得又有了精神，而且身子也不像刚才那样发冷了。他给自己下了命令，再也不去想当兵的事了！可白天已经睡了那么久的瞌睡，这时睡意全无。漫漫长夜，他不知道自己该做些啥，便又坐在床上，半眯着眼假寐，等待睡意上来。正在这时，他忽听得墙壁"笃笃"地敲了两下，接着便听到了王茵的声音："贺世亮，贺世亮！"贺世亮立即睁开眼，可他却不知道该不该回答，过了半天才瓮声瓮气地问："啥事？"声音像是很不高兴一样。那边又问："你吃饭没有？"贺世亮说："我吃没吃饭，不关你的事。"王茵仿佛被贺世亮这话噎住了，过了半天才说："你不要狗咬吕洞宾，不识好人心，我看到你今天一整天，房屋都没往外冒烟，好心好意问你，你怎么对我恶声恶气的？"

　　贺世亮也感到自己的话太冲，便说："我不吃饭，难道光饿呀……"王茵没等贺世亮说完，便显得有些高兴起来，说："这就好了！不管遇到了什么事，饭还是要吃的！"又问，"你当兵真的去不成了？"贺世亮心头一紧，像是有人在他心尖上戳了一下似的。他本不想回答她，过了半天又觉得人家主动关心自己，不回答别人恐怕不礼貌，便沮丧地说："你都听说了还问我做啥？"话音刚落，王茵便在那面说："下午薅洋芋草时，我听贺世海的大嫂说了，我还不相信呢！公社和接兵部队哪有这么快就知道了的？"贺世亮没有立即回答，过了半天才问："他们还说些啥？"王茵说："还能说啥？都说你划不来，太可惜了，好不容易才验上兵，为这点事就把前途耽搁了！还说那女娃儿也真是的，叫唤啥嘛？就那么点事，你这一叫唤，把别人的前程给耽误了不说，以后自己找对象，也打了二百钱的黑，男方要是晓得被别人耍过流氓，保不准人家还会嫌她几分呢……"王茵似乎知道自己说漏了嘴，马上打住了自己的话，急忙像是对贺世亮赔礼地说，"我不相信你是流氓！"

贺世亮先前听到从王茵嘴里吐出"流氓"两个字，确实是打算生气的，可一听王茵后面这句话，不但气消了，而且心里还掠过一丝温暖，想了想才丧气地说："我当兵的资格都被取消了，怎么不是流氓？"王茵说："这是两码事，我真的不相信你是流氓！"贺世亮马上问："为啥？"王茵说："你和村里那些二杆子不一样！那些二杆子经常说下流话，可你不说！还有，你是一个读过书、受过教育的人！"贺世亮心头一阵感动，正想回答她，却又听见王茵说："如果你昨晚上真做了坏事，我相信你也是一时冲动，绝不会故意的……"一语未完，贺世亮一眶热泪突然涌了出来。王茵的话，就像在凛冽的寒风中突然吹来的一股热气，给了他莫大的温暖。他的喉咙哽咽着，想对王茵说点什么却没有说出来。王茵在隔壁似乎感受到了贺世亮内心的变化，不等他说什么，又劝道："你也不必难过了，事情过了就让它过去吧！这么多人没当上兵，还不是照样过日子？话说回来，即使当了兵又能怎样？很多人当了几年兵，不是照样复员回农村修理地球吗？远的不说，就像贺世忠，复员回来要不是公社孙书记帮他说话，他连生产队长都当不成呢！"贺世亮听到这里，心里一愣，怎么贺世忠去求孙书记帮忙这样机密的事，她也知道了？但他知道王茵这番话是真心实意为他好，便忍住了没问，而是心悦诚服地说："谢谢你，我现在也只有这样想了！"王茵听了贺世亮这话，似乎再没有什么说的了，便沉默了下来。贺世亮还想和王茵说点什么，却一时找不到话，于是又沉默下来。没过一会儿，睡意袭来，两个人都睡去了。

第二天，贺世亮又把自己关在屋子里过了一天。吃过晚饭，脱了衣服，刚要躺下，突然听见墙壁又像昨天晚上一样"笃笃"地响了两下，接着王茵的声音又传了过来。她问："贺世亮，你今天怎么没有出工？"贺世亮坐直了身子，将棉衣披到了身上，又把被子往上拉了拉，才故意撒谎地说："我病了，不想出工！"王茵又忙问："去合作医疗站看医生没有？"贺世亮说："我上回拿的感冒药没吃完，还有两颗，我刚吃了，现在好多了！"王茵似乎相信了，半天没言语。贺世亮正准备重新睡下，忽听得王茵又开口了："贺世亮，你不就是没有去当成兵嘛，这有啥丢人的？老把自己关在屋子里不出来见人也不是办法，你说是不是？你今天不见人，明天不见人，难道因为这个事，一辈子都不出来见人了？你明天还是和大家一起出工吧！"贺世亮一听王茵这样说，便知道自己的心思一点也没有瞒过王茵，不觉脸红了，过了一会儿才说："我明天到城里同学家里去！"王茵又等了一会儿才说："我知道你心情不好，去和同学摆一摆也好，不过你可要给贺世忠请假……"贺世亮忙说："我不出工不得工分便是，要给哪个请假？"王茵急忙道："难道你不怕评工分时，人家说你想走哪儿就走哪儿，劳动态度不端正，少你的工分吗？"贺世亮知道王茵是在关心他，却说："我的思想意识本来就不好了，还怕他们再说不好吗？谁要说就让他们说去吧！"王茵又立即说："话不能那样说，你去给贺世忠打个招呼又不花多大的事！"可话音刚落，她马上又接着说，"你是不是不好意思去向贺世忠请假，要不我帮你请！我就对他说，贺世亮病了，要到城里去看病，顺便瞧瞧老同学，托我帮他请两天假……"贺世亮心里又掠过一股感激之情，急忙说："要是贺世忠不相信呢？"王茵说："管他相信不相信，我反正给他说过的！下次评工分时，要是有人说你走哪儿不请假，我就出来帮你证明你是请过假的，看他们还有啥话说？"贺世亮没想到王茵如此侠骨柔肠，心里更加感动，便说："谢谢你！"王茵说："这有什么，只是帮你说句话嘛！天不早了，明天你还要起早，不要再想啥，睡了吧！"贺世亮说："你也累了一天，也睡吧！"说完便"噗"的一声吹熄了油灯，果然睡下了，却觑着眼看着从墙壁裂缝透过来的灯光。看着看着，那灯光也熄灭了。贺世亮知道王茵也真的睡下了，这才把眼皮紧紧地闭上了。

第五章

第二天大伙儿吃早饭的时候，贺世亮换了干净衣服，想趁这个时候离开贺家湾到城里去。没想到这天早上男劳力挑粪淋棕树地的洋芋，收工晚。他走到棕树地时，见大伙儿还没收工，便想躲开，可还没有等他转过身子，贺世宏挑着一担空桶，从旁边小路下来了，看见他就阴阳怪气地叫了起来："哟，解放军来了！你们快来看解放军来了……"话音一落，不但那些挑着粪桶的人朝他扭过了头，就是地里淋粪的贺世龙、贺世祥也抬头像是不认识地看着他。贺世亮想躲也躲不成，顿时红了脸，知道贺世宏故意奚落他，便没好气地道："你管我是什么，屎壳郎打屁——你放什么臭气？"贺世宏马上幸灾乐祸地道："哟哟哟，连问也不能问了，猪鼻子插葱——装啥子相（象）？哪个不晓得你黄了，还想当兵，当凌冰去吧！"贺世亮恨得咬牙切齿，没好气地回击道："我当不当兵，有你屁事？"贺世宏说："是不关我的事，可是那女娃儿的屁股摸起舒服吧……"一听这话，贺世亮的脸涨得通红，眼睛里冒着怒火，牙齿咬得"嘎吱嘎吱"响，仿佛要吃人似的。过了一会儿，贺世亮忽然平静下来看着贺世宏问："三月清明七月半，你怎么不去给贺老踮上坟……"他的声音虽然不大，却说得很慢，一个字一个字都像从牙齿缝里迸出来的，很多人都听见了，并且都咧开嘴唇笑了。贺世宏果然大怒，他"哐啷"一声丢下粪桶，眼睛瞪得圆圆的，额角上鼓着两股青筋，持了扁担便往下跑了起来。一边跑，一边叫："我日你妈，你个摸女娃儿屁股的流氓，还敢骂我？你不要跑，我今天非要和你拼个鱼死网破……"

原来贺世宏的母亲代明淑，在土地改革以前由父母包办，与贺茂迁订了婚。两家本是亲戚，贺茂迁有个姐姐嫁给了代明淑的哥哥，有点儿像是换亲。土改第二年，贺茂迁十九岁，代明淑十七岁，两个人结了婚。贺茂迁个子不高，圆盘脸，面孔黧黑，手脚粗大，不大说话，憨厚老实。而代明淑个子小小巧巧，一张光艳艳的瓜子脸儿，两只黑亮亮的大眼睛，长长的、微微往上翘的柳叶眉儿，一开口说话，两排细细的牙齿又白又亮，身上该翘的地方翘，该凹的地方凹，算得上是一个出类拔萃的人尖儿，常常让贺家湾那些男人像馋猫儿一样将眼睛落到她的身上。贺茂迁笨嘴拙舌，有时用杠子都压不出个屁来。代明淑却是伶牙俐齿，人们常说她把天上的鸟儿都能哄下来，又上过初小，识文断字，贺茂迁便有些管不住她。那年成立初级社，上面要求每个合作社要有会计一人，设立"三账一簿"，合作社社长兼支书贺老踮"任人唯贤"，便选了代明淑做合作社的会计。这样，代明淑便有机会和贺老踮一起开会和研究工作了。到了合作社小春粮食点完，区上为强化合作社会计的财务能力，通知全区所有合作社会计到区上参加培训，培训时间是半个月，代明淑自然去了。到了区上，因为人多，培训班管理也不太严格。在那一段时间里，贺家湾人便发现贺老踮经常借到乡上开会为名，离开合作社。代明淑从区里的培训班回来不久，人们发现她肚子渐渐大了起来。第二年夏天，便生下了贺世宏。

起初，人们并没有发觉什么。男大女大，该下就下，二十来岁的年轻夫妻，只要身上"机器"正常，哪有不生男育女的？可当贺世宏长到三四岁的时候，人们突然发现那孩子除了脚不踮以外，身坯样儿、眉眼儿甚至说话的腔调儿、走路的姿势儿，都像贺老踮脱的壳。人们这才明白代明淑给贺茂迁戴了"绿帽子"。但贺茂迁懦弱，代明淑却因了贺老踮的关系越来越强势，贺茂迁只好忍气吞声地将头上的"绿帽子"戴下去。好在贺老踮还有良心。在三年"困难时期"，尽管代明淑照样当着生产队会计，但贺世宏和贺世健兄弟俩，还是饿得只剩下一把骨头，贺茂迁也得了浮肿病。每逢贺老踮到公社开会回来或下村路过贺茂迁的房子前面时，常常会左右看看，在没人的时候，突然从怀里掏出一个小布袋，里面或是一点粮食，或是两块红苕面掺糠的饼子，也不知他是从哪里搞来的，"呼"地一下从墙外扔进里面的院子里，然后袖了手急急离开。每当这时候，那兄弟俩便像饿狼一样扑过去，抢过东西便往嘴巴里塞。这样，因了贺老踮的特殊照顾，贺茂迁一家终于没有死人。后来开展反浮夸、反基层干部强迫命令群众的官僚主义作风时，贺老踮被抓了典型，死在了监狱里，但贺世宏却越来越出脱成一个新的贺老跷。尽管如此，贺家湾人笃守"宁说一坝、不说一胯"的做人准则，除了背后悄悄议论外，当着贺世宏，谁也没把这个事说破。贺世宏不是傻瓜，当他一天天长大，发现自己的身坯、相貌与父亲和弟弟截然不同，又发现贺家湾人看自己的眼神，总有些怪怪的样子，心下便有些疑惑。不久，贺家湾人那些悄悄的议论，便传进了他的耳朵里，这时他才明白是怎么回事，接着便为自己的出身感到羞耻起来。有一次，他和贺永生一起到上马坟割草，路过贺老跷的坟前时，永生无意中说了一句："这是贺老跷的坟……"话还没说完，贺世宏便扑过去一把将永生按倒在地，打了起来。今天贺世亮是当着众人，问他怎么不去给贺老跷上坟，这不等于将他的身世公开于世了吗？因此贺世宏像是被掘了祖坟一样，顿时勃然大怒。

　　贺世宏比贺世亮高出一个头，身坯子也比贺世亮壮实得多，人们背后叫他"贺大汉"。贺世亮见他拿着扁担下来了，也不示弱，看见贺兴良挑着空粪桶走了过来，便也冲过去，将贺兴良肩膀上的粪桶往地下一掀，夺过了扁担，然后举在手里也冲贺世宏叫道："你来，你来，躲了你的都是偷人生的龟儿子！我说贺老跷关你屁事？我就要说！"说罢干脆像是打鸣的公鸡一样扯长脖子叫了起来，"贺老跷，贺老跷——"贺世宏更是气得满脸通红，牙齿紧紧咬着嘴唇狠狠地叫道："我和你拼了，和你拼了！"贺世亮说："拼就拼，你以为我怕你个杂种……"一语未完，贺世宏已经冲了过来，举起手里的扁担便朝贺世亮砍去。贺世亮也急忙举起扁担去接。两条柏木扁担在空中碰到了一起，发出"砰"的一声闷响。贺世宏力气比贺世亮大得多，在两条扁担相碰那一瞬间，贺世亮只觉得手臂一振，胳膊酸痛起来。接着虎口像被电击了一下，不但痛，而且仿佛失去了知觉，扁担一下被贺世宏打在了地上。贺世亮一时慌乱起来，正准备重新去拾扁担时，贺世宏又恶狠狠地将扁担举了起来。说时迟，那时快，贺世亮急中生智，躬下身子，头朝前，朝贺世宏一下撞了过去。贺世宏见贺世亮朝自己撞了过来，想退到一边已经来不及，便将握扁担的手落下来，用扁担护住胸口。贺世亮一头撞在扁担上，头脑"轰"的一声，眼前金星四溅。正想抽身退回去时，却被贺世宏一把抓住了头发，然后猛地往后面一推。贺世亮打了几个趔趄，站立不稳，便仰倒了下去，头磕碰到一块石头上，顿时冒出血来。

　　贺兴良一见贺世亮头上鲜血直流，便叫起来："流血了！流血了！贺世亮的脑壳流血了！”一边叫，一边扑了过去拉贺世亮。这儿贺世宏还想扑过去，也早被几个汉子拉住了，说：“算了，算了，说归说，动啥手脚？”贺世亮被贺兴良拉起来后，一边用手按着后脑勺上的血，一边不断喘气，牙齿打着战，愤怒地盯着贺世宏，还像是不肯罢休的样子。众人见了，又推他说：“算了，还不快去找贺万山敷点药，跟他一般见识做啥？”一边说，一边把贺世亮推着去了大队合作医疗站。赤脚医生贺万山见他满身满脸都是血，吓了一跳，急忙问他是怎么回事？贺世亮把和贺世宏打架的事说了一遍，贺万山急忙撩开头发检查伤口。倒是没碰伤里面的头骨，但头皮却磕破了一根拇指长。贺万山见贺世亮的头发全被血黏住了，不好清洗伤口，便用小剪子仔细地把他后脑勺上的头发全剪了，然后用碘酒给伤口消了毒，敷上消炎粉，又缝了几针，才用纱布缠住。折腾了好一阵，方才给他把伤口处理完毕，又拿了一点控制感染的口服药给他。

贺世亮不好再到城里去了，只好又回家来。刚把门打开，王茵从大门里面伸出脑袋来，一见贺世亮像个伤兵，急忙又叫了起来：“你这是怎么了？”贺世亮摸了一下头上的绷带，然后才神情沮丧地说：“和人打架了……”王茵又急忙问道：“哪个把你打成了这样？”贺世亮本想告诉她，想了想却又忍住说：“打得不严重……”王茵又说：“纱布都让血染红了，究竟和哪个打的架？”贺世亮见王茵刨根问底，只好把经过说了。正说着，只见贺世宏的母亲代明淑黑着一张母夜叉似的脸，双手叉腰，气势汹汹地来到了院子里。妇人现在已是四十多岁年纪，早已失去了早年妖娆的风采，加上前几年贺茂迁去世，两个儿子都还没有成亲，家里大小事情都落到她身上，所以更显苍老，看上去就像五十多岁的人一样。但早年锻炼出来的一张利嘴还丝毫没有变化，一走进院子，指了贺世亮就骂：“贺世亮，你个砍脑壳的跟老娘过来……”贺世亮知道她是来寻事了，便道：“我不过来又怎么样？打儿还不过百步，你凭啥撵到我院子里来骂我……”妇人在地上跳了一下，道：“骂你？老娘今天还要打你呢！你精光白日的，喊贺老跶是啥意思？贺老跶惹到你啥子了，你今天要跟老娘说清楚……”说着便往贺世亮面前走了过来。

王茵一见，心里明白了。她虽然不是贺家湾人，可到贺家湾已经好几年了，多少知道了一点这妇人的事，见她要过来抓贺世亮，急忙过去拦住了她说：“婶，有啥事过后可以说，非得这样吵吵嚷嚷的，闹得全湾人都知道了看笑话……”妇人一听这话，似乎意识到了什么，这才站住了，却还是指了贺世亮说："你以为老娘听不出你话里的意思？老娘作风不正，你哪儿抓着把柄了？世界上样儿长得像的人多的是，都是作风不正？咸吃萝卜淡操心，也不吐泡口水照照，自己像个啥子东西？长尾巴蝎子——一肚子坏水，你以为老娘不晓得……"贺世亮气得紫涨了脸，想过去和妇人论理。王茵又过来拦住了他，低声说："此地无银三百两，你和她计较啥？"说着又过去拉妇人说，"婶，你就少说两句，年轻人不懂事，他可能是说者无心，却让你听者有意了，这又是何必呢？"几句话说得妇人红了脸，也有些不好意思了，于是自找台阶下地说："今天老娘看到知青姑娘的面子上，不和你计较了，下次再听见你阴阳怪气的，你看老娘会不会饶你？"说着才转身回去了。

妇人走后，贺世亮心里还余怒未息，说："这才怪了，她还有脸来兴师问罪！"王茵说："欲盖弥彰，一个人越有这样的事，越怕有人说！你今后说话也要小心一点儿，不是有句话叫'打人不打脸，揭人不揭短'吗？"贺世亮本想说："他要不打我的脸，我怎么会打他的脸？"可想了想却没这样说，只说："谢谢你！今天要不是你，还不知道这女人会怎么闹呢？"王茵说："你也不用谢，我也只不过劝了两句罢了！"

第六章

　　贺世亮等头上的伤好一些才往城里去。贺世亮的同学叫江国宪，父母都是"五一"理发社的工人，住在英明街花园巷。花园巷这个名字很好听，可里面尽是破破烂烂的房子。巷子也很窄，石板凹凸不平，又有好几道弯拐，俗名又叫四道拐。江国宪和父母住的是筒子楼二楼，房子不宽，只有一个寝室、一个客厅加一个卫生间。寝室自然是江国宪父母住。江国宪住的是父母用木板给他封的阳台。那阳台是用两张水泥板搁到外面悬臂梁上的，有三尺来宽。江国宪的父母用木板把外面封好，搭上一张单人床后还有一点侧着身子过路的地方。江国宪从两岁起一直睡到了现在。一到夏天，阳台被阳光烤得直冒烟，又封得死死的，不透一点气，像是蒸笼一般，晚上便睡不得人。好在那个客厅还宽，有十来个平方米的样子。江国宪的父母便去河边的竹木市场上，给儿子买回了一捆拇指粗细的小芦竹棍，回来用细棕绳缠了，做成了一张"凉巴棍"。江国宪家里吃饭用的也是乡下一样的大板凳，吃过晚饭，江国宪将三张大板凳搭在客厅中间，将"凉巴棍"搁在上面，就做成了一张简易的床，既凉爽，收起来也方便。在县城读高中的三年期间，贺世亮没少到江国宪家里去，既挤过江国宪阳台上的床，也挤过客厅里的"凉巴棍"。

　　从贺家湾到县城有十多公里弯弯拐拐的小路，贺世亮人年轻，腿力好，不到两个小时便到县城了。他想江国宪应该在理发社，因为前不久到县医院做了征兵体检后，他到他们家里，正碰见江国宪的父亲要江国宪学理发，他以为江国宪现在已经在跟着父亲学手艺了，于是直奔"五一"理发社。可到了那里一看，江国宪并没有在那儿。江国宪的母亲正在给一个顾客理发，一见儿子的同学来了，很高兴，可一看贺世亮头上缠着纱布，惊得叫了起来："你这是怎么回事？"贺世亮不想让江国宪的父母知道自己打架的事，便说："不小心摔的。"江国宪的母亲说："这么大的人，怎么还不小心？当兵的事定下来了吗？"贺世亮脸腾地红了，当着那么多人的面，一时不好回答。理发社其他人也停下手里的活，抬起头来看着贺世亮。贺世亮慌乱极了，只好回答说："还没接到通知的，伯母！"江国宪母亲便一边用推剪给顾客推头，一边说："不要紧，总会通知的！国宪在家里，你先到家里去找他吧！"说完像是想起什么，又停了手里的活儿，从衣服口袋掏出一只小布口袋，从里面拿出了两元钱和一张小纸片，过来对贺世亮说："这里有两斤肉票，你让国宪去割一块肉回来，家里还有白菜，中午炒白菜肉片！"贺世亮不好意思去接她手里的肉票和钱，便红着脸说："伯母，又不是外人，这……"江国宪母亲做出嗔怪的样子，说："拿着吧，你和国宪同学一场，你现在要比他有出息了！等你去了部队，还不知要等啥时候，才吃得到伯母的饭呢！"贺世亮听了江国宪母亲的话，这才伸手把她手里的肉票和钱接了过来。

贺世亮敲开江国宪的门，却见江国宪上穿一件深黄色绒衣，下着一条橄榄色绒裤，脚着一双白色帆布胶底鞋，正在客厅里练举重，头上大汗淋漓。客厅里摆着好几只石锁，大的比农村房屋柱子底下的礌磴石还要大，最小的也有一只木升大，还有一副杠铃，也是用青石凿成，中间用一根粗木杠穿着。江国宪一见贺世亮头上的纱布，也问是怎么回事？贺世亮不想隐瞒江国宪，便把和贺世宏打架的事对江国宪说了。江国宪听完，立即说："你呀你呀，人善被人欺，马善被人骑，以后你也可得把身体锻炼好一点，让别人不敢欺负你！"贺世亮马上问："怎么锻炼好？"江国宪说："你看我！"说罢，将绒衣脱了下来，只穿着一件鱼肚白的衬衣，然后挽起袖子，将手臂亮在外面，走到阳台门边，又开双腿，弯下腰，双手抓起一副石担便往上举。贺世亮看见江国宪两只手臂上的肌肉，立即一绺一绺地暴突了起来，紫油油地闪着光。江国宪连举了十多下，这才放下，过来又将右手臂曲过来，手掌握成拳头，然后对贺世亮说："你摸摸我膀子上的肉！"

贺世亮果然去摸，只觉得那几绺肌肉像是他屋后那棵老枣树的根一样硬，便不由得道："好结实呀！"江国宪松了拳头，收回手臂，过去穿起衣服，才过来对贺世亮说："这有啥？你把手伸过来，我握一下你就知道了！"贺世亮把手朝江国宪伸过来，江国宪抓住贺世亮的手轻轻一捏，贺世亮便"哎哟哟"地叫了起来。

江国宪松开手，却对贺世亮问："怎么样？"贺世亮一边甩着手，一边说："像钳子一样！"江国宪说："我才使三四分力气呢！"贺世亮又是惊喜，又是钦佩，说："才三四分力就这样痛，要是使十分力，不把我手上的骨头都捏成渣滓了？"江国宪说："不说把骨头都捏成渣滓，但肯定会让人受不了！你如果练到这样子，看谁还敢欺负你！"贺世亮问："你都是靠举这些石锁和石担练出来的？"江国宪说："可不是！"贺世亮说："你哪来的这么多石锁？"江国宪说："我到乡下去搞的！乡下石匠多的是，我给他们几盒经济烟，他们就给我打好送来了！"又对贺世亮说，"你来试试！"贺世亮好奇地走过去，将刚才江国宪放下的那个石锁把子用力握住，想要往上举，哪儿举得起来？一张脸憋得像要下蛋的母鸡。江国宪说："先举轻的！"说着选了一只小的给他。贺世亮倒是举起来了，但只举了几下，手臂便酸了起来，急忙放下了。

贺世亮朝屋子里那些石头疙瘩看了一眼，然后说："把你的石锁送我两只，舍不舍得？"江国宪说："有些石锁，我已经用不着了，你要就尽管拿去！"便指了其中两只说，"这一只是三十斤重的，这一只是四十斤重的，我现在举八十斤重的！"贺世亮立即高兴地说："那好，等我回去的时候，就把那只三十斤和四十斤重的拿回去！"江国宪说："关键是要经常练，不能三天打鱼，两天晒网！起初举的时候，你手膀子会又酸又痛，可练着练着，你就会觉得手上身上都有力气了！"说完又炫耀地说，"没听说过吗？这年头穿好了要挨整，吃好了不怕冷，只有身体好了，才既不怕挨整，又不怕挨冷，你说是不？"贺世亮说："怎么不是这样？我就是想请人教我一点功夫，可找不着师傅呢！"江国宪说："现在而今眼目下，即使有人会功夫，也不敢露相，你到哪儿找师傅？就先举这石头吧，我们这是响应毛主席'加强体育锻炼'的号召呢！你看我，还没有锻炼多久，现在没人敢和我掰手劲了！"说完这话，江国宪才像是想起正事来，急忙又对贺世亮说，"参军的事没问题了吧？啥时候走？我还以为你说走就走了，连招呼都不来打一个了呢……"贺世亮神情立即沮丧了下来，马上耷拉了脑袋说："你快别提了，竹篮打水一场空！"说罢，眼里便溢上了泪水。江国宪马上叫了起来："怎么回事？"贺世亮使劲憋住了泪水，才说："都怪我自己！政审都通过了，啥都没问题了，可是……"一语未完，眼泪还是不争气地在老同学面前滚落了下来。江国宪着急起来，忙叫道："你不要哭，慢慢说呀！我爸我妈听说你就要去当兵了，便拿你做榜样来教育我，说：'你一不找工作，二不学理发，一点正业不务，你看你同学贺世亮，就要去当兵了，你怎么不学人家？'到底因为啥去不成了，你倒要给老同学说说！"

贺世亮擦了泪水，过了好一会儿才看着江国宪说："我说出来，你可不要笑话我……"这才把那天晚上看电影发生的事对江国宪说了一遍。

江国宪听完，突然"哈哈"地笑了起来，说："你真是活该！你想和我们校花要朋友，真是剃头匠的担子——一头热，癞蛤蟆想吃天鹅肉——异想天开！你也不想想，人家愿意和你要朋友吗？在学校时，你难道一点没有看出来，周敬英在和林建华要朋友吗……"一句话没完，贺世亮忽然像是被蛇咬了一下似的叫起来："真的？"江国宪说："真是人在事中迷！这样的事难道我还能说着玩？我实话告诉你吧，这可是林建华亲口对我说的，说周敬英高二的时候就给他写信，高三的时候，还到林建华家里去过几次！人家林建华是啥人？响当当的县革委副主任的公子！你是啥人？你单相思去吧！也不给我说一说，你要说了，我早告诉了你，你也不会为她犯错误了嘛！"贺世亮顿时真傻了，呆呆地看着江国宪，什么话也说不出来。过了半晌，忽然猛拍打起自己脑袋来，一边拍打，一边十分痛苦地说："原来是这么回事，原来是这么回事！我真是吃了猪油蒙了心，搬起石头砸自己的脚——自讨苦吃呀……"江国宪忙把他的手拿住了，说："这有啥，去不成就不去了嘛！"贺世亮哽咽着说："我怎么给你爸爸妈妈解释……"江国宪说："这还不好办？你就说名额有限，或身体复查时出了问题不就行了！这样也好，省得我爸爸妈妈又拿你做榜样教育我了！"

两个老同学说了一会儿闲话，贺世亮的心情渐渐平复了，想起江国宪母亲给他的肉票和钱，想等离开时，再把肉票和钱给江国宪。一边这样想，一边便随江国宪走进厨房，帮着老同学生起炉子来。刚把饭做好，江国宪的父亲便回来了，手里提着一只饭盒子。贺世亮一见，问："伯母没回来？"江国宪的父亲说："她中午要值班，我吃了饭后给她送去！"说完便把饭盒子递给了江国宪。江国宪接过盒子进厨房去了，没一时，把给母亲的饭盛好，然后端出饭菜来。江国宪的父亲见只有一盘炒白菜，一碗鸡蛋汤，便问："你妈给的肉票和钱，怎么没去买肉？"江国宪问："她啥时候给的肉票和钱？"贺世亮听了这话，才红着脸说："哦，我忘了！"说着掏出了肉票和钱，交给了江国宪的父亲，说："江伯伯，你们一个月才那么点肉票，何必要拿来招待我？我经常到你们家里来，难道还把我当外人？"江国宪父亲像是很过意不去似的，说："唉，那就实在对不起你了，吃碗菩萨饭！"吃完饭，江国宪父亲又把肉票和钱交给了江国宪，说："下午去食品公司看看还有没有肉了？如有，就把两斤肉票都割回来！"又对贺世亮说，"娃，你就在城里住一晚上。"说完，提着饭盒走了。

贺世亮和江国宪两个人进厨房洗了碗，江国宪这才拉着贺世亮往县食品公司去。走到那儿一看，早没肉了，江国宪便对贺世亮说："是你自己没口福，上午怎么不把肉票和钱给我？"贺世亮说："为啥一定非得吃肉不可？俗话说得好，只要情义在，吃口水也甜，你要这么客气，我以后倒不好来了呢！"说着话，两个老同学逛了一阵街，黄昏的时候才回到家里。

第七章

　　贺世亮在江国宪家里住了两天，渐渐丢冷了当兵的事，又回贺家湾去。走的时候，江国宪找出一根棕绳和一截竹筒做扁担，贺世亮将江国宪的两只石锁套上，担着出了门。石锁一只重，一只轻，出得城来，贺世亮又找了一块石头绑在轻的那只上面，一路晃晃悠悠往回走，惹得两边地里干活的人不断注目观看和议论。

　　回到贺家湾，天将晌午，大队办公室门外，摆着几张桌子，贺世海正带着王茵、贺小莉、贺雪东、贺银庆几个年轻人扎大红花。几个人一见贺世亮敞着外面的衣服，头上汗涔涔的，担着两坨石头走来，都十分奇怪。还没等贺世亮说什么，贺世海便叫了起来："你从哪里担两块石头来？"王茵看了看，说："这不是石头，是石锁……"话还没说完，贺世海便皱起了眉头，说："什么锁不锁，石头就是石头嘛！你挑两块石头回来做啥？"

　　贺世亮本不愿意回答，但一想人家是团支部书记，几天前还请自己喝过酒，又送过礼物，不答应人家也不对，便把江国宪教给自己的话说了出来："毛主席教导我们说：'加强体育锻炼，增强人民体质'嘛！"贺世海不好再说什么，便正了脸色，有些严肃地对贺世亮说："你正经一点好不好？虽说今年当兵去不成了，可也不能悲观失望嘛！毛主席说，前途是光明的，道路是曲折的，就看自己的表现了，你怎么能这样经受不住打击呢？"贺世亮正准备回答，却见贺世海对他挥了一下手，将他的话堵了回去，接着说，"实话告诉你吧，今年新兵的名单下来了，果然没有你，却有我们大队的贺春乾！贺春乾在政审的时候，并没有他的名字，都是因为把你刷下来后，上面又把他添上去的！人家明天就要走了，我们正在准备欢送呢……"贺世海话没说完，贺世亮心上早像是被人扎了一刀，马上没好气地大声叫了起来："有他就有他吧，关我啥子事……"众人一见贺世亮脸色变得铁青，便都愣愣地看着他，贺世海又说："你也不要难过，只要振作起来，以后机会还是有的……"贺世亮没等他继续往下说，便从鼻孔里喷出一声冷笑，说："我难过啥，不当兵就不活人了？"说罢，贺世亮昂起头便往前走去，没走几步，又回头对贺世海说，"三哥，你送我的礼物，回家我就拿来还你！"贺世海说："你留着吧！不当兵就不学毛主席著作了？"贺世亮又冷笑一声，说："我连当兵都不配，还配学毛主席著作？"众人一听这话，都吃惊地看着他。

贺世亮也不管众人是什么表情，转身又走。只见他往前走了几步，突然又像是想起了什么，再次反身走了过来。众人以为他还要说什么，却见他并没有理会大家，昂首挺胸从他们身边走了过去。到了旁边的供销社代销点门前时，"咚"地放下了肩上的石担，掏出两块钱来，大步走进去对着柜台大叫一声："拿瓶酒来！"售货员是从公社供销社派下来的，姓胡，三十多岁，右边眼睛有点斜，尤其是笑起来的时候，眼睛差不多要扯到额角上去了，因此贺家湾人便叫他"斜巴眼"。听了贺世亮的话，他像是没听清楚，笑着问："你真的买瓶酒呀？"贺世亮"啪"地把钱往柜台上一放，大声说："我就喝不得瓶酒？你睁大眼睛看看，这是钱！""斜巴眼"一看，才从货架上取了一瓶酒，交给了贺世亮，又找补了贺世亮零钱。贺世亮将酒瓶往裤子口袋里一揣，出门担起石担，这才气昂昂地走了。

到了家里，放下石担，贺世亮才感到一阵剜心的疼痛，忍不住又想像上次那样放声大哭，可他咬着牙忍住了。他把大门关上，插紧，从裤子口袋里掏出酒瓶，拧开盖，将瓶嘴塞进嘴里，仰起头来，像是渴极了，"咕咚咕咚"地往肚子里灌起酒来。因为灌得急，酒液从嘴角溢了出来，雨线一般流到衣服上。起初，贺世亮觉得从嘴巴到肚子里，都像被辣椒水辣住了，喉咙里像是要往外冒烟一样。可灌着灌着，这种感觉慢慢消失了，他变得有些晕乎乎起来，鼻子里闻到的，只是满室的酒香。他觉得这种气味很好闻，便灌得更猛了。酒液溢出来已将衣服湿了一大片，他也一点没觉察到。一瓶酒灌完，他开始摇晃起来。这时贺世亮的意识还有些清醒，知道自己醉了，便跟跟跄跄往床上一扑，接着便不省人事了。

等他醒来，已不知是什么时候，侧耳静听，整个世界万籁俱寂，仿佛死去了一般。只有风从屋顶掠过，刮着竹叶发出"飒飒"的声音，有如妇人悠长的呜咽。窗外漆黑一片，贺世亮估计已是半夜。此时他只觉得五脏六腑都在燃烧，口渴得要命，而身子却软得没一丝力气。他挣扎着爬起来，想去摸火柴点灯，却没摸着，只好扶着墙壁，脚下像踩着棉花条一样，跌跌撞撞往厨房摸去。到了厨房，摸着了水缸和水瓢，便从缸里舀出一瓢冷水，"咕噜咕噜"喝了下去。

一瓢冷水下肚，贺世亮觉得肚子里好受多了，又摸到睡的房间里，东摸西摸，摸到了火柴，划着，颤抖着将煤油灯点燃了。这时贺世亮才看见床上、地上和衣服上，满是自己的呕吐物，一摊一摊的，散发着刺鼻的酒味。贺世亮这才想起昨天晚上的事。看见肮脏的呕吐物，忍不住"咯噔"打了一声嗝，肚里忽地又不平静起来。他马上用手捂住了嘴，忍了一会儿，觉得肚子平静一些了，才去灶膛里撮了半筲箕草木灰，倒在地上的呕吐物上，用扫帚反复在地上清扫几遍，接着又将草木灰撮起来，开了门，倒在了后面的茅坑里。然后又强挣扎着，将被呕吐物弄脏了的被套也拆了下来，又换了身上的脏衣服，和被套一起抱到厨房，按到了木盆里，这才头重脚轻地走回来，准备重新上床睡去。也许是打扫房间的响动惊醒了隔壁的王茵，他忽然听见王茵在问："贺世亮，贺世亮，你醒过来了？"贺世亮想回答，却觉得浑身没一丝力气，不回答，又觉得没有礼貌，半天，他才强打起精神，有气无力地说道："你还没睡……"王茵在隔壁说："昨天晚上睡的时候，我听见你吐得'哇啦哇啦'的，像是把肠肝肚肺都吐出来了一样！我喊你又喊不答应，吓死人了！你喝了酒是不是？"贺世亮听了这话，半天没回答。王茵没听见贺世亮回答，又关心地问："你是不是还很难受？"贺世亮这才说："好多了……"王茵说："好些了就好，明天起来熬点粥喝，以后不要喝那么多酒了！有什么难过的？没听古人说过吗，留得青山在，不愁没柴烧，何必自己折磨自己，不就是当个兵嘛！"说完，见贺世亮又没答应，以为他已经睡过去了，便也住了声。

第二天早晨醒来，贺世亮仍觉得脑袋昏昏沉沉，身子怠倦乏力，像是大病过后虚脱了一般，但比起昨天晚上又好多了。他果然去生火，抓了两把米，想熬一碗稀粥喝。可想了一想，觉得米多了，又抓了半把出来，然后洗了一根红苕添进去，煮了一碗红苕稀饭。吃下去后，觉得精神恢复了一些，便去敲王茵的门，想问她队里今天干什么活？敲了半天，王茵却没有开门。这时忽然听见从大队办公室方向传来锣鼓声，才想起王茵肯定去参加欢送贺春乾入伍的活动了。贺世亮在王茵门前站了一会儿，又走回来，关上门，仍觉得乏力，便又上床去睡了。迷迷糊糊睡了一觉，醒来一听，隔壁有了响声，便知王茵已经回来了。贺世亮起来进厨房洗了一下脸，又去敲王茵的门。王茵开了门，一见贺世亮，便惊讶地叫了起来："你脸色怎么这样吓人？"贺世亮说："今天没有出工？"王茵说："我们在欢送贺春乾入伍，其他人都在地里干活呢！"说完，王茵忽然看着他说，"转眼就是春节了，我刚才听贺世海说，大队又要组织宣传队，你想不想参加？"贺世亮想了一会儿才说："我去送给别人笑话嘛？"王茵说："参加也有好处，年轻人在一起唱唱跳跳，就不会想到当兵的事了！"王茵的话刚完，贺世亮就态度很鲜明地说："我不参加！"王茵便没再吭声。过了一会儿，贺世亮才觉得自己态度粗暴了一些，人家毕竟是为自己好，于是看着王茵说："你想参加就参加吧，毕竟你一个人在乡下过年冷清……"王茵没等贺世亮说完，便说："我过年要回家去，才不会去参加呢！"说完，两个人又说了几句闲话，便各自进屋去了。

　　贺世亮又把自己在家里关了两天，到第三天上，方觉得精神起来。看见地下的两只石锁，想去举一举。于是紧了紧裤带，过去抓起那只三十斤重的，举了两下。那手却是颤颤巍巍的，虽是勉强举上去了，却憋得像是才下过蛋的小母鸡，满脸通红，刚举到头顶，又"咚"地放了下来。再要举时，却忽然听到了"咚咚"的敲门声。贺世亮以为又是王茵，便急忙叫了一声："来了！"兴冲冲地跑过去开了门。一看，却是贺世忠。贺世忠二十七岁，四方脸，个子不高，身材精瘦，是属于那种俗话常说的"干膘人"——吃什么都不会长肉的人。他穿着一件黄棉袄，外面套着一件已经毛了边的旧军装，纽扣扣得整整齐齐，还保持着几分当兵时的形象。一见贺世亮，便板着脸严肃地问："你这几天怎么不出工？"贺世亮见贺世忠这副样子，心里便有些不高兴了，于是说："病了！"贺世忠又将贺世亮上下打量了一遍，然后又问："啥病？"贺世亮说："我又不是医生，我怎么知道是什么病？"贺世忠被噎住了，过了一会儿才接着问："前两天你又到哪去了？"贺世亮说："到同学家去了！"贺世忠说："你经常都是到同学家去……"贺世亮听贺世忠口气不对，不等他说完，便说："我的同学多，今天到这个同学家去，明后天又到那个同学家去，我的同学家里都是响当当的贫下中农！难道不让我去？"贺世忠听贺世亮这么说，便沉下了脸说："不是不让你去，草树桩桩你也该摇动一下，为啥不向生产队请假？大家都像你这样目无组织纪律、自由散漫，出工三天打鱼、两天晒网，集体的活儿还干不干了？你还是不是生产队的社员？"贺世亮心里更不高兴了，便说："我才一次没请假，你就说得这么严重，别人走哪儿，是不是每次都请了假的？你要这么说，以后我干脆不跟哪个请假了！"贺世忠听了这话，突然瘪起嘴来，说："哟，你还不接受批评教育了，是不是？你自己摸了女娃儿的屁股，没当成兵，还跟我闹啥情绪？好，以后社员大会上说！"说罢转过身子气冲冲地走了。贺世亮冲着他的背影大声道："社员大会上说就社员大会上说，我不过是旷了两天工，不相信哪个能把我吃了！"说罢"哐"地把门重新关上，跑过去将刚才那只石锁抓在手里，气鼓鼓地一连举了六七下才放下来。

第八章

　　冬去春来，时光到了第二年的阳春三月。时间是一剂良药，在这三个多月的时间里，贺世亮心灵的创伤渐渐平息。自从那次和贺世忠顶过嘴以后，贺世亮自知胳膊拧不过大腿，便老老实实在生产队参加劳动，回到家里便去举那两只石锁。先是举那只轻的，最初只能举几下，举完以后，手臂还酸痛酸痛的，很不舒服。可举着举着，不知从什么时候开始，便觉得手上有力了，一连举十多下，二十多下，三十多下，手臂不但不再酸痛，还反而觉得有些不过瘾似的。后来便可以一口气举五六十下了，一次举下来，除了流一通大汗外，身不痛，气不喘，浑身充满了活力。于是贺世亮便开始举那只四十斤重的。没举多久，觉得这四十斤重的，拿到手里，也只像拧着两把挂面一般，有种轻飘飘的感觉。他本想再到城里找江国宪要只重的，可又一想贺家湾到处都是石头，何不自己打两只？便借了铁锤錾子，又借了保管室称粮食的大秤，到擂鼓山找了一块光滑坚硬的青石，先用大錾子估摸着打出了毛坯，然后边打边称重量，最后用小扁錾细细打磨，打了一只六十斤重的石锁，背回家里，又练了起来。最初还略有些吃力，没举多久，又一口气能举几十下了。有一次举了十多下，身子开始发起热来，贺世亮便把外面的衣服脱掉，只穿着一件贴身的背心，当他把石锁举到头顶的时候，他朝自己右边的膀子看了一下。天哪，他差点叫了起来。只见自己膀子上的肌肉，一绺一绺的，像是要暴突出来一样。他用左手去摸了摸，那肌肉结实得像是生铁一般。他立即放下石锁，兴奋地在屋子里走来走去，内心突然升腾起一股想和人掰掰手腕、比比力气的感觉。然后他又看了看左边手臂，觉得左边手臂上的肌肉没右边手臂上的结实，便知两只手臂的力量有些不平衡。第二天，他便又去擂鼓山找了两块青石，打了两只石鼓，每只六十斤重，中间凿了孔，又趁没人的时候，砍了山上一根手臂粗的小柏树，削了皮，打磨光滑，穿进石孔里揳紧，担了回来。

这天，贺世亮正吃着早饭，忽听得贺世忠在大喇叭里喊："各位社员请注意，各位社员请注意，今天上午不出工，大家赶快到大队小学把这几个月的工分评了……"反复广播了两遍。喇叭的声音刚落，全湾便像沸腾起来了似的，有人在外面大声叫喊："评工分了！评工分了！"接着便听见有人往大队小学跑去，好似去迟了会赶不上一样。

贺世亮也赶紧往嘴里刨了几口饭，可是红苕稀饭很烫，急不起来，他便去找出一只大碗来，把碗里的稀饭倒了一大半在大碗里，让它慢慢冷着，自己一边用筷子不断在碗里搅动，一边沿着碗沿慢慢往嘴里喝。正这么吃着，王茵忽然站在大门边喊了起来："贺世亮，评工分了，去不去？"王茵回家里过年，在重庆耍了一个多月，才回来不久。眼下天气逐渐暖和起来，她已经脱了棉袄，里面只穿一件棉线衣，外面套着一件水蓝色花褂子，把整个身子衬托得凸凹有致。贺世亮一听王茵喊他，急忙端着碗走了出来，一边用嘴吹着碗里的稀饭，一边对王茵说："评工分怎么不去？可我饭还没有吃完呢！"王茵问："还有多久，要不我先走到？"贺世亮当然希望能和王茵一同走，可想了想说："要不你先走嘛，我可能还有一会儿！"王茵果然转身就走，贺世亮却又喊住她说，"贺世忠如果点名，你帮我答应到一声儿，啊！"王茵一听这话，回头说："行，我帮你应一声儿！"说完才转过身子走了。贺世亮看着王茵走路时那身姿，觉得特别迷人。

王茵走后，贺世亮回到屋子里，囫囵将稀饭吞到肚子里后，把碗收进去，在鼎锅里洗刷几下，拿出来放进碗柜里，然后扯下绳子上一条洗脸的毛巾，将嘴擦了一下，便出来锁上门，急急地往大队小学去了。

到了大队小学一看，人却没有到齐。操场上那棵贺家湾的老黄葛树底下，学校用砖块和水泥砌了一个乒乓球台，此时贺世宏和贺七成对角坐着，在比赛掰手腕。他们身后都聚集了一大堆年轻人，分别叫着、喊着，给双方加油。只见贺世宏和贺七成两只手掌紧紧拧在一起，胳膊肘都支在乒乓台上，贺七成已憋得满脸通红，手摇摇晃晃，像是坚持不了了，人们马上大声叫道："贺七成雄起，贺七成雄起……"可喊声未落，贺世宏一用力，贺七成的手背便倒在了乒乓台面上。人们又叫："贺七成输了！贺七成输了！"贺七成红着脸，将手从贺世宏的手掌中抽了出来，讪讪地说："我掰不过他，我掰不过他！"说罢便起身离开了。

贺世宏等贺七成走后，便又对着人群大叫："哪个又来？"众人互相看了一眼，没人上去，过了一阵，贺兴成忽然在人群中叫了一声："我来！我不信掰不过你！"说着便挤了过去，在刚才贺七成的位子上坐了下来，接着挽起衣袖，露出了结实的手臂。众人又扬着手喊了起来："贺兴成雄起！贺兴成雄起！"众人叫喊声中，贺世宏和贺兴成两只手掌紧紧握在了一起，有人喊了一声："开始！"说时迟，那时快，两只手臂都开始用起力来。兴成先还坚持着，可没过多久，脸也憋得红紫起来，手也开始摇晃。众人正要开始给贺兴成加油，但喊声还未出口，那手背又倒了。贺兴成也只得红着脸站起来，说："他气力是大，掰不过他！"说着也悻悻离开了。贺世宏一见，又不可一世地对众人叫道："还有哪个不服输的，又来！"众人一见，都不作声了。

正在这时，贺庆一眼看见贺世亮，便道："贺世亮，你举了这么久的石头砣砣，敢不敢和贺世宏比手劲？"众人一听这话，便都把目光投在了贺世亮身上。贺世亮想起上次贺世宏打他的事，本不想和他比赛，却听见贺世宏在奚落他："他，手下败将！"贺世亮见贺世宏趾高气扬的样子，突然生气道："输什么？"众人一听这话，便看着贺世宏问："贺世亮问你输啥子？"贺世宏虽然知道贺世亮每天都在把两只石头疙瘩举上举下，却并不相信他手上有多大力气。一听贺世亮的话，便不屑地说："你说输啥子就输啥子！"贺世亮说："我们也不输多了，就输一盒烟！"贺世宏说："一盒烟就一盒烟！"贺世亮听了这话，果然从口袋里掏出了一角钱，交给了贺庆说："你去给我买一盒烟来！"贺庆接过钱，果然跑到旁边代销店，买了一盒"经济"牌烟，还找补了贺世亮两分钱。可贺世宏却没有钱，一见贺世亮认了真，便红了脸道："我莫得钱……"话音没落，众人便起哄道："没有钱去赊嘛！不敢比就是认输了！"贺世宏一听这话，便一下站了起来，大声叫道："哪个说的不敢比？赊就赊，你怕我连一盒烟也赊不起？"果然也跑去赊了一盒"经济"牌烟来，交给贺庆。贺庆把两盒烟摆在乒乓台中间，说："哪个赢了就拿，可不准耍赖，啊！"

说着，贺世宏和贺世亮便都坐了下来，撩起衣袖，将胳膊肘支在乒乓台上，做好了准备。两边观战的人，顿时精神高涨了起来，都纷纷道："好，好！"叫喊声中，贺世宏刚要来握贺世亮的手，贺世亮却道："慢……"贺世宏说："不敢比了?"贺世亮说:"我是怕你输了,你可以两只手来,加半手,怎么样?"贺世宏立即像受了侮辱地叫了起来:"哪个要你让?你加半只手还差不多!"贺世亮听他这么说,便道:"那好,我们谁也不要谁让,开始吧!"说着便握住了贺世宏的手掌,贺世宏也握住了贺世亮的手,将大拇指搭在贺世亮手掌的虎口上。周围的人一见,立即兴奋地叫喊起来:"雄起!雄起!"一时喊声震天,群情激动,场面好不热闹。叫喊声中,贺世亮将手肘支在乒乓台上,并不用力,手臂却像生了根似的,纹丝不动,贺世宏使劲掰了半天,却没法将贺世亮的手掰下去,脸渐渐涨成了一副酱猪肝的颜色。众人见了,又拍手给贺世宏鼓劲道:"大汉雄起!大汉雄起……"可就在众人给贺世宏呐喊助威时,贺世亮轻轻一用力,贺世宏的手便一下倒了下去。众人一见,"哇"地喊了起来,又都对贺世亮拍手表示祝贺。

贺世宏见自己输了,便不服气,紫涨着脸叫道:"这回不算,我还没有做好准备他就掰了!"众人说:"掰了那么久,还没做好准备?怕输客!怕输客!"贺世宏还是强词夺理地说:"就是没做好准备嘛!"贺世亮一听,便说:"好,没做好准备就再来一次!"说罢又将手举了起来。贺世宏重新握住了贺世亮的手,贺世亮等他握好以后才:"好了没有?你说好了就好了!"贺世宏说:"好了!"贺世亮说:"开始了?"贺世宏说:"开始!"说着想趁贺世亮不备,突然发力,把贺世亮的手掰下去。可是还没等掰动贺世亮的手,贺世亮突然一下,又把他的手按到了乒乓台上。众人又马上大喊起来:"输了,输了,贺大汉又输了!"贺世宏又立即脸红筋涨地叫了起来,说:"你刚才说让我半手,我两只手来,我不信你掰得赢我两只手!"贺世亮又爽快地说:"别说两只手,就是三只手都行!"众人都等着看贺世亮怎样迎接贺世宏的两只手,便也怂恿说:"行,三回为定准!"说话间,贺世亮又把手支在了乒乓台上,张开手掌。贺世宏便用右手抓住贺世亮的手掌,同时用左手握着右手腕的根部,为右手助一腕之力,这便叫作"加半手"。众人一见,又说:"这回贺世亮肯定会输了!"又朝贺世宏喊道,"大汉加油!大汉加油!"

这儿准备完毕,贺世亮又问贺世宏:"准备好了没有?"贺世宏说:"好了!"贺世亮说:"好了你先掰!"贺世宏果然使出吃奶的力气,左手使劲推着右手手腕,想将贺世亮的手掰下去,可贺世亮的手仍然没动。贺世宏掰了一会儿,贺世亮才说:"我也开始了!你听着:一……"话音未落,贺世宏的两只手早被掰倒了。众人又一阵叫起来："贺大汉两只手还搞不过人家一只手！"贺世宏一听众人这话，像是恼了，突然一下跳了起来，对贺世亮道："这不算！这不算！我们来比摔跤！"众人一听摔跤，更加兴奋起来，立即拍着手道："要得，要得，摔跤！"说完，很多人便主动学起雷锋来，说："我们来给你们把地上的石头瓦片都捡干净！"说着，果然散开，将操场上的石块、瓦块捡起来，纷纷向场外扔去，没一时便把场上的硬物都收拾干净了。

贺世亮听贺世宏说比赛摔跤，便知他想仗着身坯高大强壮，把掰手腕失去的面子赢回来，便说："摔就摔，你说摔几轮就摔几轮！"说着，便脱了外面的衣服，只穿着里面一件圆领汗衫，将袖子挽到胳膊上，来到了场子中央。贺世宏也脱了外面的衣服，只穿着一件褂子，光着胳膊走了过来。众人又是欢呼，又是拍手，欢呼雷动。在众人叫声中，贺世宏和贺世亮早用胳膊捋住对方，像两只公牛打架一样头抵着头，在场子里转起圈来。转着转着，贺世宏突然一下抱住贺世亮的腰，要将他摔下去。众人"哇"地叫了起来："贺世亮小心，贺世亮小心……"一边叫，一边围着他们转起圈来。

贺世亮见贺世宏抱住了自己，还没等他将自己摔下去，也一把将贺世宏抱住了。贺世宏摔了好几下，都没把贺世亮摔下去。正在贺世宏用力的时候，只见贺世亮腾出一只脚，猛地将贺世宏双腿一扫，接着手上一用力，贺世宏便像根木头一样，"咚"的一声倒在了地上。众人又拍手欢呼起来："好！好！"贺世宏从地上爬起来，却说："不算不算，他是使搞（绊）脚！"贺世亮说："摔跤并没有说不准使搞脚！"贺世宏说："我们不准使搞脚！"贺世亮说："不准就不准，我们又来！"说着站正了，贺世宏果然又扑了过来，拦腰抱住了贺世亮，用力一摔，没把贺世亮摔下去。贺世亮等他摔过后，才一把抱住他的身子，往上一用力，贺世宏双脚便离了地。接着贺世亮一摔，便把他又摔在了地上。众人又是一阵欢呼雷动，并叫道："贺大汉不要摔了，不要摔了！"

贺世宏爬起来，还没说什么，却听得外面一个人喊道："我们两个人摔他一个人！"众人看时，却是贺世宏的弟弟贺世健。原来贺世健见哥哥三次掰手腕掰输了，两次摔跤也摔输了，觉得很没面子，因此要两个人来摔贺世亮一个。众人听了说："只有一对一，哪有两个人对一个的？"贺世亮看了看贺世健，却说："让他们两弟兄都来吧！"贺世健一听，果然也去脱了衣服，紧了紧裤带，和贺世宏一左一右地朝贺世亮走了过来。场上气氛一下有些紧张起来，众人都朝贺世亮喊道："贺世亮注意！""贺世亮雄起！"贺世亮朝人群瞥了一眼，看见王茵也在里面，脸上红扑扑的，像是十分兴奋，看见贺世亮的眼睛朝她扫了过来，便把拳头举到头顶，一边挥舞一边朝贺世亮叫："加油！加油！"贺世亮心里立即像有股暖流涌过来似的。他也朝王茵攥了一下拳头，似乎说："你放心！"随后，迅速收回目光，见贺世宏和贺世健兄弟二人已经朝他扑过来了，说时迟，那时快，他突然一个扭身，躲开了二人，又以迅雷不及掩耳之势，拦腰抱住贺世宏，往地下一摔，贺世宏便倒在地上。接着没等贺世健回过神，同样猛虎般扑过去，抱住他只轻轻一摔，贺世健也倒在了地上。众人马上发出一阵欢呼，道："两个人都输了！两个人都输了！"

贺世宏和贺世健从地上爬起来，似乎红了眼，正要扑过去时，贺世忠从里面屋子里出来，一面吹着哨子，一边叫道："开会了！开会了！正做不做，豆腐拌醋，留点气力干正事，难道不好吗？真是没有名堂？"众人一听这话，才像鸟儿一般，"呼"地往里面教室跑去了。

第九章

　　贺世亮等众人跑了，才去穿好衣服，一边扣扣子，一边往里面会场走去。原来今天是星期天，学校不上课，贺世忠便去找了一间教室，把桌子搬开做了会议室。贺世亮进去时，教室里已坐了满满一屋子人，还有一些人没坐下，便坐在教室外面的阶沿上，女人们一边打鞋底摆龙门阵，男人们一边做篾活儿，一副开会和做私活两不误的样子。贺世亮刚走进教室，贺兴生、贺庆、贺兴良、贺兴成、贺晓力、贺兴春、贺长明、贺兴超、贺世发、贺雪东等先前在操场上观战和呐喊助威的一伙年轻人，立即冲贺世亮像迎接英雄一样喊了起来："贺世亮，这儿来坐，这儿来坐！"说罢纷纷让身，给贺世亮挤出一个位置。贺世亮从没有赢得过如此尊重，心里立即涌出一种自豪感，果然过去挨着贺兴成坐了。

　　贺世忠等大家坐好后，宣布开会。贺世忠到底是在部队文工团干了几年的，讲起话来，抑扬顿挫，像是舞台上报幕一般。他先漱了一下喉咙，然后便说开了："大家不要说话了！做手工活的不要做了，外面做篾活的也停下来！抱娃儿的娃儿抱好，不要等会儿评工分的时候，又整得叽里呱啦地叫唤！中间那伙条子娃儿，屁股底下是不是有刺？莫得刺屁股动来动去做啥子？"说着，突然提高了声音，像是下命令地大声说了一句，"都给我坐好了！评工分不是儿戏，哪个要吊儿郎当，等会儿工分评少了，可别怪我贺世忠一根眉毛扯下来盖住了眼睛，啊！"

　　众人一听贺世忠这样说，那些打鞋底和做篾活的马上停下了手里的活儿，所有的人都将身子坐直了，目光落到贺世忠身上，一副正在接受军事训练的样子。贺世忠朝会场扫了扫，像是满意了，这才接着刚才的话说："每个人报工分前，各人在心里把这几个月的表现，对照毛主席语录好好检查一遍。报工分时，都要实事求是地把在这几个月中，做了哪些不热爱劳动，不热爱集体，心里还有哪些私心杂念和缺点等说出来，并说出今后怎样改正这些缺点和错误，接受大家帮助，不要靠大家来说，这就不好了……"众人听了这话，又说："晓得，晓得，评了这么多年工分，没吃过油还没听见过榨响？哪个不谦虚，少他工分就是！从哪个评起走，直接评吧！"

说完，就评起工分来。原来贺家湾评工分有一定之规。首先，贺家湾把全队的劳力，分成了四个等级，即男劳力、女劳力、半劳力和副劳力。男劳力又叫"全劳力"，包括所有身体正常的成年男性劳力。男劳力一个工的满分为十分。女劳力也包括所有身体没有缺陷的成年女性劳力，一个工的满分为八分。半劳力的范围最广，既包括身体有缺陷，不能和正常的男劳力或女劳力一样参加劳动的残疾人，也包括那些只能做些轻微劳动的上了年纪的老人，以及还没成年的半大娃儿等，他们的工分一般在五到六分之间变化，弹性的空间最大。副劳力不多，一般指那些偶尔参加一点辅助性劳动的小孩，工分在三至四点五分之间。每次评分，都是从男劳力开始，男劳力评完后，是女劳力、半劳力，最后才是副劳力。而在评每个同等劳力的工分时，所采取的措施便是首先在全生产队各找出一个大家公认的劳动态度最好、干活最认真、劳动技术最到家的人，作为标杆。把这样一个人选出来以后，下面报分的人，便以这个人的分数为依据，报出自己的基本工分。贺世龙是贺世海的大哥，贺兴成的父亲，是全生产队公认的干活能手和庄稼把式，每次评分，他都被大家选出来做全劳力的标杆。加上他憨厚老实，和湾里老老少少都合得来，因此众人在选他做榜样的同时，又拿他取笑一番，已成习惯。

这日众人将贺世龙选为标杆后，下面贺世忠点一个人便评一个。点到贺世亮的名时，贺世亮既不想说那些言过其实的漂亮话，也不想给自己报个低分来证明自己思想觉悟高，便直通通地说："我报九点八分……"话音未落，贺世忠像是忍不住了似的，突然说："你还不谦虚嘛！"贺世亮听贺世忠这话有点阴阳怪气，便也不加思考，马上顶撞地说道："过分谦虚就是骄傲！"贺世忠更像是权威受到了挑战，脸马上黑了下来，看着贺世亮质问地说道："我问你，这两三个月，你一共旷了多少个工？"贺世亮知道贺世忠今天有意要为难他了，便说道："旷了多少天工，我也不知道了，你说旷了多少就是多少……"贺世忠说："你还不接受意见是不是？告诉你，你的问题多的是……"

正说着，贺世宏忽然在一旁叫了起来，说："就是，他的思想意识还不好，摸女娃儿屁股，耍流氓！"一听这话，贺世亮红了眼，"呼"地便站了起来，盯着贺世宏道："我摸了女娃儿的屁股怎么了？总没像有些人……"刚要说下去，看见代明淑两只眼睛紧紧地盯着他，像一只随时都会扑过来的母老虎似的，便把后面的话打住了，只把拳头握得"嘎吱嘎咯"响。贺世宏又说："你把腕子（拳头）捏起怎么样？晓得你气力大，还想打人不成？"众人也怕他们打起来，便纷纷说："算了，算了，评分就评分，说那些做啥？"说着把贺世亮重新按到位置上坐了。

贺世忠等贺世亮重新坐下后，才说："年轻人不学好，我问你，你成天把那些石头砣砣举上举下，是啥意思？"贺世亮紫涨着脸说："毛主席说：加强体育锻炼，增强人民体质！"贺世忠鼻子哼了一声，说："我们农民做啥不都是体育锻炼，要专门举石头疙瘩？有那气力，怎么不学学那些无名英雄，把地里石头搬出来垒地边？把队里的年轻人都带坏了……"贺世亮听贺世忠说他把队里年轻人都带坏了，忙问："我把哪个带坏了？"贺世忠说："没带坏刚才在操场里掰手劲和玩抱壳（摔跤）干啥？"贺世亮说："是贺世宏主动要和我比赛的，有我什么事？以往我没有练举重，大家开会以前不是同样也比赛掰手腕和摔跤，那又是谁带坏了风气？"贺世忠听了这话噎住了，半天才说："我没有说以往，我就说这一回……"话没说完，贺世宏又忽然叫了起来，说："我没有要和他比，是他自己要炫耀自己气力大，要和我比！"贺世亮气红了脸，回头看着他说："你对着天老爷发个愿，是我要和你比的？"贺世宏一听这话，便不吭声了。众人又劝："算了，算了，发啥愿哟？年轻人少答应一句不就行了？"

贺世亮心里还愤愤的，但听了这话，就住了口，只看着贺世忠。贺世忠说："你也不用看着我，我也是为你好！一个年轻人，走哪儿不请假，目无组织纪律，自由散漫，又不接受意见，还自认为有理，思想意识不健康……"他本想说出"摸屁股"的事，可又想起了那天贺世亮抢白他的话，便也打住了，急忙大声对众人问："大家说嘛，该给他评多少工分……"话还没说完，贺世宏便像和贺世忠约好了似的喊叫了一声："九点五分！"众人一听这话，都像吃了一惊似的，急忙回过头去看着他。贺世忠急忙问："大家说，大家说，九点五分合不合适？"一副急于拍板定案的样子。众人又马上回头看着贺世忠，然后又看了看贺世亮，显出不好说什么的样子。正在这时，王茵忽然从一堆姑娘中站了起来，看着贺世宏问："凭啥只给贺世亮评九点五分？"贺世宏一下语塞了，说："这、这……"王茵没理他，说："是因为贺世亮和你打了架，还是因为贺世亮刚才赢了你？"旁边代明淑马上帮着儿子说："姑娘，你这话可是说我儿子是在公报私仇？"王茵却不怕代明淑，听见她帮贺世宏说话，便冷了脸说："是不是只有他才知道！我说句也不怕大婶生气的话，如果只给贺世亮评九点五分，你儿子就只该得九分……"

贺世宏一听，马上红了脸说："为啥我只该得九分？"王茵道："我说出来你就知道了！"说着，王茵不再理贺世宏，回过头看着贺世忠说："贺世亮这几个月旷工确实是多了一些，可却是有原因的。"贺世忠问："有啥原因？"王茵说："贺世亮去看他的同学，没亲自来跟你请假，却是托我给你请了假的，你说有没有这回事？"贺世忠不好争辩，说："可你只帮他请了一天，他却在城里耍了好几天……"王茵打断了他的话："人家那是有原因的！贺世宏把人家打成了重伤，队里谁不晓得？人家那几天头痛得不行，还来找我借钱到县医院检查伤情，人家那个样子，命都顾不了，还来给你请假？"说完便问贺世亮，"贺世亮，你说是不是这样？是怎么回事就怎么回事，说出来，你也别怕！"

贺世亮知道王茵在替他打掩护，急忙说："可不是那样！我是轻微脑震荡，花了三十多块钱，现在检查的发票还在我手里，我正要找队长给我主持公道呢！队长你可不能吃柿子拣炕的捏，不处理打人的，却专门寻我的不是……"一听这话，贺世宏立即蔫了，马上说："是你先惹我……"贺世亮不等他说完，立即说："不管是不是我先惹你，反正是你把我打伤了，轻伤负重伤，无伤负有伤，这可是原则！"说完又看着贺世忠问，"队长，今天全体社员都在这里，你处不处理贺世宏打我的事？还有我的医药费怎么办？"贺世忠不想揽这个麻烦，便说："这是你们两个人的事，我不管！"说完怕贺世亮还扭住这事不放，又马上对王茵说："就算事情是这样的，可他难道一点错没有？"王茵知道贺世忠有些息事宁人的意思了，立即说："即使他有错，也不能一棍子把人打死，少人家这么多工分嘛？毛主席还说，允许人犯错误，还允许人改正错误呢！再说，他没出勤那天就没给他记工，只要他出了勤，就应该同工同分是不是？你们说，贺世亮哪次干活不如别人了？"众人都没吭声，连贺世忠也沉默了，过了一会儿，他才借坡下驴地说：

"那你说该给他评多少工分?"王茵也不客气,说:"要依我说,扣他一厘,让他吸取教训就行了!"说完便不卑不亢地坐下了。贺世忠听罢,便问众人:"王知青说贺世亮九点九分,大家认为怎么样?"众人先互相看了看,又回头去看贺世宏,却见贺世宏把头埋在膝盖上,像是没有听见,便纷纷说道:"九点九分就九点九分,差不多!"贺世忠听了这话,便马上道:"既然大家都同意九点九分,那就九点九分吧!不过以后可要注意改正缺点,啊!"

第十章

　　中午回到家里，贺世亮对王茵感激不尽，可是他却不知该怎样向她表达这份感激之情。他想过隔壁去，当面对她说声谢谢，可又觉得这样不好。虽然王茵住的屋子仍是他的，可自从郑锋带人来将房屋隔开，另外开了门后，他就再没有进过那两间屋子。每次王茵有事，都是开了大门站在院子的阶沿上和他说话，她也没到这边的屋子来过。既然人家都守着"男女有别"这道防线，他自然也是一样。他想："如果我现在突然走到隔壁去，不知王茵会怎么想呢？要是被别人看见了，更不知会怎么嚼舌头？"这样一想，便打消了去当面感谢的念头。过了一会儿，贺世亮突然去找来一张纸，在上面写了几句话："王茵：衷心地谢谢你！要不是你仗义执言，拔刀相助，我今天便被一伙小人欺负了！工分事小，尊严事大，我永远不会忘记你在关键时候挺身而出，对我的帮助！贺世亮。"写完，将纸条折成两根拇指宽，找了一道墙壁缝隙，塞了过去，便去做饭了。

　　吃了饭，贺世忠又吹哨子继续开会——上午只评完了男劳力和一部分女劳力的工分，下午还要继续评呢！贺世亮去看墙壁，发现王茵并没有给自己回纸条，心里便有些失落。开会的时候，贺世亮不断拿眼睛去觑王茵，发现王茵像平时一样，脸上什么表情也没有。到了晚上，贺世亮正准备睡觉，却看见从中午塞纸条的壁缝传过一张纸条来。贺世亮一下激动起来，忙抽过来，打开一看，只见上面写着："这是应该做的，大路不平旁人铲嘛！不过你今后可要注意一些，一些人对你不满呢！"

　　贺世亮心里立即泛起一股说不出的温暖和感动，立即又在原纸上写了几句话："谢谢你，我知道有些人看不惯我，想寻我的碴子，我今后一定改正自己的缺点!"写完,按原样折叠好,又塞了过去。没一时,纸条又塞回来了,贺世亮展开一看,上面写着:"害人之心不可有,防人之心不可无!知道了就好,时间不早了,睡吧!"贺世亮看罢,便把纸条揉成一团,往床底下一扔,将头靠在床头上,合上眼皮,像养神似的眯了一会儿,才起来脱掉衣服,睡觉了。

第二天吃过早饭,贺世亮又去向贺世忠请假。贺世忠看着他说:"昨天才评了工分,今天又请假做啥子?"贺世亮撒谎说:"我同学明天生日,早就给我们说了要聚一聚。如果几个要得好的都去了,唯独我不去,同学们怕要说我不够朋友呢!"贺世忠还是一副不肯相信的神情,看着贺世亮审视地问:"你一说也是到同学家,二说也是到同学家,这回又是到哪个同学家里?"贺世亮说:"你别管,反正是到同学家里,又不是去干坏事!"贺世忠听贺世亮这么说,半天才回答他说:"现在还不是很忙,这一次我准你两天假,春耕大忙起来后,可不要再想请假了!"贺世亮说:"队长放心,这回请了假后,以后一定少请假了!"

走到城里,贺世亮便去敲江国宪的门,敲了半天,却没人开门。贺世亮以为江国宪到外面闲逛去了,便又踅到江国宪父母的"五一"理发社来。等他走到那里一看,却愣住了:江国宪正拿着一把推剪,笨手笨脚地给一个顾客理发,旁边站着他的父亲,不断指点着。一看见贺世亮,江国宪急忙住了手,看着他说:"你啥时候来的?"贺世亮说:"刚来!"说着喊了一声江国宪的父母。江国宪的父母已从江国宪的口中,知道了贺世亮因在身体复查时查出了毛病,被取消当兵的资格了,此时怕他难过,也不提这事,只说:"世亮来了!"贺世亮说:"好久没有来看伯父伯母了,今天专门来城里理发,顺便看看伯父伯母!"说着,不好意思地捋了捋一头乱鸡窝似的头发。

江国宪一听贺世亮要理发,自告奋勇地说:"那好,让我来给你理!"一听这话,贺世亮也露出几分兴奋的样子看着江国宪问:"你能独立剪头了?"江国宪说:"别人怕我给他把头发剪坏了,难道你也不敢给老同学试试?"贺世亮想了一会儿,做出一副为朋友两肋插刀的样子,说:"一个头发有什么不敢的?你要剪,大胆地给我剪就是!老同学都不拿你试手脚,谁肯拿你试?"江国宪一听这话高兴了,便大声说:"好,你坐下来!"

贺世亮果然在江国宪的椅子上坐下了,江国宪的母亲见江国宪正要给贺世亮围围脖,还是有些不放心,便对江国宪说:"你行不行?不行就让我来……"江国宪没等他母亲说完，又信心百倍地说："有啥不行的？"贺世亮也说："没啥，伯母，你就放心大胆地让他给我理！"江国宪的母亲像是放了心，说："好嘛，你们老同学，愿意给他理就给他理！"又叮嘱江国宪，"要是哪儿不对，你就给我说，啊！"江国宪答应一声，将手里的围裙用力一抖，贺世亮只觉得一股轻风掠过，围裙便围到了他的脖子上。贺世亮说："看你这样子，倒像胳膊肘长毛——老手！"江国宪说："你等会儿不要出声，看头发飞到嘴巴里了！"贺世亮说："好吧，我就不说话了！"说着，贺世亮果然闭紧了嘴巴，目光却紧紧地看着镜子。

江国宪给贺世亮围好围脖以后，用梳子在贺世亮头上梳了几下，便拿过推剪，从两边鬓发开始，给贺世亮剪起头发来。这时，贺世亮才感觉出江国宪拿推剪的手像是在颤抖，剪齿不时绞着了头发，把头皮扯得生疼。可贺世亮不好说什么，只得任他笨手笨脚地剪去。剪了一圈以后，贺世亮才从镜子里看见自己头上的头发，一边剪得高些，一边剪得低些，便指了左边的头发说："这边好像比右边剪得高了些！"江国宪听后，停下推剪，在贺世亮脑后看了半天，也说："左边确实高了一点！你别着急，等我把左边稍微收拾一下，两边就一样了！"说完，果然弯下身子，又拿起推剪，推起左边的头发来。推了一阵，才对贺世亮说："你看看，现在两边是不是一样了？"贺世亮抬起头往镜子里一看，却又一下叫了起来："现在又反过来了，左边低、右边高了！"江国宪道："真的？你不要动，让我好好看看！"说着又走到贺世亮身后，捧着他的头仔细看了起来。看了一阵，才终于说："这是怎么回事？我是注意剪的嘛！你把头低下去一点，我再收拾一下！"说着将贺世亮的头往下按了一按，又拿起推剪去收拾起右边的头发来。收拾了一阵，住了推剪，又扳着贺世亮的头看了一阵，又到左边去收拾了一下。半天才像完成了任务，扳起贺世亮的头来。贺世亮一看，突然又叫了起来："你这是剪的啥头……"

众人扭头一看，都忍不住笑了起来。原来江国宪想将两边头发修成一样，却没想到修来修去，修得只剩下巴掌大的一片头发贴在头顶上，两边除了发碴以外，都没头发了。江国宪看见众人笑，也一下愣住了。这时江国宪的母亲已经给顾客吹完了头，过来看了看，也说："这怎么办？"又指责江国宪说，"叫你不行就不要理，你偏要逞强，现在把老同学的头理成了一个'马桶盖'，叫人家怎么好意思出去见人？"贺世亮听了这话，急忙对江国宪的母亲说："不要紧，伯母，你把头发吹下来一些，看能不能遮住？"江国宪的母亲说："再怎么吹，只有头顶那点头发了，怎么能遮得住？即使吹下来，还不是怪模怪样的！"贺世亮回头见江国宪面红耳赤的样子，突然有些同情起他来，想了想便说："遮不住就算了，伯母，你干脆给我剃个光头，恐怕还好看一些！"众人也说："剪都剪成那样了，真的还不如剃个光头好！"江国宪的母亲想了半天，才对贺世亮说："对不起，世亮，这都是你老同学故意逞能，让你受委屈了……"

贺世亮没等江国宪的母亲往下说，便打断了她的话道："有什么受委屈的，伯母？乡下剃光头的多着呢！再说，天气逐渐热了，剃光头还凉快得多，你说是不是？"江国宪的母亲听贺世亮这么说，便说："世亮要这么说，伯母就给你剃光头了！等你头发长起来后，伯母再亲自给你理个大分头！"说完，果然把贺世亮带到洗头盆那里，洗了头，过来将贺世亮头上的头发全剃了。剃完以后，贺世亮对着镜子一看，只见自己的头如一颗青葫芦般，亮闪闪的放着光，急忙用手摸了摸，连自己都禁不住笑了，却说："光头也挺好的嘛！"说着，贺世亮去口袋里掏钱，江国宪却过来按住了他的手，说："是我把你头发理坏了的，你不用掏钱，这钱我替你付了……"贺世亮说："这怎么行，我理发怎么要你付钱？"又说，"理得很好嘛，哪儿理坏了？"不由多说，掏出一毛五分钱，放到墙壁木板上，转身便往外面走。江国宪急忙追了出去，又拉住贺世亮十分内疚地说："对不起，今天把你头发理坏了！"贺世亮说："你这么说就见外了！熟能生巧，都不愿给你试手脚，你怎么学得会？这回理得不好，下回就对了嘛！"江国宪十分感动，说："谢谢老同学理解我，走吧，我们回家去，我妈叫我把一个东西给你！"贺世亮忙问："什么东西？"江国宪说："回去就知道了。"

回到江国宪家的筒子楼里，贺世亮才问江国宪："你说打死也不学剃头匠，怎么还是学起理发来了？"江国宪叹了一声，说："胳膊拧不过大腿，我不学理发，我爸就在我面前抹喉上吊的，我妈也不吃饭！再说，毕了业我在社会上已经浪荡了大半年，也没找到职业，还吃父母的闲饭，也不好意思，看来只有当剃头匠的命！不过这样也好，任什么人来，叫他把脑壳低下就低下了！"贺世亮说："你也不要嫌理发不好，都是端国家饭碗，比我们背太阳过山不知强到哪儿去了，我们想还想不着呢！"说完才问江国宪，"你说给我东西，是什么？"江国宪说："你等一等！"说着就进了里屋。

没一时，江国宪捧了一个纸包出来，有一个巴掌大，一拇指厚，递给贺世亮说："这是块老腊肉，是我爸老家的亲戚送来的，我妈刚才对我说，你一个人没人照顾，一年肯定沾不到几次油荤，叫我把这块肉让你拿回去，馋了的时候也润润肠子！"贺世亮急忙将纸包挡了回去，说："这么稀罕的东西，你们都舍不得吃，我怎么能收？"江国宪说："这可是我妈的意思！我妈是实在人，你不收，她反倒会不高兴的！她叫你不要客气，想来要的时候就尽管来！"说着把纸包硬塞到贺世亮手里。贺世亮喉头动了动，想对江国宪说点什么，却没有说出来。过了一会儿，才简单地说了两个字："谢谢！"江国宪说："我们同学一场，谢啥？"说完又掏出五斤粮票，对贺世亮说："这五斤粮票，是我答应学理发后，我妈给我的，说让我想吃什么零食，就去买。我一个大男人了，还吃什么零食？我还要上班，也没时间做饭招待你，你把这五斤粮票拿去，以后赶场肚子饿了，也好到馆子里吃碗面条！"贺世亮又急忙拒绝说："不，还是你拿着，我的身子哪有那样金贵……"话没说完，江国宪做出生气的样子，说："快拿着，老同学还客什么气？"贺世亮只好把粮票接了过来，说："那就谢谢老同学了！"江国宪说："我不陪你了，以后想来时就来要！"一边说，一边又陪贺世亮走了出来。走到街口，两位朋友分了手，贺世亮又朝家里走去，走到南门城边的工农食店，果然进去买了三两粮票的米饭，一碗洋芋片豆腐汤，"呼噜噜"吃到肚子里后，将嘴一抹，这才甩脚甩手地回去了。

第十一章

走到大队小学，学生正放晚学，一伙学生看见贺世亮那颗光秃秃的脑袋，一下愣了，看了半天才回过神来，立即冲他叫了起来："光头！光头！"贺世亮冲孩子们吼了道："滚开——"可孩子们并不怕他，反拍着小手像唱歌一样唱了起来："光头光，亮晃晃，白天是太阳，晚上是月亮，下雨天是电棒……"贺世亮听了这话，也不由自主地笑了起来，然后又伸手摸了一下自己的青葫芦脑袋，他知道和孩子们拧不清，便不再去搭理他们，只顾往前走。孩子们却不愿放弃，还是追着他喊。喊了一阵，才失去了兴趣，跑开了。

可是刚刚倒过拐，迎面又碰到扛着锄头的贺世忠。他先是喊了一声："这么快就回来了？"话音才落，眼睛骨碌碌转了一阵，也有些大惊小怪地叫了起来，"你怎么把头发剃了？"贺世亮不知该怎么回答，张了半天嘴才说道："我想剃了呀！"贺世忠道："好好的怎么想剃了？是想当和尚不是？"贺世亮又想了半天，然后说："我就是想了呗！"贺世忠又问："怎么就想了？"贺世亮见贺世忠像是警察盘问罪犯似的，问的话也越来越刁钻难答，他又不能把江国宪给他把头发理坏了的事说出来，便说："天气热起来了，剃光头凉快，我就剃了！"贺世忠见贺世亮有些不高兴了，这才住了口，却说："回来了就好，明天下地，啊！"说完扛着锄头走了。

回到家里，贺世亮把江国宪送的那块猪肉从怀里掏出来，打开报纸，细细地看了起来。只见那块猪肉虽然只有巴掌那么大，却是熏得黄黄的，散发着一股浓郁的香气。贺世亮想："王茵帮了我这么大的忙，我可不能一个人就把它吃了！我得把它用洋芋煮了，捞起来，切成片，炒成回锅肉片，还去买一瓶酒，请王茵过来一起吃……"可是刚想到这里，他马上又否决了这个方案，心里说，"请王茵过来，这样不妥，要是外人知道了，会怎么说呢？要不，把肉给王茵，让王茵煮好了，我再过去和她一起吃！"刚想到这里，自己又忍不住笑了，这和请王茵过来一起吃有什么区别呢？想来想去，最好的办法就是多请几个人来一起吃，譬如贺兰、贺小军、贺小莉等。可是他又有些舍不得，总共只有这么一点肉，人一多，每个人能吃几片？再说，他们也没请过他，他为什么要请他们呢？想来想去，贺世亮没有想出办法，便把那块肉拿去放到一只干菜坛子里保存起来了。

贺世亮在屋子里坐了一会儿，天色渐渐昏暗下来。中午那碗洋芋片豆腐汤，表面浮着许多油星子，可是吃到肚子里却是不经饿，现在肚子早"咕咕"叫起来了，贺世亮便去做晚饭。胡乱将肚子填饱以后，贺世亮便觉得瞌睡来了，于是去打水洗了脚。正想上床睡觉，忽然传来"咚咚"的敲门声。贺世亮以为又是王茵敲门，急忙趿上鞋，一边往外面走，一边说道："来了！来了！"过去拉开门一看，贺世亮却一下愣住了。原来门外站着的，是贺世健、贺七成、贺银庆等几个和自己年龄差不多的小伙子。

贺世亮一见他们，便奇怪地问："你们有什么事？"几个小伙子也不答话，只看着贺世亮一边"嘻嘻"地笑，一边也不等贺世亮同意，一齐拥进了贺世亮的屋子。贺世亮丈二和尚摸不着头脑，看着他们又问了一句："你们到底要干什么？"几个小伙子突然在贺世亮面前站直了，双手抱拳，对贺世亮行了一个礼，然后齐齐喊了一声："师父——"贺世亮愣住了，过了半天才问："什么师父？"贺世健道："你就是师父，我们今天来拜师了！"说着，忽地从裤子口袋里掏出一盒"经济"牌香烟，往贺世亮的桌子上一放，才接着说："没啥孝敬师父的，这就是我们拜师的礼物！"

贺七成、贺银庆一听，也跟在贺世健后面从各自的口袋里掏出一盒烟来，放到贺世亮面前说："对，这就是我们的礼物，请师父收下！"贺世亮糊涂了，说："你们都把我搞蒙了！你们拜我为师，连我都搞不清楚你们想从我这儿学些什么……"话音未落，贺世健抢着说："师父真是高人不露相！我们自然想跟师父习武呀！"贺七成、贺银庆也马上抱着拳头对贺世亮说："对，跟师父习武！"贺世亮惊得目瞪口呆，半天才说："你们搞错没有哟？我哪儿会什么武功？这话可不能乱说，习武可是封建主义的东西，让领导知道了，这还了得？况且我根本就不晓得这些东西，又怎么能教你们……"贺世健说："师父不要再谦虚了，我们都知道了！"贺世亮忙问："你们知道什么？"贺世健说："师父要是没有习武，你的气力怎么会那样大？"贺世亮说："那是我练举重练出来的！"贺世健说："这只是一个方面，现在外面都传吼了，说师父三天两头到同学家里去，那同学又不是大姑娘，有啥好看的……"贺世亮忙问："那他们说我到哪儿去了？"贺世健说："大家都说，师父并不是到同学家里，而是跟高人练功夫去了！师父要不是跟高人学了功夫，光是举几下石头疙瘩，就能有那样大的力气？"贺七成、贺银庆也说："对，师父，你就收下我们吧！"

贺世亮哭笑不得，说："我说了你们又不相信，叫我有什么办法？我真的没有学什么功夫，更不用说有高人！这年头即使有高人，谁还敢教我这些东西？"贺世健马上说："你不是在练功夫，为啥把好好的头发剃成个光葫芦？"贺世亮"扑哧"笑出了声，说："剃光葫芦和练功夫有什么关系？"贺世健说："我听老年人说，过去那些武功高强的，都是光葫芦的多！"贺七成也说："就是，我听贺凤山说，过去庙里的和尚是光葫芦，大多武艺高强，功夫盖世！"贺世亮听他们这样说，便又说："你们不要听贺凤山瞎说，这是雪地里走路——没影的事，我真的不会什么武功，更没法教你们！"话音刚落，贺世健又立即说："师父这么说，只是不愿收我们做徒弟罢了！师父既然没有功夫，那我问你：前几天我们在郑家塝下面的大峡口收油菜籽，突然下起了暴雨，大峡口那条河流一会儿便涨到一丈多宽，我们都在溪口这边的桐子树下躲雨，可是你却走到溪口那里，往后退了几步，往河那边轻轻一跳，便跳到河那边的窝棚里避雨去了！这可是我们亲眼看见的，要是你不会功夫，那么宽的河，你怎么一下就跳过去了？"贺世健的话刚完，贺七成又立即接着说："老年人说那叫轻功，像燕子一样，可以飞檐走壁，来无影、去无踪！"贺七成说完，贺银庆也说："对，那天我还在想，他又没有长翅膀，怎么能在水面上行走如飞？现在才明白那是师父的功夫了得！"

贺世亮听他们越说越玄，便道："啥功夫？难道你们那天没有看见，那河沟里还有几个石墩，水才刚刚漫过石面上吗？我是踩着那几个石墩跳过去的……"话没说完，贺世健、贺七成、贺银庆同时叫了起来，说："不是的，不是的，师父，那几个石磴明明已经被水淹没了，你完全是飞过去的！"贺世亮见他们始终不相信，便说："不管你们怎么说，反正我也没什么功夫，也不能教你们，你们各自走吧……"谁知这话刚一出口，贺世健、贺七成、贺银庆几个人，像是早已商量好了一般，突然"扑通"一声跪在了地上，然后又一齐喊道："师父，你如果不收下我们，我们就不起来了！"贺世亮有些着急了，要是他们真缠着自己不走，那怎么办？想了一阵，便想先把这几个瘟神送走了再说，便说："你们真想跟我学功夫？"几个人马上齐声答道："若有二心，天打雷轰！"贺世亮便道："那好，我就明说吧！我确实在练点功夫，可眼下我还不能教你们！"几个人一听，忙问："为啥不能教我们？"贺世亮说："因为我现在还练得不精，等我练精了以后，我才能教你们！"贺世健几个人听贺世亮这么说，便又叫了起来："真的，师父？"贺世亮说："不过这事你们千万不能对任何人说，到时候一传十，十传百，来学的人多了，就没你们的份了！"贺世健、贺七成、贺银庆忙说："师父放心，我们绝不说出去！"贺世亮听到这儿，又问贺世健几个人："那么现在生产队里，哪些人说我在练功夫？"贺世健几个人互相看了一眼，像是不愿意说似的。可过了一会儿，贺世健还是说了："说的人可多了，连队长都在怀疑你！"贺世亮听了这话，也不说什么，便说："他要怀疑就让他怀疑吧，反正你们要保密！你们既要跟我学练功夫，就像我一样，先从举重练起！我这儿正好有三个石锁，一个三十斤，一个四十斤，一个六十斤，正好你们一人一个。你们愿拿轻的就拿轻的，愿拿重的就拿重的！拿回去，天天坚持往上举。等你们手上有了力气，我的功夫也完全到家了以后，你们再来跟着我学，怎么样？"贺世健等人立即在地下说："谢谢师父！"贺世亮说："那你们就起来回去吧！"几个人立即起来，生怕落后了似的，各去屋角提起一个石锁回去了。等他们走后，贺世亮去关了门，却靠在门框上，忍不住笑了起来。

第十二章

　　说话间，节令就早过了立夏。一夜之间，地里的麦子便是金黄一片，田里的秧苗蓬蓬勃勃地往上蹿，等待着往大田里插去。俗语有云："过了立夏，见了亲家不说话。"这正是庄稼人一年中最忙的时候。这日下午，贺世忠把全生产队的男女劳力分成两拨，一拨人插蓼叶湾大长丘的秧，一拨人收割老大地的小麦。贺世亮、贺世健、贺七成和贺银庆恰好在收割小麦的队伍里。一下地，男劳力和女劳力都先要割一阵麦子，割得差不多了，男劳力才开始将麦子打捆，然后挑到保管室去堆码到屋檐底下，再慢慢人工将麦粒捧打出来。割麦的时候，人是散开着的，可一到捆麦的时候，贺世健、贺七成、贺银庆便围到了贺世亮身边。几个人一边捆麦，一边和贺世亮说着话。贺世健说："师父，你能不能早点教我们？"贺世亮说："我让你们举石锁，举得怎么样了？"贺世健说："师父，举石锁没有用，我们举了几次，把手膀子举得酸痛酸痛的，就没有举了。师父还是教我们几招真功夫吧！"贺七成也说："就是，师父，真传一张纸，假传万卷书，还是教我们真功夫吧！"贺银庆干脆挑明了说："不教别的，就把师父飞檐走壁那几招功夫，教我们吧！"贺世亮听了他们的话，倒有些着急了。因为他确实没什么真功夫，那天晚上答应以后教他们，主要是想将他们赶走，故意使的缓兵之计。现在见他们认了真，想了想便也认真说："我给你们说了，我真的没有什么功夫，也没有在习武，你们自己不相信，有什么法呢？我那天晚上说以后教你们，其实是哄你们的，以后你们再不准说这些话了，谁说我跟谁急！"

　　贺世健、贺七成、贺银庆一听，先是傻了一会儿眼，接着明白过来，却仍是不肯相信贺世亮不会武功，只认为是他不肯收他们做徒弟。贺世健脸色一下黑下来了，过了一会儿才像是嘟哝似的对贺世亮说："原来你是逗我们玩的！不教就不教，以为会了点武功就了不起了？"贺七成也说："就是，你不教，我们还不愿跟你学了呢！学了又有啥子用，还不是照样背太阳过山？"贺世亮说："既然学了没用，你们为什么还要缠着我学？"贺世健、贺七成和贺银庆愣了半天，贺世健才红着脸气咻咻地说："我们不跟你说，我们跟队长说！你习武不说，还哄我们，真像队长说的，多读了几天书的人肚子里花花肠子多，没一个是好东西！"

一听这话，贺世亮有点生气了，脱口而出道："多读了几天书的人不是好东西，难道当了几天兵的人就是好东西了？说句不客气的话，生产队要是让我当家，早就不像这个样子了……"话还没完，贺世健、贺七成和贺银庆便奚落贺世亮说："哟，这么说起来，你比队长还能干了？"贺世亮说："能干不能干，试一试就晓得了！如果我管事，生产队不改变面貌，我见人磕一个头！"贺世健、贺七成、贺银庆便一齐威胁贺世亮说："这话我们要给队长说！"贺世亮说："你们爱说就说，我贺世亮三条路儿走得正，不相信哪个能把我吃了？"说着，便不想再和他们斗嘴，担起一担麦捆，赌气似的往保管室去了。

到了保管室，贺世全、贺兴财、贺长明已经担着麦捆先到了。因为那麦捆已经快堆到屋顶了，一个人没法把麦捆再堆上去了。贺世全便站在麦捆上面接，下面贺兴财把麦捆举起来，贺长明用挑麦捆的千担将麦捆顶到麦堆上面，贺世全接住过后，再依次码好。轮到贺世亮时，贺兴财和贺长明要过来帮忙，贺世亮却说："不用，你们一边去！"又对贺世全说，"你注意接住就是了！"说完，抓住麦捆，举起来两手用力往上面一抛，麦捆便飞了上去。贺世全眼疾手快，一把抓住，码放好了，这才跳下来。贺兴财、贺长明便说："练过武的人到底不同，我们把吃奶的力气都使出来，他轻轻一抛，比抛根灯草还容易！"贺世亮一听这话便沉着脸问："谁练武了？"贺兴财和贺长明说："我们又不偷你的，你怕啥？"一边说，一边拿起千担，和贺世全一起走了。

贺世亮也正要走，王茵却喊住了他。原来因王茵是知青，不管是过去贺世林做生产队长，还是现在贺世忠主事，都怕把知青累着了担不起责任，所以从农忙一开始，贺世忠便把她安排到保管室来，做些协助保管员晒晒粮食，记记麦捆的数，指挥挑麦的人把麦捆堆码好等较轻的活儿。贺世亮听见王茵喊，回过身子问："有事?"王茵袅袅婷婷走了过来，鼻梁上挂着几粒汗珠，闪着两只又黑又亮的眼睛对贺世亮问："今晚上公社操场演电影，你去不去看？"贺世亮沉思了一会儿才说："你知道演什么片子吗？如果是旧片子，我就不想去看了！身子都快累散架了，去看那些老掉牙的片子，还不如早点困瞌睡！"王茵说："我也不晓得具体演什么片子，不过听说是县上专门来为贫下中农大战'红五月'慰问放映的，会拿旧片子来放？"贺世亮问："你想去看？"王茵说："如果是新片子，机会难得，不过我一个人有些害怕……"

贺世亮一听这话，便马上打断她说："我就陪你去！你放心，有我陪着你，任何'鬼手'也不敢来揩你的油！"王茵高兴了，说："那我们就说定了！收了工，我们随便弄点啥吃了就走！"贺世亮说："一言为定！"王茵也说："一言为定，吃了晚饭我来喊你！"

果然，贺世亮刚刚吃完晚饭，王茵便过来敲门了。贺世亮开了门一看，只见王茵穿着一件粉红色的短袖连衣裙，裙身打着皱褶，圆领，腰际系着一条布带，虽然裙子很宽大，可把腰间的布带一系，便把窈窕的腰身显露出来了。贺世亮是第一次看见王茵穿这样的裙子，便觉得她今晚上身材特别苗条，胸部特别突出，也特别漂亮，撩人心扉，尤其是那段白皙的脖子和裙子下面那截圆润光滑的小腿。便问："这是条什么裙子，平常怎么没见你穿过？"王茵说："这是我妈过去的裙子，叫'布拉吉'，你听说过吗？这次我回家去，我妈才从箱子里找出来，让我到乡下来穿。她说她在城里不能穿，如果穿上了，人家会说她有苏联修正主义思想！"贺世亮听到这里，又问："一条裙子怎么会有苏联修正主义思想？"王茵说："我妈说，这裙子的名字就来自俄语。当时我们国家和苏联关系好，叫苏联老大哥，什么都向苏联学习。那时俄罗斯姑娘都穿这种样式的裙子，我妈她们便跟着学。后来我们国家和苏联关系出现问题，再穿这种裙子，就是政治问题了。我妈又舍不得扔，便压进箱底里，这次找出来让我在乡下穿！"贺世亮说："原来是这样一回事，不过你穿上这裙子真好看！"王茵红了一下脸，说："你知道了，可不准告诉外人！"贺世亮说："我绝对不跟任何人说！"

走出门来，但见月光遍地，明朗得像白天，满地下重重树影。更兼夏虫唧唧，蛙声如鼓，嘈嘈切切，如歌如吟。两个人走在路上，彼此能感觉到对方的呼吸，闻得着偶尔从对方身上散发出一种若有若无的体香，却突然有种生疏起来的感觉，想说点什么，却都没有说出来。过了一会儿，王茵才提起话头："哎，大家都说你会功夫，真的会?"贺世亮没回答，只斜过眼去扫了王茵一下，却问："你说呢?"王茵知道贺世亮在看她，便低了头回答："我看不像!"贺世亮说："你说对了，我哪会什么武功? 看见老同学练举重，我也就练了一下，手上有了点力气。可他们非说我会功夫，贺世健、贺七成、贺银庆还来跟我拜师，你说可笑不可笑?"王茵想了一想，抬起头对贺世亮问："可他们说得活灵活现，还说你会轻功。那次在郑家塝下面的大峡口收油菜籽，遇到暴雨，你一下就跳到了对岸，这是怎么回事?"贺世亮"扑哧"一笑，然后又看着王茵问："你在学校里学过跳高和跳远吗?"王茵说："学过，可我读书时有点胖，最怕上体育课了，老跳不高，也跳不远!"贺世亮说："我在学校里，可喜欢体育运动了，特别是跳高、跳远! 我给你说，我学过三级跳。那天河沟里的水刚刚淹过石磴，我就是用三级跳的方式，脚尖踩着石磴跳过去了，因为动作很快，他们便认为我是踩着水面飞过去的……"王茵明白了，说："原来是这么回事，但他们传得可神乎了!"贺世亮说："我再三给他们解释，可他们总是不信，真是气死我了!"王茵说："这有什么可气的，他们要传就让他们传吧! 让他们都相信你会武功，以后就没人敢欺负你了。"贺世亮一听这话，觉得有些道理，便高兴地说："哎呀，我还没有想到这一层，可不是这样吗?"王茵笑了笑，开玩笑说："人在事中迷，就怕没人提。我给指出来了，你拿什么感谢我呢?"

贺世亮忽然想起江国宪送的那块猪肉了，便说："说起感谢，我正有一件事想给你说呢! 上次我到城里同学家里去，他送了一块腊猪肉给我，我正想抽时间煮了，请你过来一起吃，不知你肯不肯赏我这个光呢?"王茵见贺世亮认了真，马上说："我是和你开玩笑的，哪个要你感谢? 你自己不知道犒劳自己? 我虽然也在乡下，可毕竟比你好多了! 不哄你说，这次春节回去，我妈也不知从哪里搞的肉票，给我到食品公司买了好几罐猪肉罐头带回来，我什么时候想抹嘴巴了，就开一罐，可你有什么? 老同学好不容易从牙齿缝里省下来送你，你就留着自己打牙祭吧!"贺世亮听王茵说完，心里十分感动，却说："虽然是这样，可我总想表达一下自己的心意……"王茵没有等贺世亮继续往下说，又打断他的话道："表达心意一定要吃什么? 那什么时候我开了罐头，请你一起过来吃好了!"贺世亮急忙说："别别别，我怎么能吃你的? 那好，我也不请你了，你也不请我了!"王茵说："这还差不多!"

说着话，两个人就到了放映场。尽管正值农忙期间，可放映场上还是黑压压、挤匝匝、闹嚷嚷一片人群。幸好电影还没开演，公社孙书记正在发表他的长篇讲话，现在讲的是国际国内形势。贺世亮见场上到处都站满了人，便对王茵说："我们到放映台前去！"王茵说："到放映台前去做什么，随便找个地方看就是了。"贺世亮说："你看这么多人，哪儿还有地方？放电影的朱勇和李彪都是我初中的同学，我们到放映台去了，说不定他们还要给我们找个位置。"王茵笑了起来，说："今晚上是县上电影公司下来慰问放映的，哪儿会有你老同学在放映台？"贺世亮说："万一他们在放映台帮忙呢！"王茵不想驳贺世亮面子，想了一想便说："我们怎么挤得进去？"贺世亮朝人群看了一眼，突然说："我有办法，你跟着我走就是！"这时，孙书记的讲话已从国际国内形势转到了本省、本市、本县上来了，人们早已不耐烦了，在对着放映台大声喊道："不要啰唆了！"趁这机会，贺世亮抓住王茵的手，另一只手奋力分开人群，往里面挤去。周围的人又对他们吼了起来，说："挤啥子？挤啥子？"贺世亮便回："找孙书记有重要公事！"周围的人一听这话，虽然仍在低声嘟哝，却稍稍让开了一点路，贺世亮和王茵便挤进去了。

　　挤到放映台边一看，朱勇和李彪果然没在那里，贺世亮不觉有些失望起来。但他们已经站在了灯光之下，后边的人一见王茵，便"哇"的一声兴奋了起来，说道："电影里的美人出来了！"话音一落，放映台周围的人，目光也一下落到了王茵身上，并有些不怀好意地朝这儿挤了起来。王茵知道众人的目光在看她，脸不觉有些红了起来。贺世亮见有人故意挤动，便对王茵说："你站到我前边来，他们就不敢挤了！"一边说，一边将屁股朝后面抵着，将王茵拉到了他的前面。他们刚在放映台旁边站好，正看着讲话稿的孙书记忽然瞥见了王茵，眼睛像是进了虫子一样眨动几下，立即住了讲话，摘下鼻梁上的眼镜用手揉了起来。孙书记五十多岁，一张瘦长脸，颧骨很高，两只眼睛像是陷进眼窝里似的，人们背后叫他"孙老鸹"。可贺世亮发现他看见王茵以后，两只眼睛竟熠熠地闪起光来，十分明亮。他又讲了一会儿，才结束了自己的长篇演讲，对放映员说："时间不早了，快放！"又对周围大声喊了几句，"大家要提高警惕，严防阶级敌人破坏，啊！"说完便在凳子上坐了下来。放映员果然熄了灯，胶片开始转动起来，果然是一部新片子：《平原游击队》。大家都欢呼起来，接着便都直脖伸颈，眼睛看着银幕。看了一会儿，孙书记却像坐不住了，从凳子上站起来要往外挤，可挤不动，接着又有一个人站起来，对周围的人大喊："让开，让开，大家给孙书记让出一条路来！"

贺世亮一看，原来是公社文书。文书一面叫，一面在前面给孙书记开路，孙书记便跟在文书后面朝外面走去了。走到王茵身边时，孙书记张了张嘴唇，似乎想对王茵说点什么，但看见周围的人都在看着他，便又闭了嘴，目光却在王茵脸上流连了一会儿，像是告诉她什么事似的，然后便出去了。王茵见孙书记看她，不由自主地低下了头。

尽管是一部新片子，可情节和《地雷战》《地道战》差不多，都是打日本鬼子的。看了一阵，一些年轻人又有些不安分起来了。特别是放映台周围的一群小伙子，见王茵这个美人儿站在那里，早就想伸出"鬼手"去揩点油了。可一见贺世亮紧紧地站在她后面，像护花使者一样护着她，使他们的阴谋不能得逞，心里不免又恨起贺世亮来。趁贺世亮没有防备，几个人突然用力将站在贺世亮后面的一个中年男人往前一推，那人站立不稳，身子往前一扑，将贺世亮和王茵以及王茵前面几个人，多米诺骨牌一般撞倒在地。顿时，场上响起一片比电影里李向阳的声音还要大得多的叫喊声和咒骂声。王茵也一样，在地下"哇哇"地叫着。贺世亮知道这是有人故意捣乱，急忙把王茵从地下拉起来，然后两个人一齐朝周围看去，却见所有的人都一本正经地看着银幕，似乎什么也没有发生的样子。贺世亮看了一会儿，便低声对王茵说："你在这儿站着别动，我到后面去看看到底是谁故意捣乱！等我把他抓住了，看我怎么收拾他！"王茵没说行，也没说不行，过了一阵儿才叮嘱贺世亮说："可不要打架！"贺世亮说："我不会和人打架！你可不要动，过一会儿我就来找你，啊！"说着，便往后面挤去了。

贺世亮挤到后面，眼睛紧紧盯着放映台周围那群人，等了很久，放映台周围那伙人都没有什么动静了。原来是电影已慢慢地把人们的心抓住了。直等到第一卷放完，电灯重新亮起来后，贺世亮见放映台那伙年轻人仍是规规矩矩、安分守己的样子，这才又挤进去。可是等他挤到他和王茵原来站立的地方一看，王茵却不见了。他又踮起脚在人群中搜寻了一遍，仍没有王茵的影子。他又轻轻喊了一声，还是没听见王茵的回答。当他正准备继续找时，电影重新开始放映起来。贺世亮只好放弃寻找王茵的打算，站在原地看起电影来。他以为王茵是去上厕所了，等一会儿便会来找他，可是直到电影结束，王茵还没有来，只好一个人回去了。

回到家里，贺世亮以为王茵先回来了，便去敲王茵的门，敲了半天，没人开门。贺世亮便回到自己屋里，脱去衣服，上床睡下了。年轻人瞌睡大，加上白天又劳累了一天，没多久，便鼾声连连，死猪一般睡过去了。第二天出工时，贺世亮看见王茵，才问她昨天晚上到哪儿去了？王茵说："我在看电影呀！"贺世亮说："我四处看你，也没看见你?"王茵笑了一笑，说："你走以后，我怕还有坏小子来揩油，便出来站到一边看了。电影结束后，我到处找你，但也没有看见你的影子，然后我便一个人回来了！我心里还在说，贺世亮怎么不等我呢?"

贺世亮相信了王茵的话，不再问她什么了。

第十三章

忙了一个多月，贺家湾人好歹将田里地里的活儿忙得差不多了。这时人人都有一种身子快要散架的感觉。贺世亮也是一样。这日中午纳凉的时候，贺世亮往挂在床架子上的镜子面前一站，只见自己的脸成了一张尖下巴，又黑又瘦，原先的单眼皮儿，因为眼圈增大，倒变成了双眼皮儿。又摸了摸身上，也是瘦骨嶙峋，心里不免可怜起自己来。看了一阵，想起江国宪给的那块腊猪肉，一直舍不得吃，现在农活也忙过了，身上也掉了好几斤肉，何不煮来犒劳犒劳自己？又一想，有了肉，没有酒怎么行？何不再到代销店里买瓶酒回来，晚上也喝上两杯，要犒劳就好好犒劳犒劳！主意打定，下午收工的时候，果然就到大队办公室旁边的供销社代销店，花了一块二毛钱买了一瓶白酒。回到家里，从干菜坛子里把那块肉拿了出来。才从坛子里取出来时，那肉弥漫着一股干菜的味道，肉的表面也长出了一点白毛。贺世亮舀出半盆清水，把肉放到水里，用刷把反复清洗。洗了几遍，那块肉不但又呈现一种金黄的颜色，香味也散发出来了。贺世亮咽了一下口水，他原本打算将整块肉都一下煮了，想了想又舍不得，便切下一半，仍放回干菜坛子里，将剩下的一半丢进一只小鼎罐里，舀了半瓢水加进去。接着又抓了一把豌豆、洗了几只洋芋一齐放进罐子里，这才生火炖起来。鼎罐里的水刚烧开，贺世亮便闻到了一股肉香从罐子里飘了出来。贺世亮张大鼻孔，用力嗅了一下这种香味，突然想起："要是外面院子里歇凉的人闻到这种香味，进来问我躲在屋子里煮的什么，我怎么回答？"想到这里，贺世亮马上将一块劈柴丢进灶膛里，让它慢慢燃烧，文火煨炖，自己朝外面走去，还把灶房门拉过来掩上了。

走出屋门一看，只见家家户户，都把纳凉的篾笆簟和席子搬了出来。原来，今年的气候特怪，入夏不久，雨水便比往年少。早上一开门，天空湛蓝湛蓝，像是染过一般，没有一丝云彩。还没到中午，地面便被太阳烤得滚烫滚烫，赤脚踩在上面，犹如踩到了火石上。偶然一阵南风吹来，不是凉爽，而是一股热浪，火烧火燎地舔着人的面孔，有种让人窒息的感觉。树叶被烤得卷成了筒，山坡上的野草更不用说了，蔫头耷脑地伏在地上。贺世亮房屋后面两丛石骨子坡上的竹子，不但竹叶，连竹枝都干萎了，一把火能够点燃的样子。到了晚上，屋子里又湿又闷，更是暑热难当。因此每家每户便在黄昏时，从房屋下面的井里打来两桶凉水，把门前的院子地面冲湿，将暑气赶跑。等吃过晚饭，便从屋子里端出几条大板凳，搬来一张篾笆簟，搁在凳子上，然后从床上扯下席子，往上面一铺，一家人和衣一躺，一边摇着篾笆扇，一边纳凉，及至慢慢睡去。也有人图简便，连板凳、篾笆簟也不要，只扯张席子往地下一铺，便倒在上面酣然入睡。院子的四角燃着几堆驱蚊虫的烟火，野艾和野烟叶的气味十分刺鼻，可人们已经习惯了，没有它们反倒会睡不着。贺世亮从屋子里出来，一闻到刺鼻的烟味，立即觉得像有只毛毛虫在往鼻孔里钻一样，不由自主地打了一个喷嚏。打完又皱了皱鼻子，想试试能不能闻到从屋子里传出的肉的香味。闻了一阵，没闻着，便知道那点肉香，早被这满院子艾叶和野烟叶的味道给搅得没踪没影了，一颗心这才放了下来。

正在这时，他看见王茵拖着一张竹席出来了。大概是因为天气热，王茵还穿着那天晚上看电影时穿的"布拉吉"，露出圆润洁白的脚踝。王茵在"双抢"大忙即将结束的时候，回了一趟重庆，可没两天便回来了。贺世亮问："你好不容易回去一次，怎么这么快就回来了?"王茵说："别提了，重庆热死了!"贺世亮问："比我们贺家湾还热?"王茵说："我们这儿虽然也热，可半夜以后，还可以进屋睡觉嘛，但在重庆，你简直没法在屋里睡觉，像是在火炉里烤一样!"说完又伸出手臂给贺世亮看，"你看，我回去才两三天，周身都长起痱子了!"贺世亮一看，王茵果然满手臂的红疙瘩，便说："既然这样，回来了也好!"

王茵将席子拿到院子里，就要往自己房屋门口刚淋过水的石板地上放，贺世亮急忙说："你不要放光席子，石板才淋了水，湿气重得很，谨防今后得风湿性关节炎呢!"王茵便问贺世亮："那怎么办?"贺世亮说："你要像他们一样，端三根大板凳搭在石板上，上面搁上篾笆簟，再放席子，这样便把湿气隔开了!"王茵愣了一下，才说："我哪来的大板凳和篾笆簧？"贺世亮想了想，说："你把我的大板凳和篾笆簧拿来用吧！"王茵长长的睫毛闪了几闪，看着贺世亮问："你呢？"贺世亮本想悄悄告诉王茵，他等会儿要一个人躲在屋子吃好的呢！看了看院子里那么多人，便把这话压下了，想了一会儿才说："我头有点晕，鼻子也塞到塞到的，大概是有点感冒，今天晚上可能不能在外面睡了！"王茵说："那好，把你的大板凳和篾笆簧借我吧！"贺世亮说："好，我去给你拿！"说着，贺世亮跑进屋子，先端出三条大板凳，放到王茵门前的石板地上，又进屋顶出一张篾笆簧，放到板凳上，亲自看着王茵把席子放到了上面，这才说："这就好了，你把枕头拿出来，看你在上面怎么翻过来翻过去地睡，也不会受湿了！"说着，估计鼎罐里的肉炖得差不多了，便又进屋去了。

到灶房里一看，灶膛里那块劈柴已经燃过，但炭还红着，鼎罐里也还在"咕噜咕噜"地冒着泡。贺世亮便拿过一根筷子，揭开罐盖，去试试肉炖好没有？刚揭开盖子，一股热气夹着一股浓郁的香气便扑面而来，贺世亮又不由自主地咽下了一口口水。他用筷子插了插那块肉，却没有插过，又马上盖上盖子，忍耐着肠胃的抗议，又往灶膛里塞了一块劈柴，把火吹燃。这次，贺世亮也不打算出去了，过去关了门，便坐在灶膛前，一边看着灶膛里的火势，一边守候起来。鼎罐里又"咕噜咕噜"响了一阵，贺世亮琢磨着差不多了，这才站起来，从鼎罐里夹出了那块肉，放到菜砧上，然后去柜子里拿出小半把挂面，抽出来丢到了鼎罐的汤里，煮了一阵，挑进一只大碗里，又舀了一点豌豆和几只洋芋在碗里，端到了桌子上。然后贺世亮返身走进灶房，在菜砧上切起肉来。切好后，他数了数一共有十片，便装进一只盘子里，也端到了桌上，这才去拿过收工时在供销社代销店买的瓶装白酒和酒杯，拧开瓶盖，给自己斟了满满一杯酒，郑重其事地在桌子上方坐了下来。

贺世亮并没有马上动筷，而是先翕动着鼻子，将头伸到那盘肉的袅袅热气上面，使劲地嗅了一遍，仿佛是想把那几片肉的味道全吸进鼻孔里一样。接着又将鼻子移到酒杯上面，同样将杯子的酒嗅了一遍，才心满意足地端起酒杯，慢慢呷了一口，又伸出舌尖沿嘴唇周围舔了舔，接着将眼睛眯缝起来，嘴里发出"呀"的一声惊呼，一副其乐无穷、欲醉欲仙的样子。接下来，贺世亮放下酒杯，拿起筷子，从盘子里夹起一块亮晶晶、油光光的紫红色肉片，往嘴里一丢。正要嚼时，忽然一下停住了。原来，那肉咸得要命。这腊肉应该在中午的时候，就拿出来泡到水里，将肉中的一些盐分泡掉。可贺世亮不知道，直接就拿来煮了。现在将肉往嘴里一丢，贺世亮感到的不是肉香，而是舌尖一阵苦涩，像是吃生盐一般。贺世亮本想吐出来，可又舍不得，只得咬着牙嚼了起来。嚼了一阵，肉香又奇怪地出来了，赶跑了满嘴苦涩的味道。贺世亮将肉嚼烂咽进肚子后，又端起酒杯喝了一口酒，然后再夹起一片肉丢进嘴里。这次没感到那么咸了，再次细细咀嚼了一会儿，吞进肚里去了。贺世亮一边喝酒，一边不断将盘子里的肉片往嘴里塞。奇怪的是，越吃越感觉不出肉的咸来，反而越嚼越香。十片肉没费多大工夫，便进了贺世亮的肚子，同时贺世亮也喝了好几杯酒。然后，贺世亮才端过面碗，"呼哧呼哧"地吃起面来。一碗面条告罄，连汤也被贺世亮喝下去了。贺世亮这才心满意足地站起来，一边打着嗝，一边收了碗筷进灶房洗去了。

独享美食后，贺世亮本打算还是出去乘会儿凉，可一想起自己刚吃过肉，肚子又胀得像一面鼓，怕出去着了凉，闹起肚子来反倒不好。又一想，自己已经当着王茵的面，说过头有些晕的话，这阵怎么又出去了呢？想着，便决定不出去了。屋子里是热了一点，可又没有别的人，贺世亮便把衣服脱得只剩一条裤衩，赤条条地上床睡觉了。因为喝了点酒，加上劳累，贺世亮头一挨枕，便沉沉地睡过去了，连梦也没做一个。

一觉醒来，贺世亮才觉得嗓子眼里像是在往外冒烟，嘴干得发涩。他伸出舌头舔舔嘴唇，可舌头竟也像根木头，身子也像是被火烤着一样，热辣辣、汗津津的。他知道这都是因为晚上那肉太咸了的缘故，急忙爬起来，连灯都顾不得点，摸到水缸边，舀起一瓢冷水就喝了下去。放下水瓢，感觉嗓子里好了一些，可身子仍然觉得燥热得不行。如果眼前有水塘，贺世亮会毫不犹豫地跳到里面。可眼下是在家里，别说水塘，就是水缸，昨天忘了挑水，刚才舀水喝时，木瓢都刮到缸底了。贺世亮想了一会儿，便决定还是出去乘会儿凉。他侧着耳朵听了听，院子里一片寂静。他估计大约已到下半夜，乘凉的人都回屋睡觉了，要不，总要传出一点声音的。这样想着，贺世亮便只穿着那条裤衩去开了门。

刚把门打开，一股月光便水银一样泻进了屋子，自然也泻在了贺世亮年轻健康的身子上，像是给他的身体披上了一层轻柔的白纱。也许是他刚把门打开接触到外面的空气，他觉得那空气带着一点香甜的味道。紧接着，一股清风呼啦啦吹了过来，像小孩温柔的小手落在他燥热的肌肤上，顿时让他有一种心旷神怡的感觉。他的目光朝院子里一看，四周熏蚊虫的烟火已经熄灭，人们果然都进屋去了，只剩下一些来不及收的簸箕箕、板凳以及篾席。贺世亮心里便想："正好，我什么也不需要带，就到那些席子上去躺一躺！"

可是还没等他走到院子里，便一下停住了脚步，并且吃惊得张大了嘴巴，像是想喊叫却没有喊叫出来的样子。他刚才只顾朝远处看，没朝近处看，原来还有一个人正在月光下沉沉酣睡，这人竟是王茵。王茵是侧身躺着的，头下枕了一个红花布枕头，满头秀发瀑布般披在枕头上，一床蓝棉布被单被她压在身子下。那件"布吉拉"的下摆被夜风吹翻过来，露出了一条奶白圆润的大腿。看见那条白生生的大腿，贺世亮又觉得口干了起来，喉结上下一阵滚动，十分困难地咽下了一口口水。看了一阵，贺世亮不知道该怎么办了？他知道王茵一定是因为睡着了，大家进屋也没有喊她，现在才一个人睡在院子里。他见她睡得这样沉，内心突然涌起一阵强烈的冲动，想去亲她一下，只一下，轻轻的一下都行，或者摸一下她的手、她的脚踝！可刚要朝前走去，另一个声音马上在他心里说："不行，千万不行！万一她醒来了，问你想干什么，你怎么回答？万一她再叫起来，你想到过严重后果吗？"听见这样的声音，贺世亮马上又站住了。过了一会儿，贺世亮又做出另一个决定，他在心里又对自己说："我不亲她，也不摸她，可我得把她喊醒。虽说是在夏天里，可老天爷在半夜以后，多少得下点露气，她就这么睡着，万一睡感冒了怎么办？如果我不叫醒她，她肯定要睡到天亮的！"这么想着，贺世亮像是下定了决心，开始往王茵睡觉的地方走去了。刚走两步，贺世亮一眼瞥见自己几乎赤裸的身子，突然一下脸红了，又马上站了下来。他想："我就这样去叫喊王茵，她醒来看见会把我当什么人？我这不是自己不把自己当人吗？"这样想着，贺世亮便又往自己屋里跑去。

贺世亮穿好衣服，重新来到院子里。这次，他没有犹豫，几步便走到王茵睡觉的地方，正想喊叫，王茵在梦里不知说了一句什么话，接着翻了一个身，将身子在席子上躺平了，摊开四肢，马上又睡了过去。贺世亮心里立即像做贼一样"咚咚"地乱跳起来，把即将出口的话也赶跑了。他的目光无法不被王茵那张姣美的脸所吸引。圆圆的脸像是银盘一样，两道又黑又长又弯的睫毛，在紧闭的眼睑上，被月光投下两道漆黑的弧线。眉尖微蹙，像是在梦中也想着什么心事，更增添了一种说不出的美丽。眼睛下面，那道小鼻子十分端正，鼻梁在中间微微有点拱，鼻翼又略有一点鼓，随着均匀的呼吸，两只鼻翼一张一合，如蝴蝶扇翅一般。嘴唇有点调皮地向外噘着，仿佛在和人假意赌气。接着，贺世亮的目光又顺着王茵那张美丽动人的面孔移了下来。这时，他看见了王茵那随着呼吸在单薄的裙子下面微微颤动的两只乳房，似乎要撑破薄薄的布料弹跳出来的样子，还有脖子下面一片雪白的肌肤和那几根蓝色的血管。现在，贺世亮和王茵是挨得如此近，贺世亮可以感觉得到她的呼吸，可以听得到她心跳的声音。贺世亮尽管读了十二年书，可此时竟然找不到任何词语来形容王茵的美丽了。他只觉得王茵实在是太美了，美得让他目瞪口呆。他再一次感到自己的身子像被架在火上烤着一样，先前被自己推翻的想亲或摸一下王茵的念头，此时更强烈地升腾了起来。而且这个念头一浮上脑海，便以无法遏制的势头，迅速控制了他的每个毛细血管和神经，呈现出任何人都无法改变的样子。这样，他便义无反顾地朝王茵俯下了头去。

刚刚要把自己的嘴唇贴到王茵的嘴唇上的时候，他忽然发现王茵脖子下面那片洁白的肌肤上，有几个米粒大的黑点。因为他的身影挡住了王茵的身子，贺世亮以为是风把哪儿的枯树叶或垃圾给刮到王茵身上来了，不由自主地伸出手。可手刚一触到那几个黑点，却发现是几只吃得饱饱的蚊子，王茵雪白的肌肤和他的手上，立即沾上了几点鲜红鲜红的血。贺世亮帮王茵打掉了蚊子，以为王茵这下该醒了，急忙直起身子。可过了一阵，王茵还是一动也不动。贺世亮胆子突然大了起来，于是再次将头朝王茵俯了下去。

贺世亮终于将自己的嘴唇，蜻蜓点水般在王茵两瓣柔嫩而温润的嘴唇上点了一下。过程尽管短得只有一瞬间，可对贺世亮来说，却像是被电击中了一样，有种发麻的感觉，心脏狂跳不止。他想逃走，双脚却像生了根似的。他紧张地看着王茵，生怕她会醒来。可是王茵却没有醒来，鼻翼仍像先前一样扇着，发出均匀的呼吸声。贺世亮胆子又大了一些，于是第二次俯下身子，将自己的嘴唇贴在了王茵的嘴唇上。这次不像先前那样蜻蜓点水，而是用自己的嘴唇含住王茵的嘴唇吮吸了起来。就是在这种吮吸中，贺世亮感到身子迅速地膨胀开来。他想起不久前在公社看电影时，他被人推倒压在王茵身上的感觉，周身的血液开始在血管中奔突起来。他的内心顿时充满了渴望。长了整整二十年，他清清楚楚地知道这渴望是什么！现在，这能够满足自己渴望的东西就在眼前，他举手就能得到她。由此他在心里打架，欲罢不能。他又朝院子里看了看，夜色是这样美好，周围是这样安静，不光是院子里那些乘凉的笆簟、席子，也不光是房前屋后的树木竹林，就连天上的星星、月亮都在看着他，似乎也在给他以鼓励。他知道在这时候，人人都睡得像死猪一样，不会再有人出来了。他见王茵还没有醒，便抬起了头，又抓住王茵的手细细抚摸起来。随着抚摸，贺世亮内心的欲望越来越大，本身燥热的身子更像燃烧了起来。他觉得自己的身子就要爆炸了。这时，他忘记了自己的身份，也忘记了自己这只癞蛤蟆，是不是可以吃上这只天鹅的肉，在连续吞咽了几口口水之后，他轻轻地喊了一声，见王茵还是没醒，竟将自己的手探进了王茵的裙子里。开始贺世亮还小心翼翼，生怕弄醒了她，手指刚一触到王茵的皮肤，又马上像触电似的拿了出来，然后等待着她的反应。见王茵还是无知无觉的样子，色胆又开始大了起来。于是贺世亮的手便像探雷器一样，开始一点一点地往王茵裙子里面深入进去，从一般的部位到了关键的地方。接着，像冥冥之中有个恶魔在牵引着他一样，贺世亮鬼使神差地脱起自己的衣服来。当他把自己的衣服褪尽以后，便去轻轻抬起王茵的脚，将她的裙子撩了上去，接着又忍着内心的狂跳，将王茵的三角裤也拉到了膝盖下面。然后贺世亮才像做贼似的，情切切意乱乱地爬到了王茵身上。

第十四章

可就在这时，王茵突然醒过来了。她先是像受到惊吓的样子，用力蹬了一下双腿，接着又扭动了一下身子，刚想喊叫，一看是贺世亮，像是没想到的样子，半天才问："你做什么？"王茵说完，也像吓住了似的，身子一动不动，只呆呆地看着贺世亮，又像是在思索什么，然后又说了一个字："不！"贺世亮一见王茵醒来了，并且认出了他，早已吓得魂不附体，急忙从王茵身上爬了下来，抱起衣服裤子便要逃跑。跑了几步，贺世亮以为王茵还要说什么，可王茵说完那两句短短的话后，却再没有下文了。更重要的是，王茵像是疲倦至极的样子，说完那句话后，连裙子也没拉下来，马上又闭上了眼睛，像是重新睡过去了，却将一具洁白的肌体呈现在贺世亮面前。贺世亮又不由自主地站住了，目光落在了她洁白光滑的胴体上。过了一会儿，贺世亮像是得到了某种鼓励和暗示，色胆再次膨胀，然后又像被魔鬼推着一样走回去，再次爬到了王茵身上。开始，贺世亮像个找不着方向的孩子，在王茵身上乱闯乱撞，手忙脚乱了半天，才找着地方。可刚刚入港，贺世亮便觉得身子里"轰"的一声，像是爆炸了一般，泄出一摊脏物来。这时，贺世亮见王茵还是闭着眼睛，也不知她是真睡着了还是因为害羞假装睡着了，又害怕她等会儿喊叫起来，也来不及说什么，提起衣服裤子就匆匆回屋去了。进屋关上大门从门缝中一看，只见王茵像是刚刚做了一场梦似的，起来坐了一小会儿，然后褪下三角裤头，擦了大腿上贺世亮留下的脏物，才放下裙子，卷起席子和被单，拿上枕头回屋去了。

贺世亮见王茵没有喊叫，而且卷起席子进屋去了，一颗悬在半空的心方才落了下来。可他已经没了一点睡意，从墙壁缝里，他看见从王茵屋子里透出了几缕黯淡的灯光。灯光在向后面屋子里移去，他也跟着来到后面。他听见了王茵从缸里打水的声音，冲澡的声音，便知道王茵开始擦洗身子了。过了一阵，王茵屋子里的灯光又开始往前面屋子移去了，他便又跟过来。他听见了王茵铺床的声音，然后"噗"的一声，灯光熄灭了。贺世亮知道王茵睡觉了，他也爬到床上，先是睡不着，在床上翻来覆去，过了很久，终于慢慢睡了过去。

早晨醒来，贺世亮听见贺世忠又在吆喝男女社员都到黄泥巴大地薅红苕草。贺世亮却没有勇气出去了。看见从门缝和瓦楞筛进屋子里明晃晃的阳光，想起昨天晚上的事，他既怕出去看见王茵，更怕王茵到公社或郑锋那里告发他，让他吃不了兜着走！尽管昨天晚上王茵没有喊叫，过后也不声不响，可谁又说得准呢？万一她今天想起来觉得自己受到了伤害，要去告发他呢？一想到假如王茵真去告发了，他就可能被警察用锃亮和冰凉的手铐铐走，就可能被判刑，贺世亮突然感觉到一股冷飕飕的气息，从脚底沿着背脊蹿了上来，身子不由自主地打了一个冷战，好似那些穿白制服的公安就站在自己面前一样。不但如此，他眼前还浮现出一幅画面，那就是全贺家湾男女老少都围着他，愤怒地对他吐口水，羞他骂他，什么难听的话都有……一想到这里，贺世亮的脸色突然变得煞白，牙齿打着战，连他自己也弄不明白是怎么回事，忽然从嘴里叫出了一个"不"字，然后就用双手抱着头，打摆子一样哆嗦起来，又回床上躺下了。

他决定不出去，躺在床上装病，如果公安来抓他，他跟着他们走就是。这么想着，心里又懊悔起来："怎么就一时冲动，做了那样的事呢？即使一时糊涂伤害了王茵，也得对她说几句对不起的话，求得她的原谅和宽恕才对！我竟然完事以后，什么也没有说，便像做贼似的跑了，这都是我造成的呀！真是糊涂到顶，罪有应得呀……"他躺在床上，一边这样想，一边不断用手捶打着自己的脑袋，试图用这种方法来惩罚自己。在这种自我折磨中，贺世亮听见王茵的大门响了，接着听见了她走出去的脚步声。然后他听到更多的开启门扉的"嘎嘎"声和更多杂乱的脚步声，没一时，院子外面便清静了下来，除了偶尔传来的公鸡打鸣和母鸡扑翅声，以及有老人和孩子在家的人户生火做饭时锅铲碰击和柴火的劈爆声外，世界又像昨天晚上一样陷入了沉寂。贺世亮侧耳听着人们都上工以后，也不想起来做饭，还是懒洋洋地躺着，一副听天由命的样子。真应了"越怕越有鬼上门"这句俗语，吃早饭的时候，贺世亮的大门突然被"咚咚"地敲响了。一听见这急骤而有力的敲门声，贺世亮打了一个寒战，犹如油条泡汤——全身都软了，心里不住地说："来了，来了，肯定是王茵向郑锋或公社报告了，抓我来了！"越这样想，越吓得不行，全身又颤抖起来。他想不去开门，可是知道这是不行的，挨得过一时半会儿，还能挨得过长久？又转念一想，反正已经犯了罪，躲脱不是祸，是祸躲不脱，罢罢罢，开了门，要打要杀，随他们了！这样一想，便下床趿上鞋，战战兢兢地过去开了门。

拉开大门一看，门外站的既不是郑锋和公社的人，也不是警察，而是贺世忠。贺世忠黑着脸，两只眼睛将贺世亮上下扫了一遍，才气势凌厉地问："清早八晨的，你怎么不去上工？"贺世亮一见门外站的只是贺世忠，那颗扑腾扑腾跳动的心终于安定了一些，便说："我病了！"贺世忠问："该不是懒毛病和思想病吧？"贺世亮说："我又不是医生，怎么知道是啥病？"贺世忠又将贺世亮打量了一遍，见他脸色苍白，身子颤抖，果真像有病的样子，便不再追问了，只说："病好了就出来干活，可别就病起去了，啊！"说完转身去了。贺世亮也不和贺世忠争辩，等贺世忠走后，便又关了门，心里倒有了一种释然的感觉。

接着，贺世亮便听见出早工的人收工回家的脚步声，和家家户户呼儿唤母、吆鸡打狗、吃饭喝粥的声音。等这些杂乱的声音再次消失，贺世亮才起来弄了一点饭，和着昨晚上还剩下的半碗汤，填到肚子里，便又去床上摊开手脚躺了下来。躺了一会儿，忽然又坐了起来，眼睛看着床前从瓦缝中透下来的一块太阳的金色光箔。那光箔闪闪烁烁，像是十分顽皮的样子。看了一会儿，贺世亮忽然觉得光箔变成了王茵的脸。接着，他脑海里又浮现出王茵昨天晚上袒呈在眼前的那具美丽的胴体，一时又忘了害怕和懊悔，心又激动得咚咚跳了起来。他想起昨晚自己做过的事，脸立即像是充血似的红了，眼睛也闪出几分明亮的光芒，他用舌头舔了舔嘴唇，像是在一种犯罪的羞耻感中品尝某种甜蜜和幸福的味道一样。可是，这样的幻觉和想象转瞬即逝，他眨一下眼睛，王茵的形象消失了，他的目光也随即黯淡下来。他想起刚才贺世忠敲门时，自己那副泥菩萨身上长草——慌（荒）了神的情形，现在还想这些，真有些恬不知耻了！想到这里，贺世亮又像给自己惩罚似的，狠狠地抽了自己一巴掌，将自己头脑中刚才那些想法给赶跑了。

贺世亮就这样在心里十五个吊桶打水——七上八下地过了一天，却是什么事也没有发生。到了天黑的时候，天突然下了一阵雷阵雨，气候一下清凉下来。贺世亮听见王茵在隔壁像往常一样生火做饭，洗锅刷碗，然后上床睡觉。此时，贺世亮是多么希望王茵能像过去一样，和自己说几句话呀！可是王茵却没有。贺世亮想主动先开口，可他除了说"对不起"这三个字外，实在不知道还该说什么。而且每次张口前，他的心便是一阵狂跳，紧张得像刚刚做了贼一样。更重要的是，他不知道王茵会不会理他，如果不理他，不是反讨没趣吗？想来想去，最终还是没那份勇气。

第二天，贺世亮仍平安地过了一天，那颗惶恐不安的心，也慢慢安定下来。可他仍没弄清楚王茵的态度，这让他始终没法彻底放下心来。晚上，他再次强烈地产生了想和王茵说话的念头，正在苦恼怎么开口时，突然想起那次和王茵传递纸条的事来。贺世亮一下高兴了起来，马上去找了纸笔来，迅速在纸上写了一行字："王茵，对不起，请你原谅我的罪过！"写完，贺世亮将纸条叠好，从上次那个墙壁缝隙中斜着插了过去，然后两眼紧紧盯着那道墙壁缝隙。那道墙壁缝隙，既是他唯一的生命通道，也是他走向毁灭的地狱之门。他两眼一动不动地等待那张决定他命运的纸条，双手合拢，心里不住地说："菩萨保佑！菩萨保佑！"可是过了半天，纸条还原封不动地插在那里。贺世亮灰心了，他想："完了，她肯定是心里怨恨着我，不肯理我了！"正这么想着，纸条被王茵抽了过去。贺世亮的心马上狂跳了起来，心想："这下好了，这下好了！"可是，他不知道她会写些什么，要是写上"我一定要告你"这样的话，他可全完了！

过了一会儿，贺世亮看见那道墙壁缝隙里，那张纸条又出现了。还没等纸条完全传过来，贺世亮便迫不及待地扑过去，一下抽了过来。他将纸条捧在心口，闭上眼睛，屏声静息地过了好一会儿，才把眼睛睁开，将纸条展平，目光忐忑不安地落到了上面。只见上面写着短短的一行字："你说的什么呀，我不明白？"贺世亮看完这几个字，一下傻了。这不是明明白白的事吗？她怎么会说不明白？可不管怎么说，贺世亮没有发现最令他担惊受怕的字，终于把一颗悬着的心放回了肚子里。他高兴起来，突然有些明白了："哦，她一个女孩子，出了这样的事，害羞，不好明说，自然说不明白哟！我怎么这么傻，连这点也没想到？"又在心里说了一句，"别忙，让我把话挑明了，看她又怎么说？"这么一想，便又拿过一张纸，把白天经过反复思考的话写到了纸上："王茵：你知道，我对你已经犯下了不可饶恕的错误，现在我要真诚地对你说：我爱你！我请求你嫁给我！我知道自己配不上你，你是知青，我是农民，而且我啥也没有，可是我有一颗爱你的心，会一辈子对你好，哪怕当牛做马，我也会报答你！茵，请你答应我！"写毕，又将纸折叠工整，插进了那道墙壁缝隙里。然后，贺世亮像是陷进了热恋中一样，心"咚咚"地跳了起来，眼前又浮现出了王茵那张美丽动人的面孔。他想："要是她答应了，我一定要跑到院子里，对着满院子的人大喊大叫！从此，我不但再也不用害怕，而且会比天下所有人都幸福！"他一边这样想着，一边又注视着那道墙壁缝隙。不久，纸条便如他所期待的那样又传过来了，可是上面却写道："这是不可能的！"后面一连打了三个感叹号。贺世亮头脑"轰"的一声，顿时大了，半天都没有回过神。过了好一阵，他才一边看着纸条上那几个字，一边喃喃自语地道："我们都那个了，怎么不可能呢？怎么不可能呢？"想到这里，像是自己也弄不明白一样，马上又在纸条上写了三个字："为什么？"然后又像王茵一样，在后面一连打了三个像耳朵一样大的问号，从墙壁缝里传了过去。

贺世亮等了一阵，见纸条还没有传过来，以为王茵不会回答他了。正在贺世亮胡思乱想的时候，纸条又传了过来。贺世亮急忙取过来一看，上面写着："我已经有男朋友了，只要我一调回重庆，我们就马上结婚！"后面还写着几个字，"你不要再说这件事了！"贺世亮瞪着大眼，痴痴地看着手里的纸条，一副不知该说什么好的样子。他竟然不知道王茵已经有男朋友了，还异想天开地叫别人嫁给他呢！可是转念一想，又觉得王茵是在骗他，如果她真有男朋友了，可怎么从来没听她说起过呢？这次回去，又这么快就回来了呢？越想越觉得王茵不像有男朋友的样子，便在心里说："对，她就是不想嫁给我，故意说有男朋友了！"这样一想，便决定继续问王茵，可一见王茵后面那几个字，又没有了勇气，因为人家已经叫他不要再说这件事了，再问，反倒显得脸皮太厚，于是又打消了这个念头，心里想道："我现在不问，等过两天找机会当面问她，可能比现在问还好呢！"这么想着，便把纸条撕了，将纸屑撒到地上，然后睡觉了。

又过了一天，仍是什么事也没发生，贺世亮相信王茵不会去告发自己了，一颗心终于落了地。这天早上，贺世亮终于扛起锄头，和众人一起下地了。贺世忠看见他，目光在他身上扫了一遍，问："病好了？"贺世亮听他的声音有点阴阳怪气的，便道："你想让我得绝症是不是？"贺世忠说："年纪轻轻的，什么病一躺就是三四天？别人到贺万山那儿，拿五分钱的药吃了就好了！"贺世亮说："别人是别人，我是我！你以为我是装病是不是？谁以为我是装病，自己也去装装试吧！"贺世忠翻了翻白眼，不再理贺世亮，往一边去了。

锄了一早上地，收工时王茵走在后面，贺世亮故意假装脚趾被路上的石头踢了，"哎哟"一声蹲到地下揉脚趾，后面的人便急急慌慌地从他身旁走了过去。等到王茵走到她面前的时候，贺世亮突然一下站了起来，把王茵挡着了。等众人都走远以后，贺世亮才却红着脸对王茵问："你真的有男朋友了？"王茵沉下了脸，说："我说过叫你不要说这事了，你还老问这做什么？我有没有男朋友是我的事，你以后不要再问了！"说着，王茵便想抢到前面去。贺世亮突然一把拉住了她，脸红筋涨地结巴着说："可、可我们那、那天晚上，都那、那样了，你、你就嫁、嫁给我、我吧……"话没说完，王茵也忽然红了脸，可她很快又恢复了正常，看着贺世亮口气凌厉地问："那天晚上什么事情，啊？我睡着了什么都不知道，你给我说说是什么事情？"说着，一双眼睛瞪着灯笼似的，仿佛只要从贺世亮口中吐出半个不干净的字，她马上就会把他吃掉。贺世亮一看王茵的神情，一下愣住了，嘴张了半天，也没说出话来。趁这机会，王茵抢到贺世亮前面，大步大步地往前走了。走了一小段路，这才回头对贺世亮警告说："我再说一遍，我不清楚那晚发生了什么事，也不会嫁给你，你再要说这件事，我可要和你急！"说完，头也不回地走了。

贺世亮半天才回过神，可他没明白王茵话里的意思，只以为这是王茵不想嫁给他，才故意装聋作哑地推说那天晚上的事情她什么都不知道。心里恼恨了王茵一阵，却也不好说什么，只好悻悻地回家去了。从此，尽管王茵看见贺世亮还是和往常一样，并没有对他表现出恼恨和疏远的样子，可贺世亮看见王茵，却会故意绕道走或装作没有看见，也很少主动和王茵说话了。有时夜深人静躺在床上，也会情不自禁地想起王茵的胴体，想起那天晚上糊里糊涂做的事，心底却不敢再有非分的念头了。

可令贺世亮没想到的是，这天晚上贺世亮刚躺下，门却被敲响了。开始敲得很轻，像是很胆怯似的，接着加重了一些。贺世亮不知这时谁会来敲自己的门，忙起床点上油灯，跑出去拉开门一看，却是王茵。只见王茵脸色有些苍白，目光瞥了贺世亮一眼，又迅速把头低了下去，然后竟问贺世亮："我可以进来吗？"自从王茵拒绝答应嫁给贺世亮以后，贺世亮觉得自己自尊心受到了伤害，便在王茵面前尽量保持着一种矜持而自傲的姿态，尽管这种自傲是装出来的。眼下，王茵突然问他可不可以到他屋子里来，这在过去是从没发生过的事，一时倒有些窘迫起来。他想："王茵这两天没在家里，也不知她到哪儿去了，或许她想问我点什么吧？"这样一想，便立即热情地说："怎么不可以呢？快请进吧！"说着，还非常绅士地做了一个请的动作。

王茵果然一步跨了进来，并且直往里面的屋子走。贺世亮更有些摸不着头脑了，也随着她进去。到了贺世亮的床前，王茵才站住了，回过头来，两只眼睛默默地看着贺世亮，嘴唇微微颤动着，似乎想说什么却一时难以开口的样子。贺世亮也不说话，只等着王茵开口，见王茵看他，脸慢慢地红了起来。王茵看了贺世亮一阵，突然又把头低了下去，眼睛看着地面，手指轻轻地掂着衣角，胸脯一起一伏。过了一会儿又才抬起头注视着贺世亮，却始终没把话说出来。两人就这样默默对视了一阵，似乎都在等对方说话，又似乎都要把对方记在心里的样子。过了半天，贺世亮终于忍不住，才对王茵问了一句："你喝水不？我去给你倒水！"说着便转过身子，朝灶屋走去。可是贺世亮刚转过身子，王茵突然扑过去，从后面抱住了贺世亮，并把头紧紧依偎在贺世亮肩膀上。顿时，贺世亮的身子突然像被雷电击中一样，不由自主地战栗了两下，像木桩一样站住了。然后，贺世亮感觉到刚才那样的战栗，迅速划上他的脊背并在脑后丘形成一道电波，有那么一段时间，他感觉到自己就要窒息过去。过了一会儿，贺世亮才慢慢清醒过来，这时，他闻到了从他肩膀上传过来的王茵那温暖、甜蜜而湿润的气息，同时他也感到了王茵的心脏跳得像要蹦出来一样。两人一动不动，也不说什么，似乎都在静静地感受对方的气息、体温和生命一样。直到那种触电般的感觉逐渐从身上消退，贺世亮才突然明白过来，王茵这是在以无声的语言，向他表达着什么！这时，什么矜持、自傲，什么因那次王茵拒绝嫁给他所带来的不快，统统跑到九霄云外去了。他突然转过身子，张开双臂，正准备去拥抱王茵时，王茵却像只灵巧的兔子一般，松开他的身子，迅速地向屋外跑去了。

贺世亮一下又傻了，他不明白王茵这是怎么了？为什么突然到他的屋子来，又为什么一句话都不说，却又把身子小鸟依人一样靠在他的肩头？想了半天没想明白，贺世亮便在心里道："难道她是回心转意，决定要嫁给我了，要不，她怎么会这样?"这样一想,贺世亮心里立即涌上一股甜蜜蜜的幸福感。他想去向王茵问个明白,可刚才听见王茵回自己屋里以后,便把门插上了。如果现在去敲王茵的门,被外人知道了,那些爱嚼舌头的人,可又有话说了。想了半天,贺世亮又在心里说:"好事不在忙上,她又不会跑,明天我早些起床再去问她吧!"这样想着,贺世亮便过去插了门,然后怀着一种幸福和期待的心情上床睡去了。

第十五章

第二天天一亮，贺世亮就去敲王茵的门，敲了半天，王茵屋子里却没有动静。他以为王茵睡着了，便又走进屋子，一边敲着墙壁一边叫了起来："王茵，王茵！"隔壁屋子里还是没有一点声响。贺世亮心里奇怪了："这么早就到哪儿去了呢？"疑惑了一阵，心里又想："准是蹲茅坑去了！"可等了一阵，还是没有听到王茵屋子里有什么响动，便又去敲墙壁喊她，仍是没有半点回应。贺世亮便到后面去看，只见茅坑的门虚掩着，贺世亮也不好去拉开门看，便往王茵的后门看去，却见后门上挂了一把锁，贺世亮方知王茵出门去了。可是这么早，她又到哪儿去了呢？想了半天，贺世亮没有找到答案。又一想，王茵这几天都是早出晚归，一副神出鬼没的样子，也不知她在干些什么？于是也不往心里去，回到灶屋，煮了两碗洋芋和红苕稀饭填到肚子里，便扛起锄头下田了。

半上午时，贺世亮和贺兴财、贺世龙、贺世宏、贺世健、贺七成、贺庆、贺永生、贺银庆、贺晓力等十几个汉子，正在一块叫"黄瓜田"的"水改旱"里挖着田，公社武装部赵部长和一个穿白制服、戴大盖帽的公安以及另外两个年轻人，突然从旁边小路上走了下来。赵部长身材魁梧，穿着一身洗得有些发白的草绿色军装，戴着一顶军帽，虽然没了领章帽徽，仍是威风凛凛。那穿白制服、戴大盖帽的公安年纪大约在三十多岁的样子，一张国字脸，腰板挺得笔直，也走着标准的军人步伐。另外两个年轻人也是虎背熊腰，迈着大步，不但精神抖擞，而且给人一种力气很大的感觉。众人都不由自主地停下锄头，好奇地看着他们。贺世健忍不住问："赵部长，又要征兵了呀？"赵部长朝田里扫了一眼，瓮声瓮气回答道："还早着呢！"贺世健说："哦，我以为又征兵了呢！"贺庆听了贺世健这话，便有些献媚地说："不征兵，领导就不能下乡检查工作？是不是，赵部长？"赵部长没答话，贺世健便又问赵部长："赵部长，今年我能不能报名？"赵部长说："还没开始，我知道你能不能报名？到时符合条件就报吧！"说完突然问，"你们郑支书在哪儿？"众人互相看了一眼，却都摇头道："我们不晓得！"赵部长正要说话，贺世亮却说："可能在家里吧！领导要找他？天气大，要不领导在那棵桐子树下歇着，我去把他叫来怎么样？"原来贺世亮去年虽然没去当成兵，却不责怪赵部长，相反，还想在他面前好好表现一下，以争取今年征兵时再去试试。谁知赵部长听了，却说："不用了，我们自己去找他！"说完，又附在穿白制服的公安耳朵旁边，不知说了几句什么话，那公安也看了贺世亮两眼，几个人便从外面的田坎上朝郑家塝走去了。这儿众人盯着他们的背影看了一阵，又各自干自己的活不提。

大约过了一顿饭的工夫，那几个人和郑锋、贺世海一道，重新回来了。走到田坎上，几个人站住了，贺世海便对田里喊道："贺世亮，你出来一下！"贺世亮不知叫他出去有什么事，像听错了似的问了一句："我？"贺世海说："就是你，你出来一下！"贺世亮听明白了，眼睛里不禁闪出了几分疑惑的光彩，急忙把锄头挖到田里，一边问："领导找我有什么事？"一边向外面走了过去。那田里人的目光，都集中到他的身上。刚走到田坎边，贺世亮还没开口说话，却见郑锋五官早已扭曲得变了形，黑煞着脸，两眼闪着愤怒的火苗，突然像是猛虎一般朝贺世亮冲了过去，攥紧拳头，当胸就是一拳。贺世亮猝不及防，一个趔趄，身子往后一退，早绊在了一块泥土上，不由自主地倒了下去。过了半天，贺世亮才爬了起来，早已气得满脸通红，然后委屈地叫了起来："凭什么打我……"田里的人也都愣住了，纷纷看着郑锋问："是呀，怎么打他了？"郑锋的脸一边痉挛地跳动，一边咬紧牙关说了一句："你们自己问这狗日的做了啥坏事？"说着，仍像不解恨似的对贺世亮咬牙切齿地骂了一句："老子叫你给全大队丢脸……"骂声中，又抬起脚来，朝贺世亮又猛地踢了过去。贺世亮见郑锋踢来，想躲却没有躲开，被踢中了膝盖，不由得"哎哟"了一声，便蹲了下去，半天没起来。郑锋还要踢，被旁边穿制服的公安给拦住了。

郑锋身子哆嗦了半天，才突然喊叫了一声："还不快给我把这狗日的杂种捆起来……"话音未落，跟随赵部长他们的两个汉子，早从腰上解下绳子，就要过去捆。贺世亮一见要捆他，马上又叫了起来，道："我又没犯法，凭什么捆我？"话音刚落，郑锋过去又给了贺世亮两巴掌，然后才愤愤地说："你狗日的还没犯法？你敢强奸女知青，老子要是有枪，早就一枪把你狗日的崩了！"众人一听这话，都不约而同地"啊"了一声，然后纷纷说："他强奸了王茵？"说着又问贺世亮，"你真的强奸了王茵？"那口气已没有多少愤怒的情绪，却是猎奇、兴奋、妒忌与不平种种因素交织在一起的语气。贺世亮一听郑锋的话，身子早已瘫了。过了半天，才喊叫起来："没有，我没有强奸……"郑锋没等他说完，又过去踢了他一脚，说："你强奸没强奸，去给专案组说，老子管不了！"又对两个拿绳子的年轻人说，"捆起来，带走！"

　　原来那两个年轻人是公社的基干民兵，专干捆人绑人这类事的。一听这话，果然过去把贺世亮从田里提起来，将他的两只手臂往后一别，先捆了手腕，然后顺着手臂缠上去，又从脖子前面将绳子穿过来。这捆法叫作"苏秦背剑"。正捆着的时候，贺世宏在田里叫了一句："捆紧点，他会武功，可别跑了！"贺世健也说"就是，用点力，捆紧点！"两个基干民兵果然将贺世亮的胳膊抬了起来，又紧了紧绳子，往上提了一提，贺世亮立即痛得龇牙咧嘴地叫唤了起来。贺世龙见了，像是不忍心，狠狠地瞪了贺世宏兄弟一眼，说："别人家的猫儿打架好看，自己家的猫儿打架不好看，谨防二天祸事落到自己头上，是一样呢！"贺世宏弟兄听了贺世龙这话，才不再说什么。贺世龙便冲那两个基干民兵说："捆那么紧做啥，他不会跑！"可那两个基干民兵没听他的话，没一会儿便将贺世亮牢牢实实捆好了。郑锋便对赵部长和那个穿制服的公安说："人现在交给你们了，你们带回去好好地审吧！"赵部长和穿制服的公安挥挥手，把贺世亮押着走了。快要走上前面的小路时，贺世龙才对贺世亮喊道："好好向政府坦白交代，争取宽大处理！锄头我给你带回去！"贺世亮被两个基干民兵推搡着往前走，没有听清楚贺世龙的话。

　　一群人将贺世亮押到了公社的小会议室里，赵部长和穿制服的公安让贺世亮在旁边一张长条椅上坐下，又叫两个基干民兵把贺世亮背后多余的绳子扯过来，捆在条椅上，然后出去了，只留下两个基干民兵在门口。没一时，有人端了一碗饭上来，放到桌子上，两个民兵过来将贺世亮手上的绳子解开。贺世亮早上吃了两碗洋芋和红苕稀饭，又挖了大半上午地，肚子早饿了。他想不吃，又禁不住饭菜诱人的香气，便活动活动手腕，捧起碗吃了起来。吃完饭后，两个民兵又过来把他捆上了。他在椅子上坐了一个多小时后，一行人走进了会议室，除了上午到大队来抓他的赵部长和穿制服的公安外，还有公社孙书记和一个高个儿、穿着一身蓝制服、鼻梁上架着一副眼镜的四十岁左右的干部，以及一个二十来岁，剪着短发，也是穿着公安制服的圆脸庞姑娘。几个人板着面孔，在贺世亮对面坐下，孙书记才叫两个民兵给贺世亮解了绳子，然后挥了一下手，两个民兵退出去，又拉上门。

贺世亮知道这是要对他进行审讯了，两只眼睛立即既惶恐又紧张地盯着地面，不敢抬眼看他们一下。果然，那个穿公安制服的年轻姑娘拿出纸和笔，准备做记录。接着，上午那个和赵部长一起来抓他的公安漱了一下喉咙，开始问了。他先问贺世亮的姓名、年龄、家庭成分、文化程度等基本情况后，便两眼犀利地盯着贺世亮，然后出其不意地问了一句："知道为什么把你抓到这里来吗？"贺世亮身子不由自主地颤抖了一下，半天才说："我没有强奸王茵……"话没说完，孙书记突然一边拍桌子，一边厉声喝道："党的政策历来是坦白从宽，抗拒从严，没强奸把你抓到这里来干什么？还不老实交代！"贺世亮仍然说："我真的没有强奸！"孙书记像是受了侮辱，正想再次发作，先前问话的公安却接过了话，继续对贺世亮说："不是强奸，那你说是什么？"贺世亮噎住了，半天才红着脸说："王茵呢？我要见王茵，我要和她对质！"话音刚落，戴眼镜的高个儿干部马上说："这不行！王茵是受害者，我们有责任保护她！你交代自己的问题！"贺世亮听后不吭声了。公安便继续问："你说不是强奸，那究竟是怎么回事？你把那天晚上的情况详细说一说！"

贺世亮见公安说话比孙书记和蔼得多，又想事情已经都到这个样子了，不承认也是不行的，想了一会儿，便把那天晚上的事说了一遍。说完，那公安才盯着他问："你借板凳和笆簟给王茵，当时心里是什么想法？"贺世亮说："没什么想法……"话没说完，孙书记又说："没什么想法，你会自己都不睡，而把板凳和笆簟借给她？难道不是想用小恩小惠拉拢王茵吗？"贺世亮说："我怕她睡到地下，受了潮气。"公安说："除了这个想法，真没有其他想法了？"贺世亮见他们眼里都露出不相信的神色，便说："我真的想关心她。"公安又问："你打开房门出去乘凉的时候，真的没看见还在院子里乘凉的王茵？"贺世亮说："没看见！"

话刚说完，孙书记又厉声说道："胡扯！你那个院子有多大，一个大活人睡在笆簸上，怎么会没看见？你是色盲，还是近视眼？"贺世亮说："先时没看见，可后来我走到院子里，这才看见了。"公安又马上问："到底是看见了，还是没看见？"贺世亮目光从公安脸上移到地下，才喃喃自语地说："看见了。"公安又接着往下问："看见了心里是怎么想的？"贺世亮说："没怎么想？"公安问："没怎么想，怎么又发生了那样的事呢？"贺世亮又想了半天，才说："觉得她太漂亮了，只想吻她一下。"公安再问："吻了吗？"贺世亮说："没有。"公安又问："为什么没吻？"贺世亮说："我怕她醒来叫喊。"公安话锋突然一转："怎么又去做了那事呢？"贺世亮又不知该怎么回答了，两只眼可怜地看着公安。公安又改变了话题："你为什么只穿着一条三角裤就跑了出去？"贺世亮说："我以为院子里没人了。"公安正要继续问，孙书记却突然问了一句："你刚才不是说院子里还有王茵吗，怎么又没人了？"贺世亮说："后来看见还有王茵，我就回屋把衣服裤子穿上了。"孙书记说："鬼才相信你的话，要不是早有预谋，怎么会赤身裸体地跑出去？"贺世亮觉得说不清楚，便干脆闭嘴没有回答。公安又问："在你和王茵发生关系的时候，王茵说了些什么？"贺世亮低下了头。公安突然拍了一下桌子，像头发怒的狮子一样跳了起来，然后指着贺世亮用命令的口气大声叫了起来："说！"贺世亮一见公安怒发冲冠的样子，身子不由自主地哆嗦了一下，马上说了一句："她说了一个'不'字。"公安又坐了下去，继续黑着脸问："王茵还做了什么？"贺世亮怕公安再发气，便马上说："她蹬了一下腿。"公安问："先蹬腿还是先说不？"贺世亮说："先蹬腿，然后说的不。"公安停了一下，然后又突然凌厉地问："你认为王茵这是不是在明确地拒绝你？"贺世亮想不出王茵是不是在拒绝，过了一会儿，终于有些无奈地回答了一个字："是。"公安也停了一下，又继续往下问："王茵既然明确地拒绝了你，可你为什么还要去？"贺世亮低下头，像是十分难为情似的，过了半天才说："我有罪！我见她说了那个不字以后，再没有说什么，我便去了……"公安马上问："王茵这时是个什么状态？她是不是睡着了？"贺世亮说："我不晓得她是什么状态，她眼睛一直是闭着的。"

　　问到这儿，公安突然站了起来，说："今天就问到这儿，你要好好挖一下自己内心深处的反革命思想和一切非无产阶级思想！一切刑事犯罪都不是孤立的，反革命思想和非无产阶级思想才是你犯罪的根源，不深挖里面犯罪的根源，错误是得不到改正的!"说罢，让那个年轻女公安把记录读给贺世亮听了一遍，并让贺世亮摁了手印，一行人便出去了。这儿两个民兵又进来，重新将贺世亮绑到了椅子上。

第十六章

贺世亮被绑在那张长条椅上睡了一夜,两个基干民兵在会议室的桌子上铺了被子,也守了贺世亮一个晚上。第二天吃过饭,还是昨天审讯贺世亮那几个人,又走进了会议室。今天不是那个公安讯问贺世亮了,换成戴眼镜的高个子男人。那人首先便问:"听说你会武功,是不是事实?"贺世亮急忙说:"不是!我练过一段时间的举重,手上有点力气,他们就说我会武功,我怎么解释,他们都不相信……"那人打断了贺世亮的话,进一步问:"你练举重的目的是什么?"贺世亮觉得有些好笑,便说:"没有什么目的,锻炼身体呗!"那人听后,却明显露出了怀疑神色,说:"王茵对你练举重是什么态度?"贺世亮想不出王茵对他练举重说过什么话,过了一会儿才说:"我不知道她是什么态度?"说到这儿,突然想起那次和贺世宏比赛掰手腕和摔跤时的事,便又补充说,"不过有次评工分时,贺世宏和我比赛掰手劲和摔跤,我赢了,王茵在旁边为我叫过好,并拍手欢迎。"那人朝身边穿制服的公安和孙书记看了一眼,似乎十分得意的样子,接着又问:"这么说来,你练举重的目的,就是为了吸引王茵的注意哟?"贺世亮急忙说:"我不是为了吸引她的注意!"那人冷笑一声,说:"不是为吸引她的注意,她为什么要替你叫好?"贺世亮说:"我不知道。"那人又继续往下问:"你和王茵还有哪些接触?"贺世亮想了想,说:"除了有时在一起劳动外,我们还一起去看了两回电影……"

话没说完,那人像是十分兴奋起来的样子,先是"哦"了一声,又问起两次看电影的事来。贺世亮老老实实地把两次看电影的事对那人说了一遍,当说到自己想请王茵吃腊肉时,那人"哦"了一声,说:"王茵答应没有?"贺世亮说:

"没有，她说你自己吃吧……"那人又说："这么说，王茵拒绝了你的糖衣炮弹哟？"贺世亮听了这话又不吭声了，半天才像是十分艰难地吐出一个字："是。"那人马上提高了声音，厉声道："你请王茵吃腊肉的动机是什么？"贺世亮一听这话，又有些为难了，想了一会儿才说："没有动机……"话还没完，那人又拍了一下桌子，说："没有动机会请人家吃腊肉？"贺世亮低下了头。那人正想说什么，孙书记却抢在了他前面，说："黄主任，所有这一切，难道还不能充分说明罪犯早就在预谋犯罪吗……"贺世亮一听这话，急了，便忙说："没有，没有，我没有预谋犯罪的想法……"话还没说完，孙书记勃然大怒，手在桌上重重地拍了一下，然后大声说："没有你练举重做什么？邀人家看电影做什么？又请人家吃肉做什么？这不是想用糖衣裹着的炮弹拉拢腐蚀人家革命女知青吗？拉拢腐蚀不成，然后才实施强奸，难道不是这样吗？"贺世亮一听孙书记的推理，知道自己就是再长一百张嘴也说不清了，于是又不说什么了。

过了一会儿，那黄主任又说："昨天我们就把党的政策给你交代清楚了，坦白从宽，抗拒从严，受害人已经全部检举揭发了，现在就看你的认罪态度。你不要存在任何侥幸心理，还有什么，赶快自己交代了，争取党和政府的宽大处理！"贺世亮听黄主任这样说，想了一会儿，便又把传纸条的事交代了。当几个人听到贺世亮在纸条上要求王茵嫁给他时，互相看了一眼。孙书记鼻子里"哼"了一声，说了一句："癞蛤蟆吃天鹅肉——你倒想得美，也不吐泡口水照照你是什么东西？你这是想勾引人家，还是什么？"贺世亮马上摇着头说："不是，不是，我没想勾引她。"黄主任朝穿制服的公安和孙书记看了看，说："是不是想勾引她，组织上自然有判断！说说你去年看电影时摸女青年屁股的情况！"贺世亮一听这话，便红着脸说："我不是故意的。"黄主任说："我没问你故意不故意，你只把那天晚上的情况说一说！"贺世亮知道不说不行，又将那天晚上的情况说了一遍，然后又说了一句："我真的不是故意的。"黄主任听了没吭声，孙书记却说："一贯的流氓成性，所以才有今天！"

贺世亮听了孙书记的话，也不敢顶撞，只好又沉默下来。黄主任又问了贺世亮一句："昨天公安局方队长要你深挖自己内心深处的反革命思想和非无产阶级思想，寻找犯罪的根源，你挖得怎么样了？"贺世亮说："我挖了，可我挖不出反革命思想，我没有反革命思想，我也热爱……"话没说完，黄主任又冷笑了一声，说："没有反革命思想怎么会犯罪？不敢往深处挖是不是？方队长说得对，一切犯罪都不是孤立的，你必须要挖出自己犯罪的根源！"贺世亮等黄主任说完，又过了一会儿，才又像喃喃自语地说："我真的挖不出……"黄主任说："你挖不出，贫下中农的眼睛是雪亮的，我们自然会发动广大贫下中农来深挖你的犯罪根源！"说完站起来，又叫那个负责记录的年轻女公安把询问笔录给贺世亮看了一遍。女公安又让贺世亮在笔录上摁了手印，然后一行人便出去了。这儿两个民兵过来，仍将贺世亮捆到椅子上。

第三天吃过早饭，两个基干民兵来把贺世亮又五花大绑起来，押着就往外走。贺世亮问："你们把我押到哪里去？"一个民兵说："押回大队批斗！"另一个民兵却说："你以为又是那个女知青在等你是不是？"贺世亮没有说话，走下楼来。那两个穿白制服的公安、孙书记、赵部长和那个戴眼镜的黄主任，以及十多个公社干部，早在下面等着了，看见贺世亮下来，便押着他浩浩荡荡地往大队去了。

到了大队，人们早就得到了通知，全候在大队小学操场那棵老黄葛树下等着。一见贺世亮被押了回来，人们立即像潮水般涌了过去，嘴里喊着："来了！来了！"十分兴奋。贺世亮见大家都朝他跑了过来，羞得低下了头，一副恨无地缝可钻的样子。贺世宏、贺世健、贺七成、贺银庆、贺兴良等一伙平时对贺世亮有意见的人，见了贺世亮这个样子，便喊了起来："怎么，水里的乱耙——硬不起来了？你能呀，怎么不能了？"贺世亮仍不吭声，只把头往下埋着。那个叫方队长的公安见人越聚越多，便对两个民兵说了一声："把他先押到教室里关起来，开会时再押出来！"两个民兵便从背后推了贺世亮一下，押着他往里面教室里走。这儿人们又跟了过去。民兵刚把贺世亮推到一间空教室里，人们便把教室门给堵住了。两个民兵将贺世亮押到靠墙壁的窗户前面，让贺世亮把背转过来，将后面的绳子捆到窗户的铁条上，这才过来将人群赶开。大家又跑到窗户旁边，有人抓住窗户上的铁条，对着贺世亮耳边叫道："贺世亮，贺世亮，女知青那活儿搞起安不安逸？"贺世亮的脸向着门边，虽然看不见问他的人是谁，却听得像是贺长明的声音，只紧闭着嘴唇没答。那人突然"噗"地将一口口水射到贺世亮脸上，然后说了一句："你还神气个屌！"说完便愤愤地走了。接着又有人过来问他同样的话，贺世亮只好把眼睛闭了起来。

正在这时，赵部长提了一个巨大的纸牌子进来，往贺世亮脖子上一挂。贺世亮低头往牌子上一看，见牌子上既不是写的"流氓犯"，也不是写的"强奸犯"，却是写的"破坏知识青年上山下乡犯"。这罪名虽然有些拗口，而且语法也有些不通，可贺世亮知道，这罪名比前两个罪名不知要严重多少。可事到如今，他也没有任何办法了。牌子挂好后，赵部长便出去了。没一会儿，贺世亮便听到黄葛树下吹哨子的声音。这时，门口的两个民兵进来，解开了窗条上的绳子，将贺世亮押了出去。到外面一看，操场上已是黑压压一片人头，比哪次开会到的人都多。一些小孩见贺世亮被押了出来，又纷纷跑过去，一边捡起地下的泥块往贺世亮身上扔，一边又高声叫道："强奸犯！强奸犯！"贺世亮也不申辩，也不朝两边看，只低着头朝前走。

　　到了临时搭起来的主席台边，地上早搭了一根从学校教室里端来的板凳，两个民兵将贺世亮往板凳上一提，贺世亮便站上去了。他也不敢看众人，自觉地把腰弯了起来。接着便开会了。会议由公社孙书记主持。孙书记先是咳了一声，对着麦克风威严地讲了起来："四大队的全体贫下中农和革命群众们，今天在这里隆重召开揭批大会，主要是对破坏伟大领袖毛主席知识青年上山下乡政策的坏人贺世亮进行深入地狠揭猛批。大家都知道，'知识青年到农村去，接受贫下中农再教育，很有必要'，是伟大领袖毛主席的号召。可是贺世亮一贯流氓成性，先是采取多种手段，对来到本大队的女知识青年王茵加以引诱，试图达到诱奸的目的。被王茵拒绝以后，趁王茵熟睡之机，加以强奸，严重地破坏了毛主席的知青政策，给知识青年特别是王茵造成了巨大伤害。因此，我们必须严厉打击这种破坏毛主席革命路线的行为，对知识青年特别是对女知识青年进行保护！"讲到这里，孙书记似乎觉得自己的开场白讲得太多了，这才说，"下面欢迎县知青办黄主任给大家讲话！"

　　孙书记话音刚落，黄主任便立即起身，对着会场鞠了一躬，讲了起来："同志们，刚才孙书记讲得很清楚了，为了贯彻毛主席的伟大指示，保卫毛主席的革命路线，大家都是知道的，党和政府对知识青年，特别是女知识青年采取了严格的保护和照顾政策！不但要在生活上关心她们，生产上照顾她们，而且在身体上，还要坚决保护她们。怎么保护呢？就是不准任何人对她们身体进行强奸、侮辱、逼婚和诱婚！谁敢对女知青进行强奸、侮辱、逼婚或者诱婚，都将受到无产阶级专政的惩罚！保护知青就是保卫毛主席的革命路线！因此，每个贫下中农同志，都要旗帜鲜明地和坏人贺世亮划清界限，积极主动站在毛主席的革命路线一边，发扬痛打落水狗的精神，深入揭批贺世亮的犯罪事实和思想根源！我的话说完了！"说完，会场上也响起一阵掌声。孙书记又宣布让那个姓方的公安局队长讲，并说他是专案组组长。方队长站起来，也没对众人鞠躬，便说："时间也不早了，我只说几句话。大家可不要小看贺世亮的犯罪行为，这是两个阶级、两条道路斗争在你们大队的直接反映！大家要从阶级斗争的高度，从贺世亮平常的反革命思想和非无产阶级思想里，寻找他犯罪的根源！贺世亮的罪行不是偶然的，我们专案组按照上级的指示，也不会就事论事，今天开过揭批大会后，我们还要对罪犯平时的思想、行为和言论继续进行全面调查，深挖他的反革命犯罪根源！为了忠于毛主席，保卫毛主席的革命路线，所有贫下中农同志们都有揭发罪犯的义务！因此，请大家不要有任何顾虑，有什么就说什么，尤其是罪犯平时的一些反革命言行！"说完，方队长把手在空中用力挥了一下，结束了他铿锵有力的讲话。

方队长讲完，孙书记便宣布揭发开始。话音一落，贺世忠忽然在底下大叫了一声："我来揭发！"说着走出人群，朝主席台走去了。今天，贺世忠也许想在孙书记、赵部长和公安局方队长等领导面前表现一下，他走的正步，昂首挺胸，目光平视，手和脚都配合得很好。走到主席台上，双脚并拢，"啪"的一下立正，举手向台上孙书记他们敬了一个礼，然后才转过身子大声说："我揭发贺世亮无法无天，恶毒攻击党中央……"话还没完，底下人群突然像是被吓着了似的，不由自主地"嘘"了一声，有些紧张地看着台上。却听见贺世忠说："贺世亮目无组织纪律，经常旷工外出，我去批评他，说我要把你的情况向郑书记反映，可他说什么？他说你愿意反映就反映去吧，别说你给郑书记反映，你就是反映到党中央，我也不怕！大家听听，他这是什么言论？这是十足的反动言论，连党中央都不怕，他还怕啥？所以他才敢犯罪！"说完又冲贺世亮大义凛然地问了一句，"贺世亮，这是不是事实？"贺世亮听了没有吭声。孙书记见了，也大声问了起来："是不是事实？"半天，贺世亮才嚅动着嘴唇，声音很小地说了一个"是"字。孙书记又大叫："大声说，没听清楚！"贺世亮又提高了一点声音，重新回答了一遍，孙书记才罢了。人们以为贺世忠揭发完了，却见贺世忠又继续说："我还要揭发贺世亮不服从干部管理，威胁革命干部！"说到这里，贺世忠目光扫视了一下台下，才接着说，"有次我批评他，他不但不接受意见，反而还威胁我说：你敢戳我眼睛，我就敢戳你鼻子，不信我们骑驴看唱本——走着瞧！这不是威胁革命干部吗?"说完又厉声问，"是不是事实，贺世亮！"贺世亮又回答了一声："是！"贺世忠才说："我揭发完了！"说着，又转过身对孙书记他们敬了一个礼，迈着正步回到了人群中。

贺世忠刚下来，贺世海便跑到了台上。他也像贺世忠一样，先给台上的人行了一个礼，然后才回过身大声说："我揭发贺世亮拒绝学习毛泽东思想的反动言行！贺世亮当兵政审通过后，我送了他一套伟大领袖毛主席的红宝书，鼓励他到部队好好学习。可后来他因为摸女娃儿屁股，被取消了当兵的资格。那天我们在大队办公室扎大红花准备欢送贺春乾入伍，他从城里回来，看见我便对我说：你送我的礼物没还你，过两天我拿来还你！我说还我什么，你留着学习吧！可他说，我连当兵都不配，还学啥毛主席著作？大家说说，他这话反动不反动，难道只有当兵才学毛主席著作？不学毛主席著作，这就是他犯罪的原因！"说完又问贺世亮，"是不是事实?"贺世亮又回答了一声："是！"贺世海便下去了。

紧接着，贺世宏一边往台上跑，一边喊："我揭发！"生怕别人抢在了他前面似的。跑到台上，贺世宏便亮着嗓子，一边挥手一边说："我揭发贺世亮污蔑伟大的中国人民解放军！有一次，我们几个在一起，我对他说：'队长说，书读多了的没几个是好东西。'他马上说：'难道当过几天兵的人就是好东西？'他这话表面是说队长，实际上污蔑我们伟大的解放军没有好东西，企图摧毁伟大的钢铁长城！"说完也问贺世亮，"是不是事实?"贺世亮张了张嘴，没发出声音。贺世宏又气势汹汹地问了一句："是不是?"过了半天，贺世亮才轻轻吐出了一个字："是！"贺世宏又说："我还揭发贺世亮流氓成性，不思悔改！那次评工分，我给他提了意见，说他摸了女娃儿屁股，可他说什么话？他说，我摸了女娃儿屁股又怎么了？大家听听，他摸了女娃儿屁股还有理了，怪不得他敢去强奸女知青！"说着，举起手臂挥了一下，像是想呼口号的样子，半天才回头对台上的人大声说，"我要求枪毙了他！"说着鼻孔里扇着粗气，气呼呼地下台去了。

接着贺七成跑了上去，他说："我揭发贺世亮企图篡党夺权！"众人一听这话，也吃了一惊，又纷纷将目光集中到台上。只听贺七成说："有次贺世亮对我们说，生产队要是他当家，他搞起不得像这个样子！我们说，你难道比队长还能干？他说，能干不能干，试一试就晓得了！这不是准备篡党夺权还是什么？要是生产队的大权掌握在这号人手里，我们国家早变颜色了！"说完，也忘记了问贺世亮是不是事实，便下去了。紧接着，代明淑跑了上去，说："我来揭发贺世亮的父亲贺茂凡，一贯好逸恶劳，偷奸耍滑，装疯卖傻，不是个好东西！龙生龙，凤生凤，耗子生儿打地洞，所以才生出贺世亮这样一个强奸犯！"说完，代明淑也气咻咻地下去了。接着，会场上响起一片"我揭发""我揭发"的喊声，如汹涌的洪水一样，快将会场淹没了。

贺世亮没法辩护和解释，他只能默默忍受人们加在他身上的所有罪名。他知道，大家争先恐后地揭发，除了一些人和他平时有意见外，更多的人是想通过对他的揭发，来表明自己坚定的革命立场和积极的政治态度，在评工分时，也好多点底分。还有一些人，是欺他单门独户，既无弟兄，又无父母，连亲戚也没一个，因此，吃柿子拣软的捏，纷纷落井下石。想到这里，贺世亮倒有些坦然了。想一个罪名是死，两个罪名也是死，何必争辩呢？而且眼下的情形，争辩也没任何作用，反而还会加重自己的罪行。这样一想，便对所有的揭发，都以一个"是"字回答。揭批到中午，会议才结束，当天下午，贺世亮便被送到县上拘留所。不久，县城召开声势浩大的公捕公判大会，贺世亮以"破坏知识青年上山下乡罪"被判处有期徒刑十年。判决以后，贺世亮和其他犯人被押上几辆敞篷汽车，胸前挂着一块牌子，被两个公安干警摁着头，开始游街示众。游完第二天便被押送到监狱服刑去了。

档案 2：春天里

（口述录音）

第一段录音

老任，实在对不起，前些天把你留在重庆听我啰啰唆唆的讲述，耽误了你好些时间。我知道你们这些耍笔杆子的人，时间都十分宝贵。我听人说过，无故占用别人的时间，就等于谋财害命。所以趁你到省上学习这段日子，我把后面的故事录在录音笔上，你什么时候有空就什么时候听，这样就不会耽误你很多时间了。

长话短说吧。我在监狱里服完了十年刑期，这天狱警通知我可以出去了。我一听这话，心突然猛烈地跳了起来。十年来，我无时无刻不在盼望着这个日子。可现在一听，还是觉得有些突然，像是从没想到过一样，一时竟激动地说不出话来了。我哆嗦着手，从狱警手里接过"刑满释放证明书"，紧紧地攥着，生怕那张纸片会突然飞掉。那一刻，我真想对着世界上所有的人大喊："贺世亮自由了！贺世亮又可以回到贺家湾了！"我把身上的囚服脱下来，交给看守，然后穿上一件十年前从家里带来的漂白布衬衣和一条靛蓝布裤子。衬衣略显小了，样式和布料也非常落后，可我却觉得十分亲切。我前后瞧着，眼睛闪着异常明亮的光芒，嘴角挂着一丝亲切和灿烂的微笑，犹如一个孩子般。我把东西收到一起，打成一个包袱，和狱友们一一告别，然后在看守的带领下，走出了监狱的大门。

一走出高墙，我才感到天原来是这样宽，地原来是这样阔，阳光原来是这样明媚和灿烂。我不由自主地回头看了监狱一眼，一种莫名其妙的复杂感情突然涌了上来。我说不清楚这种感情是什么？留恋、憎恨、痛苦、迷惘……什么都是，又什么都不是。但有一点非常明确，那就是我把人生最美好的岁月留在了这个本该诅咒的地方！人生最美好的青春呀，三千多个日日夜夜不管放到什么地方，都可以发出闪闪的光芒来，却独独不该属于这里！可是我这段宝贵的岁月，恰恰被上帝阴差阳错地放到了这里，不但没发出光来，还背上永久耻辱的印记。一想到这里，我心里就觉得憋得慌，想找一个没人的地方，把这十年中所受的委屈和耻辱都放声哭出来。公路拐弯的地方正好有一片林子，于是我走到一棵松树下，从肩头取下包袱，坐到一块石头上，装作走累了休息的样子，把脸埋到两只膝盖之间。奇怪的是，此时我却哭不出来了。从松树细密的枝叶中筛下的几点阳光，在我面前一闪一跳，像几只调皮的眼睛对我一眨一眨逗乐似的。我不由自主地叹息了一声，把即将开闸的眼泪给暂时堵住了。接着，我抬起头，把下巴支在了膝盖上。这时，我看见面前一大片金色的光线从树梢边缘斜斜地投射下来，落到中间的一块空地上，像打开的一把折扇，霍地扩大开来，又像美酒一样洇漫在草地上。虽然已是仲秋，草地上没了怒放的鲜花，可草的颜色却被阳光照得更深沉，一些草叶呈现出淡黄、深黄甚至是褐色的色彩，而另一些草叶则仍是郁郁葱葱，飘散着一种植物的清香。这种树叶和青草的味道，我很久没有闻到过了，我深深地将一口清新的空气吸进肚子里，然后又慢慢吐出来，突然又感到欣慰了起来。毕竟已经自由了，男儿有泪不轻弹，还哭什么呢？这么一想，不但没了眼泪，心里还升起了一种隐隐的感激之情。感激什么？我同样说不清楚，但我明白，尽管坐了十年牢，可我还年轻，后面的路还长，从现在开始，我一定要好好做人，重新开始自己的生活。这样想着，我又站起来，长长地从胸腔里舒了一口气，拾起包袱背在背上，回到公路大步往前走了。

在国道三岔路口，我搭上了一辆开往县城的公共汽车。车上坐了满满一车人，不但行李架上塞满了行李，连中间过道也被大包小包塞得满满当当，我只能侧着身子，从那些大包小包中走到后面一个空位置上。那些旅客不但穿戴光鲜，而且脸上也完全没有了那种蜡黄的菜色。我旁边坐着一个男人，四十来岁，皮肤粗糙，面孔黧黑，胸脯宽得可以放下一扇磨盘，车一开，他便津津有味地对身边一个女人吹他去年娶儿媳妇办酒席的事。女人三十来岁，一张鸭蛋形脸，黑里透红，胸脯饱满，穿一件玫瑰色的大花衣服，烫着鸡窝式的头，把自己打扮得很时髦的样子。她一边听着男人的胡吹神聊，一边不时发出一两声有些夸张的笑声，然后又对男人说起了做生意的事。在监狱里，我们已经从管教口中知道社会发生了很大变化，可究竟变成什么样子了，我们却难以想象出来。现在一看，这才知道洞中方一日，世上已千年，这世界确实变得有些不认识了。

到了县城汽车站，我下了车，走了半天路，肚子也饿了，就在车站旁边找了一家饭馆坐下来。这是我重获自由后的第一顿饭，决定为自己庆贺一下，于是走到吧台前对里面一个中年女人问："有什么吃的？"女人抬头看了我一眼，说："蒸的、炒的、炖的、煎的都有，你要吃啥子？"我犹豫了一会儿才问："哪样不要粮票？"女人忽然笑了起来，说："你说的是哪个时候的事了？早就不要粮票了！"我吃了一惊，又问："不要粮票了，加不加钱呢？"女人又十分奇怪地看着我说："我这店虽小，可从来都是明码实价！"店里几个旅客听了我的话，也说："现在进馆子早就不要粮票了，你怎么还不晓得？"一边说，一边在我身上反复打量，好像我是天外来的怪物似的。我恨不得寻个地缝钻下去，急忙给自己胡乱点了两个菜，填到肚子里后，才提起包袱，像久别的游子信步往城里走。

我一边走，一边看，那时城市还没有大拆大建，因此街道和两旁的房屋与十年前相比，变化倒是不大，可街上背着背篼、挑着箩筐、扛着包的人多了，人们来来往往，显得很匆忙的样子。两边商店货架上摆放的货物琳琅满目，人们进进出出，或挑挑拣拣，或大声谈价，一点不像十年前那么萧条。更让我诧异的是，街道上出现了很多打扮得怪里怪气的青年男女，男的都留着大披头，戴着蛤蟆镜，上面穿花格子衬衣，下面裤腿大得可以钻进去一个人，一半拖到脚背上，一半拖到地上，一边走，一边像大扫帚扫着大街，手里提着一部黑匣子长方形机器，里面放着歌。歌声软绵绵的，却十分动听，引得所有的行人都朝他们观看。女的则把头发烫得像鸡窝，嘴唇涂得红红的，仿佛才生吃了什么动物。穿的裤子和男青年恰恰相反，又瘦又小，把屁股蛋和一双大腿绷得很紧。他们或三三两两结队走在街上，或一个人独往独来，丝毫不把众人诧异的目光放到眼里。

我一边走，一边想着江国宪，十年了，也不知他现在怎么样了。在监狱里的时候，我就在心里想，等出了狱以后，第一个要去看的人便是江国宪。看看时间还早，我便蓦上了劳动街。可是，随着离江国宪他们那个"五一"理发社越来越近，我的脚步却越来越沉重起来。我不知道江国宪见了我，还会不会像过去一样热情？还有他的父母，曾经有一段时间把我当作榜样，要江国宪向我学习。可现在当他们看见我这个从监狱里出来的人，会用什么样的目光来看我？这么想着，我心里又有些打起鼓来。我想转身回去，双腿却又不听话似的往前一步步移动着。因为在这个世界上，除了江国宪这个老同学，我再没有什么亲人了。不管他现在怎么看待我，我都不想失去他。这么一想，我便横下一条心，朝那个熟悉的理发社走去了。

理发社的陈设还和十年前一样，仍是八把理发的椅子，每把椅子前面都有一个长方形大镜子，墙壁上用三脚架固定着上下两排木板，最上面一层木板上放着理发工具和洗发用品，下面一层用小木板隔成许多小格子，用于理发师傅放点个人小东西。令我没想到的是，理发社里的人我都不认识了。我没见到江国宪，也没见到认识的人，便过去问："请问江国宪今天没上班呀？"理发社里的人都停下手里活儿回头看着我。过了一会儿，一个三十多岁的圆脸庞女人才像是和我有仇似的，恶狠狠地对我说了一句："不在这里了！"我又忙问："他父母呢？"女人又瞪了我一眼，说："蹬腿儿了！"说完，转身忙活儿去了。我觉得有些尴尬，又问："江国宪现在干什么去了？"店里的人仍没回答我，过了一会儿，一个年轻姑娘才对我说："当老板，发财去了！"我见这小姑娘待人还不错，便又笑着问她："我到哪儿才能找到他？"姑娘停了一会儿，又朝店里的人扫了一眼，这才对我说："你到解放街去找吧，他开了一个家电公司，叫'凯瑞电器商城'！"我急忙对她说了一声"谢谢"，提起包袱朝解放街走去了。

第二段录音

老佸你晓得，我们县城不大，从劳动街到解放街，中间只隔一条人民街，而且街道也很短，我没一会儿就到了。我的目光像探照灯一样落在街道两边的店铺上。在街道拐角处，我终于看到了"凯瑞电器商城"几个大字。店铺大约三十多个平方米的样子，两边架子和中间柜台上摆满了当时各种各样的家用电器。那时家用电器的品种还不多，像洗衣机、电冰箱、空调、液晶电视和微波炉什么的，小县城连见也没见过。店里最多的是各种规格、品牌和型号不同的电风扇、录音机、收音机、黑白电视机等，尽管如此，在那时已经是够洋气和新潮的了。店里除江国宪外，还有两个姑娘，都只二十多岁的样子。一个苹果形脸的姑娘面颊泛着红晕，嘴角稍稍上翘，和着从盒式录音机里播放出的音乐，在轻轻地扭着身子。另一位姑娘有些清瘦，但脸蛋明净，眉毛浅淡，绑着一个马尾辫，在柜台上整理着一沓发票。江国宪穿了一套藏青色西装，梳着自然式的发型，和过去大不相同了。他的个子本来就高，穿上西装，显得比十年前更加帅气和成熟。他正伏在一张桌子上修理一部卡式录放机，没看见我。我只好鼓起勇气，朝里面大叫了一声："江国宪——"话音未落，那个苹果脸姑娘停止了扭动，和在柜台上整理发票的姑娘一起吃惊地看着我。江国宪也放下手里的烙铁，将我足足看了半分钟，这才突然高叫了一声："贺世亮！"跑过来一把将我抱住了，嘴里说，"你可出来了……"

看见老同学还是如此热情，我也十分感动，我们拥抱了很久，才慢慢松开。我对他说："我到理发店去找你了……"话还没说完，江国宪便说："我早就没在那地方干了！"说完，见两个姑娘还愣愣地看着我们，又转过身去对她们说，"这是我的老同学和好朋友贺世亮，我们已经有十年没有见面了！"接着指着她们对我介绍说，"这是我店里的两个职工，她叫伍莉，吴家场人，和你还是小老乡呢！"又指了指柜台里面整理发票的姑娘说，"她叫徐芬！"说完，忽地从口袋里掏出一张百元的钞票，对那个叫伍莉的姑娘说，"小宝的妈妈今天回乡下娘家去了，你到菜市场买点菜，然后辛苦一下，过来给我当回临时炊事员，今晚上我要给老同学好好接一下风呢！"一边说，一边把钱塞进了伍莉手里，又特地交代说，"尽这一百块钱买，可不要又替我省着！"伍莉红着脸答应了一声，把钱放进了口袋里。江国宪也不等我说什么，一手提起我放在地上的包袱，一手挽住我的胳膊，说了一声："我们回家里谈！"拉着我就走了。走了几步，才又停下脚步，回头对柜台里的姑娘说："等会儿早点关门，你也来家里一起吃饭，晚上你们都陪我老同学到'东方巴黎'去跳舞，我请客！"一听这话，两个姑娘脸上也浮现出了灿烂的笑容，似乎很高兴的样子。

　　江国宪还住在英明街花园巷的筒子楼里，不过如今巷道更杂乱，房屋也更陈旧破烂。他打开房门，把包袱往桌子上一放，从桌子底下扯出一把椅子让我坐。我将屋子打量一遍，便目光疑惑地看着他问："伯父伯母……？"江国宪从裤子口袋里掏出一盒烟来，抽出一支递给我，我摇了摇手。江国宪也不勉强，叼一支在嘴角上，点上后才对我说："他们不住这里了！"我看了看屋里的婴儿车，立即问："他们搬出去了？"江国宪喷出了一口烟，看着烟圈袅袅地升到了天花板上，然后才垂下目光，对我说了一句："住到另一个世界去了！"我吃惊地"啊"了一声，紧紧地盯着江国宪，半天才说："他们身体那么好，年龄也不大，怎么……"江国宪见我一副惊诧不已的样子，便道："阎王爷要人的命，哪分年龄大小？别说你听见吃惊，我当时也没想到呢！我父亲得的是脑溢血，就死在理发社里。他当时正给一个顾客理发，推剪突然掉到地上去了，他弯下腰去捡推剪，可还没有等他直起身，便倒下去了。还没等送到医院，他就咽气了……"

　　说到这里，江国宪垂下了眼睑，沉浸在了巨大的痛苦中，手上的烟静悄悄地燃烧着，也忘了抽。我又忙问："那伯母呢？"江国宪说："我爸一走，我妈第二年也跟着去了。食道癌，活活被饿死的，现在想起我妈瘦得一把骨头的样子，我都忍不住想哭呢……"说着眼睛像是蒙上了一层雾气。我忙岔开话题说道："怪不得我刚才问理发店的人伯父伯母哪去了？一个女人说'蹬腿儿了'！他们埋在哪儿，明天我去他们坟上磕个头……"江国宪说："运回老家葬了！"说罢，突然站了起来，将烟蒂狠狠往地下一丢，说，"不说这些了！你到厕所里去冲一个澡，把身上的晦气都洗干净，今晚上我一定要好好为你祝贺祝贺……"听江国宪这么说，我忙说："一个刑满释放，有什么值得祝贺的？"江国宪说："你不用管，到了这儿就听我的！"又说，"不凑巧的是你嫂子的大伯今天生日，她一早带着孩子回娘家去了，你没法见到她！"我一听这话，便问："孩子多大了？"江国宪说："两岁多了，小家伙调皮得很！"说完，似乎怕勾起我的伤悲来，急忙进屋捅炉子去了。我知道江国宪的心思，也不再说什么，到厕所脱掉衣服，拧开水龙头洗起澡来。

洗好澡，穿好衣服走出来，我问江国宪："你们理发社，怎么人都换完了呢？"江国宪说："你问这事呀，说起来话可长了！这两年从上面传来消息，说今后要取消职工顶替的政策。消息一出，大家也不讲为人民服务了，也不讲站好最后一班岗了，像泥菩萨身上长草——慌（荒）了神，不管到没到退休年龄，都八仙过海，各显神通，找门路提前办了退休手续，让儿女顶替进来了，所以社里全都是年轻人了！"我又问："你怎么又不在理发社干了呢？"江国宪说："理发社还有什么干头？你是晓得的，读书时我的物理就最好，刚上高中，我就装了一部来复式收音机，在学校引起了很大震动，连一些老师都来请我给他们装收音机。可一毕业，我的这些本领都用不上，只能阴差阳错地做了剃头匠。前几年改革开放，号召人们'下海'，我觉得机会来了，便毫不犹豫地和理发社说了'拜拜'，出来跟一位师傅学修电器。我的基础好，悟性又高，没两年便做了县城最大的家电公司——'宝路通'的维修工。干了两年，觉得光给别人干也不是办法，于是便去向银行贷了一点款，加上我和你嫂子的一点积蓄，就开了现在这家公司。因为我懂技术，售后服务做得比县城所有家电公司都好，因此别看我的公司不大，但生意还是很好的！"

说着，我向镜子里一看，里面那张脸有些瘦，也有些黑，呈现出三角形，前额较宽，额角稍稍向外突，下巴有些长，鼻子十分端正，鼻梁有点向外拱，眉棱突出，两道眉毛又浓又黑，像两把刷子。才洗好的头发也显得很平整，两边呈一点弧形，像猪鬃一样往上立着，又粗又硬，黑得发亮。我情不自禁地在头顶和脸上摸了一下，然后有些不好意思地说："好像不是我了！"江国宪开玩笑地说了一句："旧貌换新颜嘛！"又像想起什么似的，说，"你等一等！"说着跑进里屋。没一时，又捧出了一件衣服、一条裤子和一双鞋子，对我说，"把衣服也换了！"我红了脸，说："换它们干什么？"江国宪说："人靠衣装，神靠金装，你那衣服是哪个年代的了？人家看见也笑话！等会儿我要为你接风洗尘，那两个姑娘也要来，你可不能在众人面前给我丢脸是不是？"

我从江国宪手里把衣服接了过来。抖开一看，是一件浅黄色的方格子立领 T 恤，穿在身上不紧不松，像是给我定做的一样，把自己一面扇形的胸脯和宽厚的肩膀都衬了出来。裤子是条西裤，稍微显得肥了一点。我将 T 恤扎在裤子里，拴上皮带，又穿上江国宪一双擦得油光锃亮的三接头皮鞋，然后又对着镜子照了照。镜子虽然不能映出我的全身，可明显感觉自己像是换了一个人。江国宪将我上下打量了一遍，说："这才像个人样嘛！这衣服裤子和鞋子都送给你了，等你有了钱，再去买两身好的行头，从今以后，我们可要精精神神，活个样子给人看看！"我说："我怎么能要你的衣服呢？"江国宪说："你不用跟我客气，我晓得你现在一时也买不起新衣服，反正我的旧衣服也多，你不嫌弃就暂时穿着吧……"

话音没落，门外响起了敲门声，咚咚咚的，像是很急。江国宪跑过去拉开门，门外站着的不是别人，正是江国宪店里那个叫伍莉的姑娘，手里提着几大包东西，脸上红扑扑的，像是累着了一样。伍莉大大方方地走了进来，看见我在打量她，便对我莞尔一笑，然后提着采购来的东西进厨房去了。没一会儿，便从厨房里传出一阵炒爆煎炝的锅铲碰击声，满屋子飘散起一股油香味儿来。江国宪见我神情有些好奇，便对我说："你不要奇怪，有时我们家里来了客，你嫂子要带小孩忙不过来，便叫她们一起来做饭吃，她们也都是习惯了的！"听了这话，我的疑虑才消了。天快黑的时候，那个叫徐芬的姑娘也来了。那个姑娘也像是回到家里一般，急忙去搬桌子和凳子。桌椅摆好，伍莉便把一桌七盘八碟的丰盛晚餐端到了桌子上。

看得出，伍莉是个能干的姑娘。

第三段录音

　　吃饭的时候，不但江国宪频频向我举杯，还撺掇伍莉和徐芬也给我敬酒。喝酒时，江国宪把我的事给两位姑娘说了，末了又补上一句："贺哥是被人冤枉的！"伍莉和徐芬听了她们老板的话，眼里闪着怀疑的神色，却说："那更该好好祝贺祝贺，来，敬贺哥了！"两位姑娘看来都能喝酒，但我在监狱里，已经有十年没沾过酒了，因此几杯酒下肚，便脸红耳热起来，不肯再喝了。江国宪也不再劝。酒足饭饱后，伍莉和徐芬收了碗筷和剩菜剩饭到厨房里。洗刷完毕，江国宪便宣布说："走，去'东方巴黎'！"又对伍莉说，"给我老同学扫除舞盲的任务，今天晚上就交给你了，你可要当好这个老师！"伍莉脸上早已像打了鸡血针一样，红彤彤地放着光，这时便摩拳擦掌地说："老板放心，我保证把他教会！"一边说一边看着我笑。我却疑惑了，看着江国宪问："跳什么舞？"江国宪说："交谊舞呗，你不知道？"说完，大约是想起我刚从监狱里出来，不好意思地笑了一笑，说，"哦，你在里面肯定没见过，等会儿就知道了！"我说："你们去跳吧，我不去！"说完怕江国宪生气，又补了一句，"反正我也不会跳……"话音未落，伍莉马上说："不会跳不要紧，有我带你，跳两曲就会了！"一副迫不及待的样子。江国宪也说："怎么不去？我平时也不去舞厅，今天晚上是专为你接风，我才破例的！"说完不容我回答，拉起我便下楼去了。走到外面，伍莉看了看自己的衣服，又看了看徐芬，忽然对江国宪说："老板你们先走吧，我们回去换下衣服！"说着也不等江国宪回答，拉起徐芬便跑了。江国宪只好冲她们背影大声叫道："快点，我们在舞厅门口等你们！"

　　我和江国宪来到"东方巴黎"门口，一个巨大的霓虹灯广告牌下面，挂着一幅大型油画，画面上一个亮着大腿、搔首弄姿的性感女人正朝满大街行人抛着媚眼。我一看，便不由得叫了起来："这不是原来的供销社职工俱乐部吗？"江国宪说："可不是，现在供销社收益不怎么好了，便把俱乐部承包给私人开了舞厅！"接着又显出几分神秘的样子，低声对我说，"这个私人老板原来开过'洞天歌舞厅'，'清污'的时候还被抓起来关过呢！"我问："怎么被抓起来了？"江国宪说："不准他开呗！"我又追根究底："为什么不准他开？"江国宪说："那不是才改革开放时的事么！那时跳舞的罪状可多了，什么舞姿低级庸俗、伤风败俗呀；什么舞场秩序混乱，容易引起打架斗殴、猥亵侮辱妇女、偷窃财物等治安案件呀；还放邓丽君的'靡靡之音'，腐蚀人民群众呀；还有他卖了票，违反了公安部、文化部联合发布的《关于取缔营业性舞会和公共场所自发舞会的通知》中关于不准在公共场所聚众跳交际舞的精神等，所以就把老板给抓起来了……"江国宪还没说完，我又问："老板后来怎么样了？"江国宪说："抓进去关了半个多月，舞厅也关了，后来听说上面有个大人物又发了话，说有个场所让大家在一起跳跳舞，活跃一下群众的文化生活，也没啥大不了的，不要搞得那么紧紧张张的，注意搞好安全措施就可以了！公安局听了上面大人物的话，才把老板放了！"我明白了，便说："原来是这么回事，那现在没人管了？"江国亮说："现在城里一下开了几十家舞厅，谁来管？这就是改革开放的好处，今晚上你就放心跳！"

正说着，伍莉和徐芬来了，只见伍莉上面穿了一件蝙蝠衫，下面穿了一条红裙子，裸露着小腿，头上也像是才喷过定型发胶，发丝硬硬的。徐芬上身穿一件八字领的白绵绸的确良衬衫，底下是一条针织踩蹬裤，衬得身子十分窈窕。江国宪说："你们要是再不来，我们就不管你们了！"说着过去买了票，过来又对伍莉嘱咐说，"我老同学今天晚上就交给你！"伍莉大大方方地说："没问题！"说着，便走到我身边。顿时，一股浓郁的香水味儿像毛毛虫似的向我鼻孔袭来，我打了一个响亮的喷嚏。

舞厅里人声鼎沸，人头攒动，除了舞池中央，红男绿女早将屋子四周挤满了。我一看那舞厅，有一百多平方米，天花板上吊着一个彩色玻璃圆球，我也不知道那叫什么名字。只见在周围灯光照耀下，玻璃圆球不断旋转，发出五颜六色的光。天花板上还安装有几十颗串灯，发出的灯光都不十分明亮。最显眼的，是串灯底下交叉挂着的三角形彩色纸带，赤橙黄绿，非常好看。除了这些，便没其他东西了。我正看着，忽然听得挂在墙壁上的音箱里传来一声尖叫，把我吓了一跳，接着音乐就响了。乐曲一响，只见周围的人如蜂子乱了营一般，一齐往舞池涌去。伍莉急忙也拉了我一下，说："快走！"在伍莉抓住我手的那一瞬间，我仿佛被蛇咬了一口似的，身子不由自主地打了一个哆嗦，脸上红得像要淌血。我想把手抽出来，可伍莉抓得很紧，我只好红着脸说："我、我不会，你自己跳、跳吧……"伍莉听见这话，却说："不要紧的，这很容易学！"说着，把我拉到了舞池中间，对我说，"你看着我，先出左脚，抬脚跟，脚掌踏下，就这样：点踏点踏点踏，看明白了吗？没看明白你再看：一点二踏三点四踏五点六踏！脚掌离开地面迅速一点！再看身体是这样的，先往前俯，再往后仰，一俯、二仰，一俯、二仰，一俯、二仰！你先试试。"我心里像揣了一只小兔子，"咚咚"地跳个不停。众目睽睽下，我只好按照伍莉说的试了试。可我手忙脚乱，身子僵硬，不是没踩准音乐的点子，便是十分笨拙可笑，没一会儿，头上便冒出了汗水。伍莉见了，又对我说："你再看看我是怎么跳着！"说罢松开我的手，一个人跳了起来。只见她一会儿脚掌抬起，脚跟落地，一会儿又脚跟抬起，脚掌着地，身子一会儿前俯后仰，一会儿左右摇动，进退自如，舒缓有致，动作优美异常，看得我都呆了。示范了一阵，伍莉才站下来，又回到我身边说："看见了吧，关键是你要放松，不要怕学不会！我们再来！"说着又拉起了我的手。

这次我觉得好了一些，可仍然很紧张，生怕踩到了伍莉的脚，结果越紧张脚步越乱，到最后只得像木偶一般任伍莉摆布，把伍莉也累得满头大汗，不得不又站下来对我说："这样不行，我们干脆不跳了，我们先跟着音乐的节拍摆动身子，把身子放松了再说。"说完，伍莉果然牵着我的手，随着音乐摆动起身子来。一边摆动一边又指挥我说："放松，还要放松，不要想到学不好！注意身体各部位的动作！全身都动起来！动作再大一些！再大一些！跳舞是全身协调的动作，你把全身的动作都做到位了，你的身子就会比猴子还灵巧，你会觉得十分幸福！我从小就喜欢跳舞，上幼儿园时，我每次跳舞都得小红花，上小学时我跳舞得了第一名，我妈还给我买了一本硬壳日记本！现在你放松一些了，来，跟着再跳！"说着又牵着我的手跳了起来。这一次，我的步伐果然好了一些，无论是抬脚或是落脚，都能够踩到音乐的节拍了。

就在这时，舞厅里忽然秩序大乱，原来有人为争夺舞伴打了起来。舞厅里的人便一边叫，一边往外面跑去。江国宪也急忙挤到我们身边，对我和伍莉说了一声：“没法跳了，我们回去吧！”说着拉了徐芬便往外面走。伍莉也拉了我跟着人群往外面跑。到了街上，江国宪才对我说：“真是晦气，说是给你接风，好好乐一乐，没想到发生这样的事！”我说：“没什么，回去睡觉吧！”伍莉看了看我，又看了看江国宪，然后才意犹未尽地说：“没把你教会，以后再教你吧！”说罢，大家分了手，各自回去了。

我和江国宪回到他的筒子楼，洗了脚，两个老朋友坐在床上，才说起知心话来。江国宪问我：“你现在出来了，打算怎么办？”我说：“鹅卵石滚刺笆笼——滚到哪算哪嘛！”江国宪说：“你也别那么悲观，时代不同了。以前的地富反坏右分子，被人不当人，可现在一摘帽，不少人通过勤劳苦干成了万元户，活得比过去的贫下中农还风光呢！”说着，他突然问我，“说说你的事吧，当年你真是强奸犯不成？”我听了这话，看着墙壁沉默了半天，才对江国宪说：“提起这事，我都不知道该怎样开口？事情来得太突然，连我都没想到会发生这样的事。”

我不等江国宪再问，便把那天晚上发生的事，原原本本地给他讲了一遍。江国宪听完，也沉吟了好一阵，才说：“如果确实像你说的，这事根本算不上强奸，怎么给你定个强奸罪？”我说：“我怎么知道？如果是我强奸她，王茵早喊起来了。可她在事情发生时，既没有反抗，也没有叫喊，况且我也没有采取任何威胁和强迫的手段，怎么算是强奸呢？专案组只抓着王茵说了一个‘不’字，就断定我是强奸，还挖我什么思想根源，我能有什么办法？”说着停了一下，才接着说，“更让我想不明白的是，事后她并没有表现出什么，该和我一起下地干活，就和我一起下地干活。该和我说话，就和我说话，像什么事也没发生一样。可在事情发生两个多月后，她才告我强奸了她，我确实想不明白她为什么要这样做？”江国宪听了我这话，也马上说：“这确实有些奇怪！她如果要告你，事情发生后就应该去告，这中间一定有原因！”我说：“你说得对！在监狱里的时候，我就一遍又一遍地回忆与王茵交往的每一个细节，若说她和我有仇，有意要害我，又完全不像。特别是我被抓走的前一天晚上，她突然跑到我屋子里来，把头靠在我的肩膀上，明显地有什么话要对我说。可我正要问她时，她又突然跑了，然后我就再没有看见过她。那时我就在心里一遍又一遍发誓：等出狱以后，只要王茵还活着，我一定要找到她，问问她为什么要这样做？那天晚上跑到我屋子里来又有什么事？如果不问明白，我死也闭不上眼睛！"

江国宪听完，说："知青早就回城了，你知道她家里的地址吗？"我说："她给我说过她老家重庆的地址，挨着朝天门，我记得很清楚……"一听"朝天门"三个字，江国宪立即高兴起来，说："哦，你只要说朝天门，就很好找！朝天门现在繁荣得很，重庆市政府学武汉汉正街的经验，在那儿办了一个很大的批发市场。我们县城的商品，小至针头线脑、纽扣、打火机什么的，大至我商店里的一些家用电器，都是从那儿批发来的。"我说："那就更好找了。只要她没有搬家，我想应该是找得到她的！"江国宪说："既然找得到，是该问个水落石出，不能就这样糊糊涂涂地做个冤死鬼！"我说："我冤了无所谓，毕竟自己做了那事。可说也奇怪，尽管她把我送进了监狱，我想恨她却恨不起来。有时我还在心里想，说不定她也有什么说不出的苦楚，才这样做的呢！"江国宪说："完全有可能，你去问一问就知道了！"想了想又说，"你明天就去重庆吧！"我说："我想回去把家稍稍安顿一下再去。"江国宪说："早一天迟一天回去安家有什么要紧？把你包袱里东西清理一下，该扔的扔，用得着就放到我这儿。趁热好打铁，何必要拖几天再去？"我一听这话觉得也对，便说："你说得也有道理！那我明天就去重庆，早一天问明白，心里的疙瘩也早一天解开！"江国宪说："到重庆的火车很多，上午、下午走都行，我们现在先困瞌睡！"说完，我们脱了衣服，肩并肩躺下了。

第四段录音

　　对于重庆，我脑海里只有两张高中地理课本上的照片。一张照片上是一条浩渺和蔚蓝色的大江，波光粼粼。码头上泊着许多轮船，轮船上飘扬着五星红旗，江面上也有一艘艘轮船在航行，同样飘着五星红旗，一派欣欣向荣的景象。一条缆车道从江面一直往上延伸，像是伸进云端里一样。一张照片是夜景。只见夜晚的重庆灯光璀璨，整个城市笼罩在一片霞光瑞气之中，犹如童话里的世界。可是当我走出重庆火车站时，一下傻了眼。原来重庆火车站是如此之大，广场上各种面孔的人像是蚂蚁出洞或是蜜蜂出巢。有的人步伐匆匆忙忙，有的人又无精打采，有的人两眼空空洞洞，有的人一张面孔死气沉沉。公共汽车在广场前面的公路上穿梭不停，像是一道车辆的洪流，发出的喇叭声和电车车轮在轨道上发出的碾轧声、摩擦声塞满了我的耳朵。再往前看，一排排高楼大厦和一幢幢歪斜低矮的房屋混杂在一起，也像广场上的人一样，有的看上去很有生气，有的却是十分颓废。我顾不上这些，看见车站广场上有一个值勤的警察，过去向他打听了去朝天门该怎么走？警察告诉了我走的方向和公交车的车次，然后我便随着人流走了。

　　果然如江国宪所说，去朝天门的人很多，大多都背着口袋和包袱，行色匆匆，一看就知道是去批发商场进货的生意人。我随着那些人，坐公共汽车，没多久便到了批发市场。这是我第一次看见商品批发市场，商铺一个接着一个，似乎没有尽头，每个店铺里的货物堆积如山，似乎全世界所有的商品都堆到这里来了，真的是应有尽有，琳琅满目。那些进货的人一到这儿，像鱼儿游入大海，立即被商品的海洋吞没了。人们在商铺间穿来穿去，询问声、讨价还价声响成一片，给人一种热气腾腾的感觉。可我毕竟不是来做生意的，我只惦记着自己的事，我向人打听清楚了要去的地方，便心无旁骛地走出了商品的海洋。

我拐进向北的一条小街，那小街起初还有些平坦宽敞，可是越走越窄，越走越陡，一直在往山上蜿蜒延伸。我在读书时就知道重庆许多房屋都是随地势而建，起起伏伏，所以才叫作"山城"。我越往里走，两边的房屋越低矮破旧，有的甚至呈现出即将坍塌的样子。门口的绳子上，挂着五颜六色的衣服，犹如万国旗般。两边水沟里流着发黑的污水，让我觉得是走进了一个被遗忘的世界。我一边走，一边看着两边建筑物上的门牌号码，从心里不肯相信王茵会住在这样的地方。走了一阵，蜿蜒曲折的巷道到了尽头，再往上，是一步步被踏得凹凸不平的石梯。我在巷道里没找到王茵的门牌号码，估计王茵的家大约在石梯两边，于是跨上石梯继续去找。找了一阵，终于在石梯左边一所房屋前站住了。房屋一共两层，屋身已经向后倾斜，屋板破破烂烂，上端布满了虫眼。我心里立即说："王茵真是住在这样的房屋里吗？"我又看了一遍门牌上的数字，确信自己没有看错，刚想举手敲门，又犹豫了。我想："看见王茵我该怎么说呢？"尽管我在监狱里一遍又一遍地演习过和王茵见面的情形，可在这即将变成现实的时候，我还是有些慌乱起来。我不知道自己现在和王茵之间到底是该属于仇人还是朋友？要是王茵见了我就喊叫起来，该怎么办？要是自己说话不慎，王茵叫人把我揍上一顿，又该怎么办？我毕竟还顶着一个"劳改释放犯"的帽子呀！这么一想，我又有些胆怯了，后悔自己不该冒冒失失地来找她。我想打退堂鼓，可想起乘了大半天车，又走了这么多路，现在站在她家门口了，如果不当面把事情问清楚，把话说明白，我又怎么甘心？想了一阵，我用力呼吸了一下城市混浊的空气，为自己打了一下气，终于举手敲起门来。

敲了几下，木门"吱嘎"一声，像是呻吟似的向里面打开了。出现在我眼前的，是一位大约六十岁的老太太。她穿了一件朴素的天蓝色腈纶碎花布衣服，齐耳短发，用发夹夹住两边，从青丝中露出一根根白发。一张微胖的圆脸，上面布着几道不深的皱纹，和蔼的目光透出几分狐疑的神色。她将我上下打量了一阵，才问："你找谁？"我忙向老妇人弯了一下腰，问了一句："大娘，王茵是不是在这儿住？"老太太又将我审视了一遍，然后才警惕地回答了一句："你是……"我知道这确实是王茵的家了，急忙回答说："我叫贺世亮，王茵当知青的时候，就住在我的隔壁。当年我们一起劳动，互相帮助，也算是要得比较好的。今天我到重庆出差，突然想起她来，便顺道来看看她……"话还没说完，老太太便叫了起来："哎呀，这太难得了！王茵还没下班，你进来坐吧！"说着把我让进了客厅。

客厅不大，正面墙上贴着一张明星日历画像。我认出那画像上的明星是《庐山恋》中的女主角，手托香腮，两眼秋波横溢，一副楚楚动人的样子。画像下面是一张小茶几，茶几上摆着一只十四英寸的黑白电视机，电视机上搭着一块用钩针钩出的白色格子方巾。旁边圆形茶盘里放着一只保温瓶，两只搪瓷缸子，一只缸子正中印着一个大大的"奖"字，下面一行小字："第七针织厂工会"。另一只缸子上则印着"第七针织厂技术能手大比武纪念"。左边靠墙摆着两把竹椅子，把手和椅背的竹筒以及竹片已经被手掌和背磨得发出古铜的颜色。两把竹椅之间也有一只长方形的小茶几。屋子中央是一张四面带抽屉的方桌，也有些年纪了，呈现出一种被桐油浸过的光芒，桌面上也铺了用钩针钩出的菱形图案桌巾。四只小圆凳被塞到桌子底下。整个屋子给人一种大方干净、雅致利落的感觉。

老妇人用茶盘里那只写着"奖"字的搪瓷缸子，倒了一杯水来。我站起来接住，一边说"谢谢"，一边将缸子放到了椅子中间的茶几上，然后才对她说："老人家，你……"老妇人像是知道我要问什么，急忙爽快地回答道："我是王茵的妈……"同样没等老妇人说完，我便亲切地喊了一声："伯母！"王茵的妈笑了一下，说："王茵在乡下时，多亏了你们照顾呢！"我说："也没有照顾到什么，不过那时年轻人，话容易说到一起，倒是她经常帮助我呢……"

正说着，楼上传来一个小孩的声音："外婆！"接着"咚咚咚"地跑下来一个小男孩，四五岁的样子，虎头虎脑。一看见我，马上将指头含进嘴里，站住不动了，目光却不停在我身上睃来睃去。王茵的母亲便对他说："别怕，这是叔叔！喊叔叔！"小男孩没有喊，只是又看了我一眼，跑到王茵母亲后边，一把抱住了她的大腿，却侧过脑袋，从旁边看着我。王茵的母亲反过手去拍了一下小男孩的脑袋，说："没出息，叔叔你怕什么？"说完回头对我说，"这是王茵的孩子！"从小男孩一下来，我就猜到了，但我却故意做出惊讶的样子，说："王茵孩子都这样大了？"王茵妈妈说："她回城第二年就结婚了！"我又立即问："孩子的爸爸在哪个单位？"王茵妈妈说："长钢厂一个驾驶员，今天刚出差，拉一个啥机器到湖北去，得好几天才能回来呢！"我停了一会儿才又问："王茵就住在你们家里？"

王茵妈妈说："她们单位女工多，没有宿舍。他爸爸单位有一间宿舍，只有八九个平方米，你说他们小两口儿还加上孩子，怎么住得下？就干脆把那间宿舍让给别人了！"我明白了，便说："原来是这样！我还以为到这里找不着她了呢……"一言未落，只见小男孩松开了王茵妈妈的大腿，嘴里大叫了一声："妈妈——"一下跑了出去。

我急忙站起来朝外面看去，果见王茵站在门外，眼睛瞪得比灯笼还大，嘴唇像风中的树叶一样颤动着，一动不动地看着我，没有发出任何声音。她穿着一件浅蓝色八字领春秋衫，衣领翻着，露出了白皙的脖子，前面四颗扣子，扣得整整齐齐，两边各有一只大贴袋，腰间没有褶子，因此看不出她腰间的曲线，只在肩部和腋间微微垫了两道小褶，才依稀显出她那略显扁平的胸部。下面是一条青色的直筒裙和一双肉色长筒袜，脚上一双平底圆口皮鞋。头发仍像过去一样，拢在脑后，只不过剪短了许多。整个打扮和过去在乡下时一样朴素大方。面孔虽然比下乡时白了一些，但明显瘦了。不但如此，脸上还多了一些忧郁和憔悴的神色。我见她打量我的目光，有些像是一只紧张不安的小鹿，心也立即"咚咚"地跳了起来。我想先叫喊她一声，张了张嘴，奇怪的是也没发出声音。于是我们两人一个门里，一个门外，四目相对，都只傻傻地站着，仿佛都不认识对方似的。

王茵的妈妈看见我们两个人都像被雷击中了，只互相瞪眼看着，也不说话，心里便有些怀疑起来，两只眼睛又在我身上瞅了半天，然后又落到王茵身上，最后才对王茵说："他说他是你下乡时要得好的……"话还没完，王茵仿佛清醒了过来，急忙对母亲说了一声："是，妈，是我下乡时的朋友。"她把"朋友"两个字咬得很重，说完便又看着我，眼睛像是进了小虫子一般眨着。见我没有答应，马上又说："真没想到你会来，什么时候到的？"说着，牵了儿子的手走进屋子。见我仍然站着，王茵就说："你坐嘛，站着干什么？"接着又明知故问，"茶缸子里有水没有了？"一面问，一面又拿过我面前的搪瓷缸子，提起温水瓶往缸子里加水。那手却在不断颤抖，加了半天，才将搪瓷缸子重新端到我面前，也不敢朝我看，只说："你喝水！"又问，"你吃午饭没有？"我说："下火车我就吃了！"王茵沉思了一会儿，突然问："你是从家里来的？"我说："也算是吧。"听了这话，王茵低下了头，似乎思考什么，然后抬头对母亲说："妈，时间还早，你出去买点菜回来，他可是我下乡时候的……"说到这儿，她停下来，想了想才接着说

117

道，"恩人呢！"王茵妈妈说："行，你们先在家里摆到龙门阵，我一哈儿就回来！"说着，拢了拢头发，提起篮子出去了。

　　老太太一走，王茵又拍了拍小男孩的头，说："宝贝，自己到楼上去玩，好不好？"小男孩伏在王茵的膝盖上，有些不愿意的样子，王茵又说："妈妈要和叔叔说会儿话，我宝宝乖，听妈妈的话，啊！来，给妈妈亲一个后自己去玩！"小男孩果真在王茵的脸上亲了一下，然后爬起来往楼上走了。我看着男孩的背影，不由自主地说："没想到，你孩子都这样大了！"见王茵没答，便又问，"你爸爸呢，怎么没看见他？"王茵马上垂下了眼睑，过了一会儿才说："他不在了……"我立即问："什么时候去世的？"王茵说："就是我回城那年。"我说："这么说，也是十年了哟？"

　　一听"十年了"这三个字，王茵像是被什么扎了一下，身子颤抖了一下，立即将头低了下来，也不回答我。屋子里一时沉默起来。这时，暮霭已渐渐包围了这间低矮、倾斜的小屋子，外面一些地方已经闪烁起灯光来。那些灯光不断眨着眼睛，像是挤眉弄眼的样子。屋子里的光线越来越昏暗，我们似乎都不愿意去开灯，只是低着头坐在竹椅上，中间隔着一张长条形小茶几，谁也没有朝对方看一眼，空气静得像要凝固。过了好一阵，王茵仿佛实在忍不住了，像是嘟哝似的问了一句："你……现在还好吗？"问这话时，也没朝我看，仍是低着头。我听了王茵的话，同样没有抬头，只像感冒似的瓮声瓮气地回答了一句："我在监狱里面当犯人，有什么好的？"说完，两人又沉默下来。

　　过了半天，王茵终于看了我一下，然后幽幽地说："对不起，是我害了你……"声音轻轻的，像是怕人听见一样。我听了她这话，虽然没有抬头看她，但终于有了一些勇气，便接了她的话说："我想不通，你当时为什么会那样做？"语气里带着火药味，说完我便等待王茵的回答。王茵却半天没吭声，屋子里安静得可以听见双方的呼吸声。孩子在楼上不知在玩什么玩具，突然传来一阵"叮叮咚咚"的声音，十分刺耳。我见王茵不回答，又接着说："十年呀，十年的时间我便在监狱里这样度过了！如果说那天晚上我一时冲动，伤害了你，我应该付出代价，我没有怨言。我想不明白的是，当时你既没有反抗，事后也没去告我，我们还像平时一样说话出工，可为什么在事情过去两个多月后，你才突然去把我告了，这到底是为什么……"我越说越气愤，几乎就要冲着她叫出来了。这时，王

118

茵才突然大声说了一句："别说了！"样子也像十分愤怒。叫完，不等我再说什么，马上把头埋在两只膝盖之间，忽然痛苦地抽泣起来。

我一下慌了起来，急忙抬起头看着她说："你哭什么？我又没说其他！我盼这一天，盼了整整十年，你知道吗？从我进监狱的第一天起，我就在心里说，等我出狱以后，我一定要找到你，把事情问清楚！我一直不相信你会害我，到现在也不相信！所以一出监狱，我就来了。我不是来找你算账的，真的……"王茵听到这里，不哭了，她甩了一把鼻涕，突然泪光滢滢地看着我，问："你真想知道？"我说："不是想知道，我来找你做什么？"王茵停了一会儿，才从嘴里迸出了几个字："因为我怀孕了！"我马上愣住了，半天才说："真、真的？那、那你怎么不、对我说……"王茵说："跟你说了，你能有什么主意？况且那孩子根本不、不是……"王茵又突然闭了嘴，把头低了下去。

我见王茵吞吞吐吐的样子，明白她心里还有什么事隐藏着，便马上追问："不是什么？"过了一会儿，王茵才又轻轻吐出了几个字："不是你的……"我吃惊得叫了起来："这么说，你那时还有别人？"王茵听了这话，忽然又像刚才一样，将头埋在膝盖上哭了起来，一边哭一边说："求求你，别说了！求求你……"我果然不再问什么了。屋子里只轻轻回荡着王茵压抑的啜泣声。哭了一会儿，王茵像是自己忍不住了，终于一边抽泣，一边对我把经过说开了："当时我不想吃东西，发干呕，身子也很软，我不知道那是妊娠反应，还以为是自己病了，便到县医院去检查，结果医生告诉我是怀孕了。一听到这里，我差点吓晕死过去。我求医生给我处理了，可医生却要大队和公社的证明。天啦，我怎么有脸到大队和公社去开证明呀？我继续对医生说好话，医生被我缠不过了，便问我是哪儿的人？是干什么的？结过婚或耍过男朋友没有？我告诉他们自己是知青。他们一听我是知青，更不敢给我处理了。我说我已经耍男朋友了，孩子正是我男朋友的，但他们还是不给我做。我在医院里，哭了整整一天，第二天，我便被通知到了县上知青办。知青办的人像审犯人一样审问我，非要我把孩子的事说清楚不可，说这是大是大非的问题！中央刚下了文件，要严格保护女知青，不准任何人对她们身体进行强奸、侮辱、逼婚和诱婚，何况你现在还怀了孕？还说如果我不把问题说清楚，就永远别想回城。没办法，我只好把那天晚上你做的事说了出来……"

听到这儿，我马上问："你不是说那孩子并不是我的吗？"王茵把头埋得更低了，似乎害怕我会把她吃了的样子。过了半天又才说了一句："那个人我能说吗？如果我说了，他不承认，我这辈子还回得了城吗？"我一听这话，心里更气了，便说："所以你就把所有的事情栽到我身上，让我蹲了十年监狱？十年，整整十年呀……"王茵没等我说完，便说："我怎么知道后来会发展成这样呢？我当时也没说是你强奸我……"但我没等王茵说下去，两眼像锥子似的盯着她不依不饶地问："那个人是谁？告诉我！"王茵听我这样问她，又哭了起来，说："求求你不要再问了，好不好？我知道自己对不起你，我求你了！"我一听王茵这话，果然不问了，却在心里将王茵刚才说的那句"如果我说了，他不承认，我这辈子还想回城吗"的话，在心里细细地咀嚼了一遍。又像过电影一样，将当年与王茵有交往，并且掌握一定权柄的男人在脑海里都过了一遍。郑锋、贺四海、贺世忠……这些人都不像。过着过着，突然一个男人在我脑海里定格了。我马上对王茵凌厉地问了一句："让你怀孕的那个人，是不是公社孙书记？"

王茵一听我这话，身子立即像是怕冷似的抖了一下，没回答我，眼泪却像泉水一样流着。我心里更明白了，又生气地追问了一句："是不是他？"半天，王茵才像被我逼到绝路上了的样子，回答道："你、你都知道了，何必再、再问？"说完，肩膀一耸一耸，由无声的流泪变成了小声的呜咽。我听了这话，不但没同情她，心里的怒火反而更大了，便对王茵像是命令地说："你把你刚才的话，写个东西给我！"王茵马上警惕地抬起头，含着眼泪问："什么话？"我说："就是让你怀孕的男人不是我，而是公社孙书记……"王茵突然擦了眼泪，从目光中闪出了两道火光，看着我问："你是想拆散我的家庭，还是想把我逼到绝路上去？"接着又一边哭，一边继续说，"那件事，回到重庆，我什么人都没告诉，连我妈妈到现在都不知道！可是你今天要我给你写个东西，你想闹得满天下都知道吗？想让我在丈夫和孩子面前丢脸吗？想让我在单位领导和同事面前抬不起头吗？我知道自己对不起你！可你知道这些年，我过的是什么日子吗？自从听说你被判了十年徒刑，我没过一天安生日子。有时做噩梦都梦见你拿着刀追我！我知道你迟早会来找我，我一直等待着这一天！我知道十年牢狱之灾，不是那么容易度过的，你恨我也是应该的，可我当时有什么办法？你说我有什么办法？我真的是没办法呀！他们要不逼我，我怎么会说出来？我只求你看在我的家庭和孩子的分上能原谅我！这辈子我没法报答你，来世我当牛做马，也报答你的大恩大德……"

说着，王茵突然站了起来，要朝我跪下去。我急忙抓住了她说：“你这是要做什么？我怎么会逼你？我也只不过想问清楚，你不愿写就算了，反正我心里已经明白了。我知道当时你也是没办法，我也不会把这事说出去，你放心好了！”王茵听了这话，终于含着眼泪说了一声："谢谢！"又重新回椅子上坐下了。我见她坐下了，才又问："还有一件事我不明白，那天晚上你突然到我屋子里来，看样子你是有什么事告诉我，却啥也没说又跑了，这又是怎么回事？"王茵停止了抽泣，说："我被他们审查完回来，知道你会遭到劫难，心里矛盾痛苦极了！那天晚上，我就是想过来把这一切都告诉你，让你出去躲一段日子，可是我害怕，说不出口。一是怕你知道后，会吃了我。二是怕他们来抓你，发现你不在了，会怀疑是我给你报了信，这样也会连累到我。所以我在你屋子里站了半天，就是没法把心里的话说出来。后来趁你进厨房给我倒水的机会，我从背后抱住你，把头伏在你的肩上，你知道我那时是什么心情吗？我想用那种方式，表达我心里对你的歉疚。我那时甚至还、还想……"说到这儿，王茵停了一下，接着脸上像少女一样泛上了红晕，然后才不好意思地说了一句，"把身子再交给你一次……"说完这话便低下了头，却没有再哭了。

　　我听完王茵这番表白，身子像是被人猛拍了一下，不由自主地悸动起来。我看着她，半天没有说话，过了一会儿才说："原来是这样！原来是这样！可你当时怎么不对我说呢？我怎么会吃你？还有，我能到哪里躲？我没有证明，不论走到哪里，都会被抓回来！你如果当时给我说了，我知道你是被逼的，我一人做事一人当，绝不会责怪你的！当时你从我屋子里跑了过后，我就想过来问你，可一想深更半夜的，敲你的门也不好，便想第二天一早来问。第二天一起床，我来敲你的门，就发现你已经不在家里了……"王茵说："我知道他们第二天就可能来抓你，我怕看见那种场面，也怕被众人议论，所以天还没亮，我就把一些常用的东西收拾起来，打着一个包袱出了门。从此以后，我再没有回过贺家湾！即使我办回城手续时，也没有亲自去办。你判刑坐牢的消息，是我后来才打听出来的。"我等王茵说完，才说："他们如果只是就那天晚上的事判我的刑，我心服口服！因为不管是什么原因，我的确做了对不起你的事。可你知道吗？他们并不拿那天晚上发生的事来说事，而是要深挖我犯罪的根源，说一切刑事犯罪都是头脑里的反革命思想和非无产阶级思想作怪。结果那天晚上的事倒好像不是事了，而我平时不小心说的一些气话，发的牢骚，经他们一上纲上线，都成了反革命思想了。我也成了一个早有预谋、破坏毛主席革命路线和知青政策的反革命分子！要不然，为什么会判得这样重？一想起这点来，我心里就不服！这明明是整人嘛！"我一边说，一边流露出愤愤不平的表情。王茵急忙说："我也不知道他们为什么要这么做？反正都是我不好，让你受了那么多罪！"我说："这事怎么能怪你？你能阻挡他们挖犯罪根源吗？"王茵没有马上回答我。正在这时，门外石梯上传来一声咳嗽，王茵马上道："我妈回来了！"尽管脸上泪痕已干，可说完这话，还是匆匆忙忙跑进卫生间擦了一下脸，然后才出来跑到门外去迎接。

果然是老太太回来了，王茵喊了一声："妈，你怎么这时才回来？"一边说，一边接过了老太太手里的篮子，进来放到了桌子上。我一看，篮子里装得满满当当，也不知买了些什么，我便对王茵妈妈说："伯母，让你老人家受累了！"老太太站着喘了一会儿气才说："受什么累？出去晚了，食店都打烊了。最后在大井街的'味香楼'，才买到几样卤菜！"我心里感动起来，看了一眼王茵，又对老太太说："谢谢伯母，我打起空手来，还给你们添这么多麻烦！"老太太说："王茵过去多亏了你们的照顾呢！"又问王茵，"小亮呢？"王茵说："可能在楼上睡着了吧！"王茵母亲说："让他睡吧，等会儿吃饭时再去喊他。"说罢，便提起篮子，母女俩一起进厨房去了。

第五段录音

　　第二天我回去，王茵坚持要把我送到火车站。她拎了一个包袱，上面穿了一件紫罗兰色的女式西服，肩部可能垫了海绵，显得十分丰满平整，还衬出了腰部的苗条和纤细。下面一条米色的尼龙春秋裙，裙裾微微向四面张开，多了几分青春气息，脚上也换了一双半高跟的棕色皮鞋。这身打扮，不但透露出了一个成熟女人的魅力，更给人一种十分时尚和潇洒的感觉，比昨天漂亮多了。她发觉我在看她，脸上不由自主地泛上了红晕，急忙说："走吧！"我听了这话，才从一种痴迷中回过神来，也不自觉地红了脸，告别了王茵的母亲，走了出去。

　　到了火车站，王茵要去给我买票，被我拦住了，说："你回去上班吧，我自己知道买票。"王茵却说："上班还早，你放心！"我听了这话，跑去买票了。买好票出来，王茵还站在原地等我。我扬着手里的车票对她说："现在你回去吧，没什么问题了！"王茵看了我一眼，却转身往候车室方向走去了。我以为王茵是想把我送到候车室门口，也不说什么，跟着过去了。

　　到了候车室门口，王茵果然站住了。她转过身子，将手里的包袱递到我面前，说："这里面是小亮他爸的两套旧工作服，你和他个子差不多，拿回去干活时打粗穿，可能还穿得着！"我忙说："这怎么行？你给我了，他怎么办？"王茵说："他还有，你放心！城里别的没什么，旧衣服这些还是有的！我还想把我的衣服也收一点，让你拿回去，可一想，你还……"说到这里，她突然不说了。我知道王茵要说什么，没等她把剩下的话说出来，便说："谢谢你！"王茵停了停才又对我说："回去好好过日子，现在时代开放了，遇到合适的人，早点成个家！"我听了这话，心里一酸，急忙说："我记住你的话了！可这辈子，我恐怕难娶上亲了。在乡下,我顶着一个劳改释放犯的名,哪家姑娘会嫁给我……"王茵打断了我的话,说:"你别那么悲观,如果你真那么想,就是一辈子在记恨我了!"我听她这么说,便说:"昨晚上话都说明了,我怎么会记恨你?这只是我的命!"王茵说:"你真不记恨我,就要把过去那些事丢到九霄云外,重新振作起来!"我见她如此谆谆告诫自己,一股温暖和感激之情油然而生,急忙说:"我会重新振作起来的!"王茵听见我这样表态,不由得抬起头,孩子似的对我笑了一笑,说:"这样就好!还有,如果你不记恨我,今后把我当姐,多来走走,什么时候你来,我们都把你当亲人!如果不想来,有事了,也给我写封信来,能行吗?"说完这话,眼睛便一动不动看着我。

我本想答应的,可喉咙像是被什么堵住了,眼睛也潮湿了起来。我害怕控制不住感情,让眼泪掉下来,惹得周围的旅客诧异和笑话,便咬着牙齿,只对她点了点头。王茵也仿佛怕受到传染一样,只将手里的包袱塞到我手里,然后说了一句:"你到候车室去吧!"说完,也不等我回答,转身就往外面跑了。等王茵消失在人流的海洋里,再也不见她的身影后,我才拎着包袱进候车室。

我抱着包袱在候车室硬邦邦的椅子上坐下,想着王茵的话,越想越感动,又后悔刚才没把王茵送到公交站,陪着她多说一会儿话。这样想着,抱在胸前的那只包袱,便成了一团火,不断烘烤着我,使我心里有一种别样的说不出的感情。我弄不清楚自己在这件事上是该恨,该爱,还是又爱又恨?胡思乱想了一会儿,便解开了包袱。里面有两件灰蓝色帆布工装,小翻领,下摆和袖口往里收缩,袖口有暗扣,一件还是新的,一件八九成新;一件白色的圆领T恤衫,也是新的;还有一条蓝色工装裤,折叠得整整齐齐,和衣服捆在一起。我想把衣服拿出来试一试,刚把上面那件八九成新的衣服拿开,突然发现两件衣服之间,压着一个用橡皮筋缠着的方方正正的纸包,上面还有一封信。我突然意识到了什么,急忙把那封信拿过来,又把衣服压上去,迅速把包袱捆好,这才打开信看了起来:

世亮:

当你看见这封信和纸包里的东西的时候,我相信你已经回到了家里。我没有事先告诉你,因为我怕你不肯接受。看见你现在这个样子,我心里比刀割还要难受!因为这一切全怪我,无论我说多少个对不起,也无法追回你在监狱里度过的十年时间，我只希望你能过得好！这儿的五千元钱，是我们夫妻俩这些年的全部积蓄，我一直舍不得用，就是为了等你出狱后，能为你重新安家提供一点帮助，请你一定收下！我知道，区区五千块钱，弥补不了你这十年的损失，但多少可以减轻我心里的内疚和痛苦！你千万不要给我寄回来了，如果你给我寄回来，我会生气的！以后有什么困难，请写信告诉我……

我还没看完，拿信的手便开始颤抖起来，心里一遍又一遍地说："原来是这么回事！原来是这么回事！可我怎么能收她的钱呢？话已经说明了，她当时也是没办法，我如果收了她的钱，不成了讹诈吗？再说，他们家日子也不是很好，五千块钱，不是小数目，万一她丈夫知道了，怎么办？即使丈夫不责怪她，可五千块钱，他们家能做多少事呀？不行，我得还给她！"想到这儿，我一下站了起来。正想往外走，又马上站住了，想："王茵已经离开这么久了，我到哪儿找她？我又不知道她上班的地方，即使知道，我当面去还给她，她肯定不会收，怎么办？"想了半天没想出办法来。然后又想："要不，等回到家里再给她寄回来……"可这个念头又立即被我否决了。原因是王茵已经在信上告诉我，要我不要给她寄回来。再说，我现在还没离开重庆，当面还给她，不比再到邮局寄一次好吗？忽然，我有了主意：把钱送回去交给她母亲，就说王茵把钱包到旧衣服里，忘了拿出来。这么想着，我有些激动了，正打算拎起包袱走时，候车室的喇叭响了起来："旅客同志们请注意，买了九点三十五分到达县方向车票的旅客，现在开始排队准备检票进站了……"我犹豫了一下，没有改变主意，还是拎着包袱走出了候车室。

我又乘上去朝天门方向的公交车，当公交车"哐当哐当"地摇到批发市场时，我下了车，又沿着熟悉的道路来到了王茵那座有些倾斜的小屋前，可小屋的门上却挂着锁。我想："可能王茵的妈妈带着孩子出去买菜，或者干其他活儿去了，我等她吧！"便在门前的石板地上盘腿坐了下来。坐了一会儿，屁股下传来一股寒意，脚也有些发麻了，又站起来在门口走了几步，然后又坐下来。时间过去了一个多小时，仍不见王茵的妈妈回来。我怕坐在这儿让路人怀疑，想了想，又站起来，拎起包袱，往下面街道上走去，一边走，一边不断回头往王茵那座小房子看去，好似王茵的母亲会突然从地下冒出来。我从小巷走到了前面大街，在街边站了一会儿，看着街道上来来往往的车辆和行人。这样又过了一个多小时，才又重新转过身子进入巷道，踟蹰着往王茵的房子去了。到了那里一看，门上仍挂着锁，屋子里静悄悄的。我不禁有些灰心了，想："可能老太太有什么急事，一时回来不了，我要等到什么时候？"时间已是中午，除了下午一点多钟有一趟到达县方向的火车外，要傍晚五点多钟才有车了，我得赶上中午这趟车，晚上才能回到贺家湾。这样一想，我便决定不再等了，回去再把钱给王茵寄回来。这样想着，我最后看了一眼王茵的门牌号码，才有些恋恋不舍地离开了这条小巷。

我最终没赶上中午一点多钟的火车，只得买了下午五点多钟的票。到了县城，已是晚上十点多钟，我只好又奔江国宪的住处来。敲了半天门，江国宪才睡眼惺忪地起来开了门。一见是我，便一边揉眼睛一边说："回来了？吃饭没有？"我说："吃过了！"说着把包袱往桌子上一放，才问江国宪，"嫂子和侄儿还没回来？"江国宪说："大半年没回娘家了，不耍够怎么会回来？"说完不等我说什么，便又盯着我问，"见着那个害你的女知青了吗？"我把见王茵的事给他详细说了一遍，江国宪一听，便说："原来是这样，原来是这样，看来这个女知青还是有点良心的！"又问，"那你现在怎么办？"我看着对面墙壁，脸上呈现出了一种无可奈何的神情，想了想才说："我能怎么办？原来这十年，我是在替别人坐牢！可我要她给我出个证明，她又不肯。她一哭，我又不忍心让她名誉和家庭受到损害，你说我有什么办法？"江国宪说："无毒不丈夫，你可怜了她，谁来为你洗清名誉？你难道不可以到法院申冤，就说当初你是被冤枉的？"我说："怎么是冤枉？我和她也确确实实发生过那事。再说，她孩子后来已经打掉了，我一个坐过牢的人，没有任何证据，姓孙的只要一口咬定没有那回事，即使王茵出来做证，法院能相信？"江国宪说："那你就这么代人受过、白坐十年牢算了？"我说："我回去后，首先找到姓孙的，不管他现在当没当官，当了多大的官，我都要找到他！虽然王茵不肯给我写证明，我也没有当年他使王茵怀孕的证据，但我有王茵亲口告诉我的话，我要对他说，当年应该坐牢的是他而不是我，我是替他坐了十年牢，看他怎么回答我？如果他不承认，还想对我怎么样，到时候我还去找王茵，即使拉，也要把她拉到法院把当年的事说清楚，然后又看法院怎么说？"江国宪想了一会儿，似乎没有想出更好的办法，便说："这样也好，先试探试探，总之别让姓孙的龟孙子过得太舒服了！"

第二天吃过早饭，我把两个包袱里东西归到一只包袱里，挎在肩上，告别了江国宪，向离开十年的贺家湾去了。

第六段录音

我原想挨到中午人少的时候才进村的，因为我不是衣锦还乡，我是劳改释放犯。离贺家湾越近，十年前众人对我那种山呼海啸般的批斗、揭发的场面，在我脑海里越汹涌澎湃地翻腾起来。我真恨不得像古人说的那样，到哪儿偷一件隐身衣穿在身上走回去。可后来一想，自己迟早得面对那些充满鄙夷、嘲笑或歧视的目光。再说，在监狱里的十年，我已经习惯了监狱管教大声的命令、呵斥与训话，也习惯了犯人间相互的谩骂、挖苦和冷嘲热讽。我觉得这一切，现在对自己来说都算不得什么了，便硬着头皮朝湾里走去了。我一路走一路看，湾里山山水水都和十年前一样，可又觉得不一样，最显著的变化是湾里竖起了几幢耀眼的楼房，给人一种恍如隔世的感觉。路过大队小学时，一阵朗朗的读书声传了过来，我不由自主地站了下来。我看了看学校有些倾斜的院墙，看了看大队办公室紧锁的大门，然后又看了看大队办公室旁边那个供销社的代销店，突然想起了那次挑着两只石锁回家，碰见贺世海带着王茵、贺小莉、贺雪东和贺银庆几个人扎大红花，准备第二天欢送贺春乾入伍参军的往事。我想，如果不是那次偶然出事，我入了伍，那现在会是一种什么情形呢？我虽然想不出，但知道肯定不会是今天这个样子！我又想起那次在操场上和贺世宏掰手腕，然后又和他两弟兄摔跤的事，想着想着，突然又有了一种想流泪的冲动。这是我出狱以后，第二次产生想哭的冲动。什么叫百感交集呀？这便是百感交集。心里这么想着，眼眶果然就慢慢湿润了，接着便有两滴豆大的泪珠，顺着脸颊滚了下来。我马上用手臂将泪水抹去了，接着将头抬起来，做出仰望蓝天的样子，努力不让新的泪水再掉下来。这样过了一会儿，才收回目光，趁孩子们还没下课，急急地走过了学校门口。

刚拐过弯，便看见贺世龙担着一担牛粪过来了。十年不见，贺世龙变化不大，只是看起来比先前胖了一些。他打着一双赤脚，裤腿挽到膝盖上，脚背和小腿上的青筋像蚯蚓爬行一般，十分清晰。我颤抖着叫了一声："大哥……"贺世龙抬头一看，马上怔住了，然后上上下下地将我打量了一遍，才惊兀地叫起来："哎呀，是世亮，你回来了？"我说："回来了，大哥，你把牛粪挑到哪儿去？"他说："挑到大平梁粪凼里沤粪呀！"接着不等我再说什么，便说，"回来了就好！回来了就好！你家里的钥匙还在你大嫂那儿。那年你被警察带走以后，我就给你大嫂说，贺世亮家里也没人，他这一走，也不晓得几年才回得来？你去把他家里的东西收拾收拾，拿到我们家里来给他保管着，免得被耗子糟蹋了。你春英大嫂就去把那些铺笼帐被拆下来，和那些旧衣烂衫抱到我们家来了。还有那些锄耙尿桶、锅儿鼎罐，我们怕被别人拿走了，也拿到我们家里。不过那些锅儿鼎罐，久了没有烧，都生锈了。原来你那把锁，我们进去拿东西时撬坏了，东西拿走后，就是两间空屋，我们也没有锁。可不晓得是哪个没良心的，见你屋子空着，便把猪儿鸡鸭都往你屋子里关。我才叫你大嫂重新去买了一把锁，把屋子锁上了。你大嫂正在家里，你去拿钥匙吧，然后把东西搬回去。没粮食，先到我们家里称些米吃到吧……"

　　我又是伤心，又是高兴，便说："谢谢大哥大嫂，你们这辈子是好人，下辈子还是好人！你放心，我一个人，随便到哪家借几斤粮食，就把家安起了！"他听了这话，又说："那你先回去吧，等空了我们弟兄再好好打一阵话平伙！"说罢，他挑了担子要走，我急忙又喊住他问："大哥，我们生产队和大队，还是不是原来那些干部？"他马上说："现在不叫大队和生产队了，公社也不叫公社了。现在公社叫乡，大队叫村，生产队叫村民小组。我们组长还是贺世忠，可郑锋没当村支了，现在村支书是我们家老幺……"没等他说完，我心里突然涌起一股十分复杂的情愫来。想起同样是在县城上过高中、同样怀抱着热情和理想回到家乡的知识青年，如今自己是劳改释放犯，贺世海却做了支书，也不知老天为什么会这样不公平？可我不但没将这种有着几分不平、妒忌与酸意的情绪表现出来，反而做出高兴的样子，对贺世龙叫道："哦，三哥都当支部书记了呀？"贺世龙脸上流露出自豪的神色："可不是，前年就当上了！"过了一会儿我才说："那就好，我还要去向他报到呢！"贺世龙说："他吃过早饭到公社开会去了，大概要晚上才会回来!"我说:"晚上我去找他!"

我先去贺世龙家里拿了钥匙,将屋子打扫了,然后又去搬回了十年前那些烂东西,又向贺世龙借了几十斤粮食,算是把家安上了。晚上,我便到贺世海家里去。贺世海一见我,就说:"下午我已经听大哥说你回来了!"贺世海上身穿了一件深灰色腈纶中山装,上下四只挖袋,上面两只口袋袋盖是暗扣,里面用扣襻扣着,遮着纽扣,左边的口袋里插着一支钢笔,笔扣闪闪发光。底下两只口袋才是明扣。下穿一条青色长裤,脚着一双草绿色的军用胶鞋,胸脯和肩膀都比十年前宽了许多,益发显得挺拔和精神。我站得直直的,先对他行了一个礼,然后才说:"报告三哥,我来向政府报到!"说完从口袋里掏出监狱开的释放证明书,双手捧着,恭恭敬敬地递了过去。贺世海接过证明看了看,见我仍毕恭毕敬地站着,似乎在等他训示的样子,有些不好意思地说:"你坐呀,这又不是在监狱里,我也不是管教干部,你站得那么规规矩矩的做啥?回来了就好!在哪儿跌倒的,就在哪儿爬起来,你还年轻,只要好好参加劳动,认真改造思想,今后还是有很多机会的!千万不要背上思想包袱,认为自己是犯过罪的人,就破罐子破摔,那样只有害了自己!"

贺世海说一句,我答应一声,等他说完了才坐下去,然后看着他问:"三哥,我们乡上还是不是原来那个孙书记?"贺世海说:"还孙书记,早死了,书记都换了几茬。他死了后是李书记,李书记之后是谢书记,现在的书记姓张!"说完又问,"你问他做什么?"一听姓孙的已经死了,我心里骂了一句:"龟儿子,便宜你这个狗东西了!"骂完才对贺世海说:"没什么,三哥,我只是随便问问!"接着我便转移了话题,"三哥,我回来了,还没有地,你看怎么办?"贺世海说:"这事你去找贺世忠,他是组长,看他怎么给你安排?"一听这话,我便回去了。

第二天我便去问贺世忠土地的事,贺世忠皱着眉头说:"落实责任制时,土地都分得干干净净,连荒山荒岭都分到各家各户了,我到哪儿找土地给你?"我说:"没有土地,总不能把我吊到半空中当神仙吧?"他想了想又把我往贺世海那儿推,说"我一个村民小组长有什么办法?贺世海是村支书,你去问问他,看他怎么说吧?"我说:"就是贺世海叫我来问你的!"他说:"他书记都没办法,我一个小组长有什么办法?你还是去找他!"见他们推来推去,我只好又去找贺世海,贺世海见我又去找他,眉头皱得比贺世忠还紧,说:"我也确实没有办法!落实责任制时，郑锋有抵触情绪，便把集体财产分得精光，连保管室的瓦片也没留下一块，更别说机动地了……"听他这么说，我急了，忙打断他的话说："那怎么办，三哥，总不能让我又去犯法吧？"贺世海想了一想说："你也别着急，让我和贺世忠商量商量，看能不能从哪个家里匀出一个人的地给你种。"听他这话，我又似乎看到了希望，便对他连说了几个"谢谢"，回去了。

等待贺世海和贺世忠商量给我调土地期间，我没有事做，便给王茵写了一封信，到城里将她给我的五千元钱，和信一道给她寄去了。寄完钱和信回来，我又去找贺世海要土地。贺世海说："我和贺世忠家家都去问了，没人愿意把土地拿出来。现在上面的政策是增人不增地，减人不减地，要保持土地十五年不变，那些减了人的家庭不愿意拿，我们也不能强迫他们拿！"我的心立即像是掉进了冰窟窿里，急忙带着哭腔对他说："三哥，人是铁，饭是钢，不哄三哥说，我借的几十斤粮食马上就要见底了，你让我吃什么？难道就只有死路一条了？"他听我这么说，急忙又对我说："你也别说得那么悲观！现在毕竟不像过去了，各个领域都改革开放了，路子很多。村里有好几家人分土地后才结婚生子，新媳妇和儿子都没有土地，可人家农闲时候出去在马路边摆个地摊，做点小生意，照样挣钱把日子过得风生水起。这叫虾有虾路，蟹有蟹路，你现在还年轻，又没拖累，一个人吃饱，全家不饥，随便做点什么，还养不活你自己？"听他这么说，我不想让他看低自己，便什么也没说就离开了。

回到家冷静一想，我也确实不该埋怨贺世海和贺世忠。回到贺家湾这几天里，我已经听说当年分地的事，不止贺家湾，很多地方都是把集体财产分得片甲不留。我也知道上面有"增人不增地、减人不减地"的政策，我没有土地，只能怪自己运气不好，有什么法？我又想起贺世海的话，觉得他说得在理，现在政策这么好，一个大活人还会被尿憋死？想到这里，我又想到了江国宪，想到了朝天门批发市场，想到那么多人做生意都能活下去，我不缺胳膊少腿，又不比别人傻，难道离了土地就不能活了？这么一想，我突然又有了信心，浑身上下都充满了力量，决心去奋力拼搏一场。可是，一想到做生意需要本钱，我又马上泄气了：我到哪儿去找本钱呢？

第七段录音

真应了"天无绝人之路"的古话，正在我一筹莫展、焦头烂额的时候，这天中午贺世海忽然在院子外面喊："贺世亮，乡上邮政代办员那里有你的汇款单，快拿了章子去领！"一听这话，我"呼"地一下跳起来，跑出去问："你没看错吧？"他说："难道我连贺世亮几个字都认不到？我去取村里的报纸，亲眼看见的！"听了这话，我拿了自己的印章就往乡上跑，一路上我心里都还在打鼓，只以为是写错了，或者是另外一个叫贺世亮的人，因为我压根儿想不起有谁会给我寄钱来。到了乡上邮政代办员那儿一问，才知道那钱真是寄给我的。不但如此，代办员还先拿出一封信给我。我接过信一看，是王茵写给我的，我才恍然大悟：王茵把我寄给她的钱，又给我寄回来了！我颤抖着取出信纸，上面写着：

贺世亮：

我真没想到你会将五千元钱给我寄回来，你为什么要这么做呢？难道你真的不肯原谅我，让我背着良心的十字架过一辈子？我再说一遍，五千元钱虽然不能弥补我给你造成的损失，却多少可以减轻我良心的不安，我要怎么做你才肯原谅我？我们虽然不富裕，但我们夫妇都有工作，母亲也有一份退休工资，怎么说也比你强。而你，我知道你才从监狱里面出来，急需钱用，希望不要再给我寄回来了，我求你了……

我眼眶一下湿润了，急忙将信装进信封里，掏出章子，领了那张五千元的绿色汇款单子，揣在怀里回去了。那时领邮政汇款，要到区公所所在地，也就是伍莉老家吴家场的区邮政所。晚上，我又给王茵写了一封信，告诉她我收到钱了，这次再不会给她寄回去了，谢谢她。然后我又对她说了回家没分到土地，我准备做点小生意维持生计的事，最后我对她说："钱算我借你的，因为我正需要做生意的本钱，不过等我赚到钱，一定加倍还你！"

第二天一早，我赶到吴家场的区邮政所，排了一个多小时的队，把钱取出来了。那时邮政所还没有"绿条子"一说，我将五千元现金装在贴身的衣服口袋里，把外面的衣服紧了又紧，然后把给王茵的信丢进信箱，走出邮政所来到了街上。

不知老任对二三十年前的吴家场还有没有印象？反正我是记得特牢的。前面我说过，吴家场是区所在地，是全区六个乡的政治、经济、文化中心，它的场镇自然也是全区的中心场镇了。不但如此，它周围还与好几个区场镇接壤，尤其是与广安的花桥镇接界，广安那可是改革开放总设计师小平同志的故乡呀！又有一条国道从场后穿过，交通十分便利。不过在我的记忆中，从龙头桥到吊街子，吴家场过去只有一条老街，如果不是当场天，最多五分钟便走完了。可改革开放不久，政府号召农民自带口粮到小场镇落户，于是一夜之间，也不知从哪儿冒出了那么多口袋里有钱的人，雨后春笋般到场镇上政府规划的地方建起了两层或三层的楼房。现在，不但龙头桥和吊街子两头连绵出了许多房屋和店铺，而且在老街背后，还冒出了一条新街，比老街更繁荣。我知道乡下人有"赶耍场"的习惯，但没想到竟有这么多人赶场。那天，我第一次看见这么热闹的集市。才上午九点多钟，无论是新街还是老街，到处都是背上背着背篓或肩上挑着担子或手里提着篮子的男男女女在拥挤的人流中穿行，各种叫卖声、吆喝声、呼儿唤母声、讨价还价声响成一片，摩肩接踵的人流真可以说得上是人潮涌动，仿佛要把街挤破一样。后来我在吴家场听到一段顺口溜，形容当时赶场的拥挤程度："挤挤挤，女娃儿怕把鞋挤脱，大肚子怕把胎儿挤落，老头儿怕把烟杆挤落，老太婆怕遭踩到脚。卖鸡蛋的怕把蛋挤烂，顶在头上叫：蛋蛋啰，蛋蛋啰——"

这顺口溜还有点意思吧？十年没赶过场了，那天我打算到新街、老街都去看看，可见人太多，实在挤不动，便打消了这个念头，转身往吊街子前面的三岔路口走去。到了那儿一看，又是一副热闹的风景。只见公路两边，人如海，货如潮，各种各样的摊位一个接着一个，绵延了半里路远，来往的汽车在这摊位的密林中如蜗牛般爬行，喇叭声、司机的叫骂声以及摊主和顾客的回骂声，构成了一个喧嚣的世界。

我看见这些"马路摊位"各式各样，有的是用几根凳子支撑几块木板或竹凉板搭成的，上面摆满了一些日杂用品或小玩具、小五金等商品。有的则是直接在地上铺上一张塑料布，摆上针织品、肥皂、火柴、电池、搪瓷用品、胶鞋、纸张、五金配件、铅笔、卷烟、食糖、盐巴、牙膏、毛线等。这样席地而摆的摊位最多，除了卖上面那些日用小商品以外，更多的摊位是出售农民地里产的东西，如小麦、玉米、稻谷、高粱、红薯、黄豆、绿豆、豌豆、胡豆、饭豆等各类粮食；白菜、青菜、南瓜、冬瓜、辣椒、扁豆、莴笋、葱、蒜等各类时鲜蔬菜；鸡、鸭、鹅等各类活禽；土烟、白酒、红糖、竹席、箩筐、背篼、簸箕、炭筛、米筛、斗笠等生产资料和日杂用品，真是应有尽有，目不暇顾。还有一些摊位是几个木架子构成，架子上搁上一根竹竿，上面挂满了琳琅满目的衣服，其中女装最多，其次是婴幼儿的各种内衣和低档次的老人服装。还有一些小商贩更简单，他们连地摊都不需要，只在自己肩上或脖子上挂一个米筛或小簸箕，里面装着一些针、线、纽扣、火柴、发夹、打火机等小百货，或各种狗皮膏药，在人群一边走一边吆喝。在这些行商的摊点中，偶尔也会冒出一些卖小面、抄手、饺子的饮食摊点，摊点虽然不大，生意却是蛮好，基本上座无虚席。还有一些手艺人，如修鞋修伞的修补匠、修锁配钥匙的锁匠、缝衣服的缝纫匠、打铁补锅的铁匠，甚至测字算卦的"八字"先生，也在这个"马路集市"上找到了自己施展武艺的地方。总之，这是一个三教九流、五行八作混杂相处，充满活力的地方，是行商和小贩的天下！我知道如果自己要做生意，注定只能成为他们中的一员，因此我看得十分仔细和认真。

在一个摆着塑料凉鞋、拖鞋、胶鞋、布鞋、毛巾、手帕、枕巾、袜子、鞋垫、小孩围嘴、围裙、围巾和帽子等商品的摊位前，我站住了。我看见摆摊的中年大姐有些面善，于是喊了她一声："大姐，你这些货都是从朝天门市场进的吧？"她看了看我，脸上露出了怀疑的神色，说："你问这干啥？"我装作内行说："我以前也是从朝天门进货，我一看这货就眼熟！"她一听这话，便显出亲切的神情来了，说："让你说着了！"又朝周围指了指，说，"这市场上的货，哪家不是从朝天门进的，重庆近嘛！"说完又看着我说，"你现在没到朝天门进货了？"我说："我现在连生意也没做了！不怕大姐笑话，做生意虽然赚得到一点钱，可太苦了！特别是进货，大包小包的，挤火车那个日子好难受哟！"她露出了惊讶的样子，说："是难受，可是你不要坐快车嘛……"我急忙问："那坐什么车？"她说："重庆到达县，每天不是还有一次慢车吗？慢车虽然要多花两三个小时，可坐的人少，车厢里空，别说你一两包货，就是一二十包，只要你扛得起，列车员也会让你上。要是你坐快车，那当然不行了！"又说，"做生意是辛苦哟！像我这样，一般两三场就要去进一次货，晚上赶火车去，第二天白天跑批发市场，晚上再赶夜车回来。我已经做了两三年生意，重庆也去了无数趟，可除了朝天门市场，重庆其他的街长得什么样子，我都没见过，只在车站和批发市场之间跑来跑去，你说苦不苦？做生意赚的就是几个辛苦钱嘛！"听她这么说，我急忙说："大姐说得是！停了一年多，我打算重新开始，只是不知道现在生意怎样？大姐这样一个摊，一天能赚多少钱？"她又怀疑地看了我一眼，见我一脸的诚实相，想了想便说："没有一定，生意好的天，也可以赚个三四十元，生意清淡时赚个十来块钱，反正喝稀饭够了！"听她说生意好时一天可以赚三四十元，我眼红得不行，急忙对她说："一个地摊每天能赚三四十元，大姐的生意已经很不错了。祝大姐的生意兴隆！"说完我便离开了大姐的地摊。

没走几步，我又在一个摊位前停下了，因为这个摊位上不但卖刚才那个大姐摊位上的塑料凉鞋、拖鞋、胶鞋、布鞋、毛巾、手帕、枕巾、袜子等，还卖洗衣粉、香皂、肥皂、沐浴液、洗发水等各种日化用品，以及小孩吃的零食、玩的玩具，几乎就是一个小百货商店了。我在摊位前蹲下来，向摊主打听每种商品的价格。摊主是个三十多岁的汉子，比我大不了多少，瘦长脸，面孔黧黑，起初他还热情地回答我。可当我问了十多种商品的价格后，他便有些不耐烦了，冲我说："你是盘摊的，还是买东西的？"我说："我总要把价格弄清楚了才买吧？"他说："你问了大半天，也不见你买，当场天人多，我哪有时间陪你说空话？"说完就不再理我了。我见他没好气，想一想也是，自己问了大半天，连一粒纽扣也没买，搁在自己身上也会不自在，便知趣地离开了。

我吸取了教训，不再轻易去"盘摊"了，却像一个潜伏的特务似的，在一些大点的摊位旁边蹲下来，看他们怎么向顾客喊价和顾客还价。只有顾客最后成交的价格，才是"马路市场"最真实的价格。真是人生处处皆学问，我在几个摊位前没蹲多久，不但掌握了大多数商品的价格，而且还学到不少做生意的技巧。我还发现在这些"马路市场"上什么东西最好卖。在一个小推车的摊位前，就不断有人来打听洗衣粉、肥皂、沐浴液和洗发水的价格。一个五十岁左右的大嫂走到推车前，拿起车上一包洗衣粉便对摊主问："你这洗衣粉泡子多不多？"摊主四十来岁，一听这话，立即眉开眼笑地说："多，多，多，满盆的泡子！莫得泡子二场你日诀我！"那大嫂一听，立即买了两包洗衣粉乐滋滋地走了。等大嫂走远后，我才对摊主问："大哥，洗衣粉泡沫多就好哇？"汉子大约因为生意好心情也好，便对我说："哪儿的事呀？洗衣粉泡沫多少与去污力没有直接关系，不过农民认为肥皂和洗衣粉，泡沫多的就是好东西！"我又问："哪样洗衣粉泡沫最多呢？"他从推车上顺手拿起一包洗衣粉对我说："你看，就是这种普通洗衣粉，颗粒又大又疏松，又最容易溶解，满盆的泡沫，农民就认为是好东西，实际上它的去污能力不如这个！"他放下手里的普通洗衣粉，又拿起另外一种。我急忙又问："这是什么洗衣粉？"他说："这叫压缩洗衣粉，颗粒小，密度大，泡沫少，去污至少是刚才那种普通型的两倍，但农民反倒认为不好！"一听这话，我明白了，急忙对他说："谢谢大哥，下一场我来你这儿买两包压缩型的！"说完，生怕他现在就塞两包在我怀里，急忙又离开了。

乡下的集市开得快，散得也快，不到中午的时候，一些摊位便开始收了，首先是那些卖农副产品的摊位，接着是一些卖生产资料和日杂用品的摊位。但那些卖日用百货和副食的摊位，一直挨到下午三四点钟，看看马路两边再没有一个人了，才将货物收起来，装进带来的大编织袋里，或挑或扛或驮，离开了"马路集市"。此时，"马路集市"除了遍地的纸屑、塑料袋、果皮等垃圾，又恢复了它的宁静。偶有一辆汽车飞驰而过，将纸屑、塑料袋扬在空中，如蝴蝶一般飞舞。这天，我一直守到最后一位货主离开"马路集市"，才往家里赶去。

第八段录音

俗话说"瞎子吃汤圆——心里有数"，我对做小生意完全有底了！尽管我还没有去尝试，但我看到了希望。只要我肯干，二两米熬一锅稀饭——不愁（稠），我再不会为一亩三分地去低三下四求贺世忠和贺世海了。我巴不得当晚就赶到朝天门市场去把货进回来，可时间来不及了，即使我赶到县城，也没公共汽车去火车站。第二天上午，我向贺世龙讨了两只装化肥的编织袋。他问我要编织袋做什么？我说："装点烂东西。"他没再问，给我找了两条装尿素的大编织袋。吃过午饭，我将袋子缠在一根扁担上，口袋里揣着两根尼龙绳子，像后来城里的"棒棒儿"一样，扛着扁担出了门。到了城里，我直奔火车站而去。

晚上到重庆的火车很多，我买了最近一趟车的票，九点多钟的。谁知我因为心急，没把时间计算好，到了重庆菜园坝，才早上两点多钟。我没地方可去，只好在火车站的售票室蹲了四个多小时。天亮以后，我起来在站前广场跑了几圈，到旁边的小餐馆买了三个馒头和两碗稀饭吃到肚子里，这才往朝天门批发市场而去。等我兴冲冲地赶到那儿一看，市场冷冷清清，家家铺子都是铁将军把门。我好不容易才碰到一个出来买油条的大爷，问他市场怎么还没开门？他说："哪有这样早开门的？早着呢？"我又问他市场什么时候开门？他说："九点，你等着吧！"我看他手上戴着表，便又问他现在多少时间了？他朝手腕上瞥了一下，回答我说："才七点，你慢慢等吧！"说完便走了。那时我就想，等我赚到了钱，我就买只表，这样我就能踩着时间来了。

我只好在市场外面的大街上慢慢转悠起来，清晨的城市虽然已经有行人和车辆行走，但还显得有些清幽和静谧，像是没完全清醒一样。我在清晨的空气中信步走着，不知不觉，竟来到通向王茵家的那条小街。我觉得十分奇怪：怎么就信马由缰地走到这儿来了？既然已经走到王茵家门口了，要不干脆去看看她，给她打声招呼？可我马上否决了这个想法，还是不去打扰她为好。于是我又转过身，大步往回走了，仿佛害怕王茵出来碰见我似的。

到了批发市场，一些商铺已开始营业了，我并没有急着去进货。因为我是新手，没有进货经验，也不知该怎样和老板砍价。我打算像在"马路市场"一样，多看看、听听，学习学习别人进货的经验。于是我跟在几个进货人后面，看着他们在一堆堆货物间选货和与老板讲价，等他们走了以后，我才过去。老板是一个身材不高、体态丰腴的中年妇女，她见我一双眼睛在琳琅满目的货堆上滴溜溜转着，一副犹豫不决的样子，这才过来对我说："老弟是第一次来进货吧？"一听这话，我忙说："你怎么知道？"她说："一是看你眼生，二是看你拿不定主意的样子，就晓得你是才开始做生意！"接着又急忙问我："你进回去是开店用，还是摆摊用？"听她这样问，我便看着她反问："开店怎么了？摆摊又怎么了……"不等我说完，她便说："开店和摆摊这学问就大了！开店的一般是坐商，摆摊的一般是行商，坐商和行商选择的商品会不一样。比如同是卖服装，开店的坐商一般以中青年成人服装为主，价格和档次都偏高，而摆摊的行商一般会以卖布匹和婴幼儿内衣以及档次较低、价格相对便宜的老人服装为主；开店的坐商卖皮鞋、运动鞋，摆摊的行商主要卖一些塑料凉鞋、拖鞋、胶鞋和布鞋；开店的坐商卖打米机、磨面机、脱粒机、小型的收割机等大件东西，摆摊的行商一般只卖锄头、钉耙、月刮、砍刀、镰刀等手工农具。开店的坐商开饭馆、酒楼、茶楼，摆摊的行商只卖小吃、糕点。一句话，哪样商品价格便宜，行商就卖哪种，这就是他们的不同……"我恍然大悟，忙说："我是摆摊用！"她便说："那你尽乡下人用得着的、价格便宜的选吧！"经过前天大半天的"火力"侦察，我心里对哪些商品乡下人喜欢，哪些不太喜欢，心里已经有了数，现在听了老板一席话，更是天师过河不用船——自有法度（渡）了！

我很快便选好了需要的货物，可是去和老板结账时，才发现两只编织袋装不下。老板叫我退回一些，可我看了看这样，又看了看那样，哪样都舍不得退，最后我向老板要了两条大塑料袋，把那些没装下的商品装在里面，在担子两边各挂了一只，然后担着走了。到了火车站，我没按前天"马路集市"那个大姐告诉我的等着第二天坐慢车，而是去买了张下午五点多钟路过县城的快车票，出来到外面的小食店吃了午饭，这时已是下午三点多钟，我又到食店旁边的烟摊上买了两盒香烟，揣进怀里，这才担着两口袋货物不慌不忙地进了候车室。

到了候车室，我也没歇下担子，而是担着它在两边候车的人群中逡巡起来。我发现很多人面前也是大包小包，但保险起见，我在一个年龄比我稍大、肩上只挎了一只包的汉子身边放下口袋，然后对他问："老哥，回达县吧？"他"嗯"了一声，看样子有些不想理我，我急忙从口袋里掏出一盒烟往他手里塞，说："老哥你抽烟！"他像是被什么咬了一口，急忙吃惊地盯着我问："干什么？"我说："想请老哥等会儿帮我一下忙……"他问："我不认识你……"我说："等会检票时，老哥帮我提一下口袋……"他没等我说完，又急忙说："我们又不在一个车厢！"我说："你不用帮我上车，只提过检票口就行了！"他迟疑了一下，便把我手里的香烟接了过去，然后又挪了挪身子，挤出半边座位让我在他旁边坐下了。检票时，那汉子果然帮我提起一只口袋，我一手提着另一只口袋，一手拿着扁担和两只塑料袋，紧跟在汉子后面，顺利地通过了检票口。过了检票口，汉子把口袋还给了我，我又重新挑在肩上。上车时，我以为列车员会拦住我，手都伸进口袋里拿住了香烟，可是列车员只看了看我的车票，便挥手让我上车了。我找到自己座位，把口袋扎紧，放到了行车架上，这才松了一口气。

回到县城，我不想去麻烦江国宪，又不想等到第二天再坐公共汽车回去。恰好这天晚上有月亮，我便挑着两袋货物从小路回贺家湾了。冷清清的月光照在弯弯曲曲的山路上，大地起起伏伏，沿途的村庄、田野、树木、山峦，披着银色的薄纱，都被月光笼罩在幽静的睡眠里，显得是那么安静、广阔和神秘。想着劳累一天的人们都沉进了甜甜的睡梦里，而我却像一个梦游人似的挑着几十斤重的担子，孤独地行走在深夜的空寂和冷清之中，不由得产生了几分凄凉的感觉。可是一想到生存，想到赚钱，这种凄凉的感觉又马上让位于希望和光明。我走走歇歇，回到家估计已是深夜两点钟左右。尽管肚子早已饿得咕咕叫，不断向我发出抗议，但我顾不上去弄点东西安慰一下它，一头倒在床上沉沉地睡了过去。

第二天便是我们乡的集日，我之所以连夜赶回来，想的就是在这天到我们乡场上"开张发市"。没想到一觉醒来，早已过了晌午。我心里懊悔不已，却又没有办法，只得等待第二天去赶中坝场了。这天早上雄鸡刚刚打鸣，我就起床了。

草草地弄了一点饮食吃进肚子里，我看看天色还早，又和衣躺在床上。我怕自己又睡过去了，便把扁担枕在自己脑下。这样又过了半个时辰左右，听见鸡开始打第三遍鸣，我才挑起货物出了门。可是我仍然起早了，到了中坝场，天还没有大亮，不过已经有一些卖菜的农民，在街上抢占有利的位置了。

中坝场也是"马路市场"，可这马路市场与吴家场的马路市场又有很大不同。吴家场的马路市场是真正的在马路两边摆摊，可中坝场的公路两边都是居民的房屋，因此，它的公路即街道，街道也即公路。我才出来摆摊没有经验，看见几个卖菜的农民把菜摆在了人家店铺的前面，我瞅准一块干净、空旷的位置，把担子歇下来，然后铺开塑料布，取出编织袋里的货物，一一摆在了上面。可刚刚摆好，忽然从里面屋子里冲出一个汉子，手里握着一把钩火的铁钩，像是和我前世有仇、今世有冤似的叫道："摆摊的，你摆到哪儿来了？"我说："怎么了？"汉子并不回答我，只挥舞着手里的火钩叫道："快点搬走，不然我不客气了！"我尽量耐着性子问："到底怎么回事，你要赶我走？"过了半天，他才怒气冲冲地说："你摆在这里，别人还做不做生意了？"我明白过来了，原来我影响人家坐商的生意了。可我指了指几个卖菜的农民，仍然心有不甘地说："可他们……"汉子没等我说完，继续凶神恶煞般说道："我不管别人怎样，反正我门前不准人摆摊设点！"听了这话，我知道惹不起这些坐商，只好又把东西收起来装进编织袋里，挑着离开了。可我不知道该到哪儿去，一直等到天大亮了，看见一些小贩纷纷在前面乡政府旁边的一块空坝子里安营扎寨，我才将担子挑过去，在那儿找了一块地方，铺开塑料布，摆上货物，终于算是有了一块立足之地。

毕竟是第一次做生意缺少经验，加上又不好意思像别的小贩那样扯开喉咙叫喊，因此这天的"战果"并不好，我只卖出去了几包洗衣粉，几块肥皂，两双胶鞋，一双拖鞋，三只打火机，两条毛巾，一瓶洗发水，加上其他一点小零碎，晚上一算账，大约赚了十一二块钱。虽然钱不多，却是我第一次赚钱，我仍然很高兴。第二天正好又是吴家场集日，因为几天前我亲临吴家场的马路集市"火力"侦察过，加上吴家场又是全区的中心集镇，赶场的人特别多，因此我对到吴家场摆摊充满了信心。晚上回来一清算，这天竟赚了二十六元六毛，是昨天中坝场的两倍多。这一下我的信心更足了。

可是做生意的那份苦我是永远也忘不了的。不单是进货要起早睡晚，像奔命一样在火车站和批发市场之间来回奔跑，把货卖出去更比进货辛苦百倍。由于交通不便，在开始做生意的时候，我都是靠肩挑背驮的方式搬运货物。早上出门时一担货，晚上回门时同样是一担货，天天如此，一四七在我们乡上场镇，二五八在中坝场镇，三六九在吴家场，只有逢十的日子周围没有场镇逢集，这一天对我来说便是难得的节日，可以赖在床上将前面几天缺了的觉补一补。但如果遇到进货的日子，连这点享受也就被剥夺了。起初进一次货，我大约要十天到半个月才能卖完。都卖完后，能够赚到三四百元。随着经验的增加，我的生意越来越好，进货的时间就大大缩短，到最后，我几乎一个星期就需要跑一趟批发市场。这时，我明显感到自己那种靠肩挑背驮、货随人走的进货方式不行了，幸好离批发市场不远，就有汽车货运公司。从第三个月开始，我不再挑着货物去挤火车，而是交到货运公司，让他们给我把货发到县城。这个方法很简单，我省了力，只需到县城领货。可我没想到，货运公司的货常常要几天才到，而且没有一个准确的时间。我这才知道为什么这么多进货的，都选择货随人走这种既累又辛苦的方式。我知道货运公司不能及时把货送到的症结所在，第二次托运货物时，我特地买了几盒烟，给装车的工人师傅们一人塞了一盒，并对他们说了一通我这货家里如何等着要的话。他们二话没说，当着我的面便把货装上了汽车。我一看货都装上了车，放心了，赶到火车站，买了当晚的火车票赶回来。第二天天一亮我赶到提货的地方，果然我的货也到了货场，我提了货赶上到乡上的早班汽车，把货挑到家里才到乡下吃早饭的时候。后来我就用这种小恩小惠"贿赂"货运公司装车的工人师傅，只要我的货一挑到他们那儿，他们就给装在车上，第二天早上便送到了，从没有延误过，这样就节省了我许多时间和挑着货物挤火车的痛苦。只是货到了乡上从公共汽车上卸下来后，要靠我肩挑背驮地运回家里。

解决了进货的问题后，我又从赚来的钱里拿出几百元钱，去县城买了一辆人力三轮货车。从此，我不但卖货和运货摆脱了肩挑背驮的历史，也摆脱了在地上摆摊设点的历史。我用几块木板往车厢上一放，木板下的车厢里放存货，木板上面摆满各式各样的商品，我找人在车厢两边各焊了一个架子，架子上也挂满了花花绿绿的商品。我推着车子，哪儿生意好便往哪儿钻，既省力，销量也比摆地摊时增加了不少，我这才深深感到古人说的"工欲善其事，必先利其器"，是多么正确的真理！

不过，做生意的苦，还是一言难尽，没有做过生意的人，是很难想象这份辛苦的。尽管摆脱了肩挑背驮的日子，但十天有九天的时间，我都得天不亮就出门，不到天黑不归家，没睡一个囫囵觉。做生意的人，谁都盼生意好，可生意一好，麻烦也就来了，那就是忙得连吃饭的时间都没有，有时去油条摊上买根油条胡乱吃进肚子里，有时连吃油条都顾不上，只好饿一天肚子。生意不好呢，倒是有时间吃饭，可因为发愁又没心思吃或根本吃不下。你说这日子左不是右不是是什么滋味？

为了吸引顾客，把商品卖出去，一到街上，便要扯起嗓子叫卖。你不叫，别人都叫，你不吃亏了吗？半天下来，见了亲戚朋友说话声音都是哑的。不是一天两天这样，而是天天都要这样呀！因此，我们随时说话都是一副破锣嗓子，有时吐出一口痰来，痰里还带着血丝，因此口袋里常常揣着一把西瓜霜润喉片，你说那又能解决什么问题？晴天蹲在地上，头上太阳烤，脚下热气蒸，一遇天气打阴，看着要下雨，便忙不迭地收摊子。还没收到一半，瓢泼大雨淋了下来，自己淋成落汤鸡不要紧，淋湿了货物才是剜心割肺一般疼呢……

但我们也有高兴的时候，那就是每天晚上回到家里，一清点账目，发现荷包里又多了几十块钱，这时，所有的疲劳、怨气、饥饿……统统都没有了，有的只是欢愉和自豪。不哄老任说，我才做生意三四个月，手里就已经有了三千多块现金，除了买那辆三轮货车外，我还为自己买了一块"山城"牌手表，一套笔挺的深灰色西装和一双锃亮的皮鞋。不过我穿的时候不多，平时我只穿江国宪给我的立领T恤衫、西裤和三接头皮鞋，以及王茵送我的蓝灰色工作服。穿上王茵送我的蓝灰色帆布工装，心里还是禁不住会升起一种既温暖又有些酸溜溜的别样感情。但总的来说，我的生活开始充满了阳光！

第九段录音

这天，我正推着三轮车在吴家场的马路市场上一边转悠，一边大声叫卖，突然碰到了我们贺家湾的贺东川。老侄你是知道的，合作化时期国家成立供销合作社，贺家湾有五个读过私塾的年轻人被选到乡供销社工作，他们是郑家塝的郑立德、刘海，老湾的贺东川、贺国玉，新湾的贺国春。贺国玉后来嫁给了县上一位领导，再后来随领导一起调到市上，做了市商业局副局长，是我们贺家湾出的最大一个官。那时供销社到乡下收货卖货，全靠供销社职工一根扁担挑来挑去，贺国春吃不下那份苦，自动离开供销社又回家"修地球"了。郑家塝的刘海老实，干到 1962 年，遇到国家对吃商品粮的人进行"调整"，他便被"调整"回家也当起了农民。几个人当中，只剩下郑立德和贺东川还在供销社干。贺东川混得最好，这时已做了区供销社主任，不过也要不了两年，他就退休了。他看见我，有些吃惊地问："你做起生意来了？"我说："有什么法，老哥子！我回来的时候村里的土地分光了，我总得吃饭呀！"他又问："生意怎么样？"我说："马马虎虎，挣得到两碗稀饭钱！"他没吭声，目光落到我车上的货物上，拿起一包洗衣粉问我："怎么卖？"我说了价格，他又拿起一瓶洗发液问，我又对他说了价格。我以为他只是随便问问，可接下来他把我车上商品的价格全问了一遍，然后又问我进价，像是个"盘摊匠"一样。我知道他不会买，想随便说几个数字糊弄糊弄他，但一想他是干这一行的，还不知道商品的价格？加上又是一个湾喊兄叫弟的人，我怎么能骗他？便老老实实地回答了他。他听完，突然对我说："等会儿收了摊，你到我那儿来一下……"我忙问："东川哥有什么事？"他朝周围看了一眼，没说出来，只说："我反正有事跟你说嘛！"我说："我推起车子不方便，东川哥有什么事现在就说吧!"他似乎有些不高兴了,沉了脸对我说:"看你吧,想赚钱就来!"说完也不等我回答,转过身子便走了。

听了他这半截子的话,我想了半天也没想明白,但我又不能不去。散了场,我把货物都收到三轮车的货厢里,盖上木板,果然推着车去了。到了区供销社门口,他一眼看见了我,对我说:"你就把车停到门口,跟我来一趟!"见我疑疑虑虑的样子,又对我说,"你放心,没人会要你的东西!"听了这话,我才停下车子,跟着他去了。他把我带到供销社的商场里,突然问我:"你看看我们商场里的商品,朝天门批发市场有没有?"我沿着货架认真看了一遍,对他说:"那些布匹什么的,我没去看,但这些日用百货,我敢说大多数批发市场都有!"他高兴了,又说:"你要看清楚,我指的是商品名称、产地、包装等,都和我们架上一模一样的!"我说:"错不了!我卖的洗衣粉、香皂、肥皂、洗发水、沐浴液,还有胶鞋、拖鞋什么的,不就是和你们的牌子是一样的?你要不信,我去抱来给你看看!"说着我转身要走,他把我喊住了,说:"不用去了,上午我就看清楚了!"说着,他突然从口袋里掏出一张纸来,对我说,"你到批发市场,按照我上面的商品名称和数量,给我们供销社进一批货回来,每样商品我在你进价的基础上再加价百分之十五给你付款,怎么样?"

我一下愣了,迅速将纸条浏览了一遍,发现上面林林总总的商品有二十多样,其中光洗衣粉、沐浴液、洗发水等日化商品就有十多种,每种数量少则一两百,多则三四百。虽说每样商品只给我加价百分之十五,只有几毛钱到块把钱的利润,但数量大,我跑一趟下来,至少也有几百块,甚至一千多块钱的赚头,比我成天推着小车沿街叫卖不知强了多少倍。我想不到这样的好事会落在我的头上,于是我怀疑地对贺东川说:"东川哥,我们弟兄面前不说假话,我当然愿意做!可是我不明白,肥水不流外人田,这样的好事你们自己为什么不去做?"他说:"我们要是能做,还会找你?不哄你说,上级规定我们只能从县供销社进货,如果我们私自从其他渠道进货,不但我的乌纱帽保不住,供销社还会被罚款,你愿不愿意睁起眼睛去跳岩?"我说:"既然如此,你们为什么不就在县供销社进货……"贺东川冷笑了两声,说:"你又说傻话了!县供销社的货已经经过了二到三级批发环节,批发价比你们零售价还高,你说我们赚什么钱?"他叹了一口气,又接着说,"我这个主任难呀!大大小小一两百号人,还要向上面缴利润,

144

供销社本来已半死不活了，你说我不想点其他办法，还怎么维持下去？"我明白了，急忙说："可你从我这儿进货，要是你们上级知道了又怎么办？"他说："所以我要你进和我们商场里一模一样的商品，他们来检查不容易发现，再说，一笔难写两个贺字，你总不会出卖老哥子吧？"我忙说："东川哥你放心，我们谁对谁？就是打死我也不会说！"他一听忙说："那我们就这样说定了！你按我的单子，尽快去把第一批货进回来，货到我就付款，绝不拉稀摆带！"我说："行，明天我就去重庆，最多后天就会把货送来！"贺东川笑了，说："生意再不景气，我下面还有十多个营业网点和几个乡供销社，只要我们合作愉快，我再把几个乡供销社介绍给你，你就有得生意做了！"我忙对贺东川鞠了一躬，说："吃水不忘挖井人，真要这样，我一定好好感谢东川哥！"说完我便出来蹬起三轮回家了。一路上，我将三轮蹬得飞快，浑身上下像充满了无穷的力量。

第二天一大早，我便赶到重庆。我花了半天时间，才把贺东川单子上货物选好，整整六大包，我一个人没法拿，又找了两个"棒棒儿"，才把货送到托运公司。三个装车的工人师傅和我已经熟了，这次，我又给他们每人买了两盒烟，所以工人师傅比过去对我还要热情。我原想仍然等他们把货给我装上车后才离开，他们却对我说："你放心大胆地去火车站买票回去，保证明天早上把货给你送到县城，送不到，下次你骂我们就是！"我知道工人师傅不会哄我，便对他们说了声"谢谢"，转身朝火车站去了。

第二天一大早，我到县城领货的地方等着，直到九点多钟，一辆满载货物的加长大卡车才摇摇晃晃开过来。我等这边的工人师傅把货卸完，才去领了自己的货物。六大包货物摞在一起，像是小山一样，我没法把它们弄到公共汽车站，即使弄到公共汽车站，我一个人也没法把它们弄到车上。幸好托运公司有专跑区乡的小型送货车，跑一趟吴家场才要四十元，我觉得十分便宜，于是向托运公司要了一辆送货车。那司机服务很周到，过来帮我把货装在车上，然后让我坐在副驾驶的座位上，我们便出发了。到了吴家场供销社仓库大门口，司机又帮我将货物卸下来。我到门口的烟摊上买了一盒烟，随同车费一起给了司机。司机似乎没有想到我会给他买烟，急忙伸出大拇指对我说："兄弟，好人，谢你的烟了！"说完从衣兜里掏出一张名片给我，说："兄弟，以后有用得着的地方就打电话！"我朝名片看了一眼，见他姓余，便说："谢谢你，余师傅，以后我需要拉货一定找你!"后来我往几家供销社送货，果然都是找的他，渐渐地我们竟成了好朋友，不过这是后话。

我等司机走后，用供销社的手推车将货推到仓库里。贺东川早派了仓库保管员来验货。那仓库保管员验得十分仔细，对着贺东川给我的单子，一个牌子一个牌子地对照检查，生怕出什么错误。验了半天才将几大袋货验完，然后在收货单上签了字，拿去交给了贺东川。贺东川果然说话算话，当即就带着我到财务那儿将钱领了出来。拿着厚厚一沓崭新的票子，我心里说不出的高兴。这才短短两天时间，我就赚了好几百块钱，天下还有比这更容易赚的钱吗？当然，我知道这钱是怎么赚来的，我已经暗示过贺东川，说我会好好感谢他。现在钱已经赚到了手，该怎样感谢他才好呢？钱少了他看不上，可多了我又有些舍不得。但我马上想起了他说过要介绍几个乡供销社的生意让我做的话，俗话说舍不得孩子套不住狼，这年头没舍哪有得？做生意不光要看到眼前，还要看到以后，不然怎么赚得到大钱？想到这里，我便对贺东川说："东川哥，我想到你住的地方看一看，行不行？"他说："你嫂子侄儿都在老家，没人料理，我那宿舍乱糟糟的，有什么看的？"我说："再乱也要比我们乡下好！我把地方认到，二天赶场也好来向东川哥讨口水喝嘛！"他大概猜出了我意思，便说："你不嫌乱我就带你看看嘛！"说着把我带到了他的宿舍里。我一看，他桌上还摆着一台14英寸的黑白电视机，心里便有了主意。说了几句闲话，我便对他说："东川哥，我现在有事，晚上再来拜访你！"他问："你还有什么事？"我说："没什么大事，但我想好好和东川哥摆点龙门阵！"他听了我这话，也没推辞，我便告辞了。

我直接从吴家场赶公共汽车到了县城，下车后直奔江国宪的"凯瑞电器商城"。江国宪的商场只有伍莉和徐芬，伍莉一见我，便笑吟吟地迎过来说："贺哥来了！你给老板说说，叫他又请我们跳舞，我今晚上保证把你教会！"我哪有心思对她说这些，直接问："你们老板呢？"伍莉见我没搭理她，有些不高兴了，嘟着嘴，半天才朝里面的屋子努了一下。我过去叫了一声："江国宪！"也没等他答应，便直接推门进去。屋子大约五六平方米，布置得很整齐，像是经理室什么的。江国宪正伏在桌上写什么东西，一见我，急忙站起来对我说："这么久都没见你进城来过，在干什么？"我本想说自己进了很多次城，又怕江国宪责怪我为什么不到他那儿去，便说："你说我能做什么？找点喝稀饭的钱呗！"接着又问，

"你这儿有没有21英寸的彩电？"他一听这话，便说："昨天刚进了几台，怎么发财了，要看大彩电了？"我说："我哪里有那个福分？我要派大用场！"说完我便把回家如何没分到土地、如何做点小生意和如何碰到贺东川的事对他说了一遍。他听后便说："这是应该的，应该的！既然你是派这样的用场，老同学百分之百支持，我只按进价卖一台给你……"我说："你该赚还得赚，我怎么好意思让老同学吃亏？"他说："赚钱也不在乎赚你那点！我们就这么说定了，你什么时候要？"我说："我要在晚上才好给人家送去！"他看了看时间，说："现在还早，要不你出去逛逛，等傍晚时你再来拿吧！"跑了大半天，我还没有吃午饭，便对江国宪说了一声："好！"然后出去了。

我在街上找了个饭馆，随便吃了点东西，看看时间还早，又到街上溜达了一圈，直到日头渐渐西落，我才回到江国宪的"凯瑞电器商城"。江国宪已经给我把货准备好，他要打开包装让我看一看货，我拦住了，付了钱，便扛着一个巨大的纸箱往车站走去。时令已经进入冬天，我乘最后一班公共汽车到达吴家场的时候，天已完全黑了。贺东川住在供销社宿舍的底楼，里面有个院子，种了一些花草，我估计正是因为这个原因，贺东川才住底楼的。我把箱子扛到宿舍楼的巷道里，害怕院子里有人，放下来先到里面看了看。大约因为天气冷的缘故，家家户户的窗户都关着，贺东川的屋子里亮着灯，院子里杳无人迹，我放了心，过去扛起箱子去敲开了贺东川的门。

那年代给人送礼，彩电是最时髦的玩意。贺东川一见我扛着那么大一个东西进屋，心里早已猜着八九分，急忙对我说："你这是干什么？"口气十分严厉。我急忙说："我有一个朋友在做家电生意，他是我高中时最要好的同学，他说我一个人过日子冷清，就把这台彩电送给我。可我一天早出晚归，哪有时间看？我看东川哥这么个大主任还在看这么小一台黑白电视，我便给你拿来了！"我的话说得十分恳切，好像真是江国宪送我的一般。可他仍然严肃地说："那也不行，你拿回去！"我马上皱起眉头，做出一副痛苦万分的表情说："我这么大老远扛来，又叫我黑天摸地地扛回去，东川哥你这不是害兄弟吗？"他听了这话，半天才说："那这样吧，我暂时收下，等年底发了奖金，该多少钱，我给你。"之后他又沉思了一会儿，忽然说，"这两天你就不要摆摊了，你去找一找那几个乡的供销社主任，就说是我让你去找他们的……"他话还没说完，我就知道他说的是生意的事，于是急忙对他说："可他们要是不相信怎么办？"他说："我自然会给他们打招呼的！以后和我们多合作，比你摆摊强多了！"我说："那是，那是，这都全靠东川哥了！"他又开导我说："做生意也讲究专，瞄准一样做一样。现在农村人也讲究起美来了。那些洗涤、美容、化妆等日化产品，在农村不但有了市场，而且还很好卖。这些东西利润高，卖一件比你卖几大包针头线脑都强，以后你就多给我们进些日化商品……"我说："可不是这样，东川哥，我一定记住你的话！"说完我起身告辞，他也没挽留，我摸黑走了五公里多路回到了家里。

　　第二天我就没去摆摊，而去找了我们乡的供销社主任，那主任一见我十分热情，我一看便知道贺东川给他打过电话了。接着我去找其他几个乡的供销社主任，情况也完全一样，真可以说是一路畅通无阻。通过和几个乡供销社主任攀谈，我才知道尽管贺东川在我进货的基础上加了百分之十五的价，可比起他们从县供销社进货，还便宜了约百分之三十左右，大头还是被他们赚去了。这些供销社主任现在有了我这样一个可靠的供货人，谁不愿意和我合作？有了这几家供销社，我几乎成了一个职业的二级批发商，只有很少不去朝天门市场进货的日子，我才推着小车沿街叫卖。尽管我给几家供销社供货只有百分之十五的利润，但他们需要的量大，虽然偶尔我也要给那些供销社主任进一点"贡"，但羊毛出在羊身上，我也不会损失什么。因此我的荷包一天比一天鼓，现在已不是觉得生活充满了阳光，而是感觉幸福已经在向我频频招手，只差那么一点，我便会过上天堂般的日子了。

第十段录音

一次我在朝天门市场一家叫"雅倩"的日化品批发部进了好大几袋货，正准备到外面找"棒棒儿"来帮我把货挑到下面的汽运站托运，忽然一个留着小分头、戴着一副近视眼镜的西装革履的汉子，胳膊窝里夹着一只鼓鼓的黑色皮包从店门前路过。老板一见，便叫住他问："牟经理，这儿有一个进日化商品的老板，你带来的那些新产品样品送完没有？"汉子忙问："老板在哪儿？"老板说："那不是，人家可是大老板，一次就进了七八口袋货呢！"我抬头一看，只见那汉子三十六七岁，中等身材，有些瘦削，脸庞微长，不知是操劳过度还是因为其他什么，抬头看我的时候，额头上出现了几条很深的抬头纹，一下子显得有些苍老，但两只眼睛还算有神，即使多了一层镜片，仍能看见一对眸子闪闪发光。他朝我咧嘴一笑，像是有点腼腆的样子，马上走进来对我说："对不起，带出来的样品都送完了，愿意要就只有跟我一起到招待所去取。"说着递过来一张名片。我接过匆匆瞥了一眼，只见上面写着：牟安，白美姿日化公司重庆片区业务经理，下面是电话号码。我知道所谓的"业务经理"实际上就是一个小推销员。可我嘴里却应酬着："好的好的！"他听了我的话，又说："我们公司是一家中外合资的日化生产公司，最近公司推出了一系列新产品，为了打开重庆市场，这次我特意带来几款样品免费发放，供大家试用，然后替我们宣传……"我也有贪小便宜的毛病，听说免费发放，便动了心，因此没等他说完，我就问："你住的招待所离这儿有多远？"他急忙说："不远不远，十分钟就到了！"我看看时间还早，便说："那好吧，我跟你去取！"当时我想的是把这些新产品拿回去给贺东川他们看看，即使他们现在不买，但谁保证以后不会买呢？况且又不要钱。

那叫牟安的汉子一听我的话，高兴了，便说："那好，你跟我走！"于是我把货物寄存在货主这儿，提着扁担就跟他去了。为什么我要把扁担提到手里？一是因为习惯了，二是怕把扁担留在老板这儿，被别的进货人顺手给拿走了，我等会儿用什么把货挑到托运站去？走出不远，我们进入了一条小巷。重庆是山城，不但小巷子特别多，而且起起伏伏，有些不好走。一走进小巷，我更加坚定了他只是一个寒酸的小推销员的判断，要真是一个有点实权的业务经理，怎么会住在这些偏僻小巷的招待所里呢？小巷里十分安静，像是没人住一样，两边房屋挡住了从天上斜射下来的阳光，又使小巷显得有几分神秘和恐怖。走着走着，我忽然听见汉子"呀"的一声大叫，急忙回头一看，只见一个十八九岁留大披头的小青年，抢了牟安胳膊窝下的皮包，往旁边另一个岔巷飞一般跑去了。那牟安一张脸煞白，双腿直打哆嗦，一副失魂落魄的样子。我马上大喝一声："站住！"一边叫，一边也撒腿向那小青年追了过去。那小青年跑得很快，加上地形很熟，从一条岔巷迅速又拐进另一条岔巷。可我也不是吃素的，我这一双腿在做小生意的肩挑背驮和在乡下长期行走的经历中，早练出了飞毛腿般的功夫。我一边追，一边喊，紧紧咬住那劫贼不放，一连追过了好几条巷子，离劫贼越来越近。那劫贼见我紧紧咬住他不放，突然转过身子，从腰里掏出一把刀子，虎视眈眈地对我比画着。我一见，立即将手里的扁担举了起来，并做出要向他砍去的样子。劫贼知道遇到了克星，便把抢到的包狠狠地往地下一摔，嘴里说了一声："妈的！"闪身逃进了另一条巷子。我见劫贼把包扔下了，也不追了，过去拾起包从原路返了回去。

走了两条小巷，这才遇到趔趔趄趄、像没头苍蝇一样赶来的牟安。我没等他说话，便举起包对他说："包我已经给你拿回来了！"他突然一下朝我跪了下去，嘴里直说："救命恩人，救命恩人……"我蒙了，说："你这是怎么了？怎么了？"将他拉了起来。他朝前后左右看了看，见没人，突然拉开包的拉链，递到我眼前，我惊呆了：原来是一包钱！没等我说什么，他又迅速将拉链拉上，一手紧紧地攥着包，一手挽住我的胳膊朝回走。一路上，他身上的重量都吊在我的胳膊上，看来他还没从惊恐中回过神来。到了他住的招待所，他才好些。他从包里抽出一沓捆扎好的钱，塞到我手里说："这是一万块钱，感谢你今天给我把包追回来了……"没等他说下去，我又把钱给他塞了回去，说："这是你的钱，你给我干什么?"他说:"你不知道,这是我在重庆收的货款,好几万元,我正准备到银行汇给公司,没想到遇到了这事!要不是你给我追回来,我除了去跳长江外,还有什么办法?当时我还想,即使你从那个强盗手里把包抢回来了,可你一看包里那么多钱,随便拐进哪条巷子跑了,我又不认识你,到哪儿找你去?"

我一听这话,便说:"大哥,你把人想得太坏了!即使我知道你包里是钱,我也不会半路跑了,那样,我不也成了强盗?钱当然是好东西,但这钱你还要向公司交账,我肯定不会要!"牟安见我坚持不受他的酬谢,便把墙角一只大箱子拖过来对我说:"这箱子里就是我们公司免费发放的新产品,说是免费发放,实际上上面都标得有建议价。你既然不肯接受我的钱,就把这些商品拿回去,多少变卖一些钱,也算表达我的一片感激之情吧!"我说:"那也不行,既然你是拿来宣传的,上面也肯定给你定得有任务,你全部给我了,你完不成宣传任务怎么办?再说,既然是免费发放,我再去卖,赚的钱就不干净了!"牟安说:"我的宣传任务你不用管,既然出来了,做主的就是我自己。你实在不愿意卖,拿回去也免费发给亲朋好友,等于为我们公司做点广告吧!"我打开箱子一看,果然是些用得着的洗衣液、去渍增白洗衣粉及中草药洗发乳等东西,便答应了。牟安说:"我送你!"我说:"用不着!"他说:"你今天救了我,我一定得送你!"说着提起箱子就走。我见他这样,只好答应了。我和他一起到"雅倩"批发市场取了寄存的货物,叫来几个"棒棒儿"把货送到托运部办理了托运。他把我送到火车站,坚持给我买了火车票,又拿出一个本子,记了我的姓名、住址,然后对我说:"兄弟,我给你的名片一定要保留着,今后一定还有见面的一天!"我说:"放心,我一定好好保留!"他又说:"有事一定给我打电话,我绝不会忘记你的!"他把我送到站台,看着我上了车,直到火车开动,才挥手和我依依惜别。我看得出他也是一个重情重义的汉子。

这年年底,一天晚上我回到家里,刚坐下还没把气喘匀,贺世海突然找来了,一见面便对我说:"兄弟,我来看了几次,你都是铁将军把门,硬是成了大忙人呢!"我忙站起来问:"三哥找我有什么事?"他说:"说来话长!"说着一屁股在板凳上坐下了,又挥手示意我也坐下。我坐下后他才说:"事情是这样的,过了年,县上要召开勤劳致富带头人表彰大会,每个乡必须推荐一个'万元户'到县上开会。这本来是好事,可乡上张书记一连找了好几个富裕起来的人,但他们都怕露富，说自己连千元户都够不上，死活不答应乡上报他们。还说如果乡上把他们报上去了，他们不够万元户的钱，乡上要给他们补齐。张书记一听发了愁，你想，改革开放都好几年了，这样大一个乡连一个'万元户'都找不出来，那他的工作还有什么成绩？我就向他推荐了你。张书记一听高兴了，就叫我回来……"

一听贺世海说到"万元户"，我心里冷笑了一声，因为这时我口袋里岂止一万元，两三个万元户也够了。但一听别人都不愿露富，我立即做出一副水深火热的样子打断他的话说："三哥，你也是夜蚊子吵木脑壳——找错了人！我做点小生意，只够糊口，你要说我手里有个千儿八百还差不多，离万元户，那可是戴着草帽亲嘴——差好大一截呢……"他没等我说完，就看着我说："老弟别在我面前装穷叫苦了！家中有金银，隔壁有戥秤，如果你都没赚到钱，还有什么人赚到钱了？要不你一天到晚跑得脚板不巴背干什么？"我仍然苦着脸说："我真没赚到钱，三哥，你还是找别人吧！"他严肃了面孔说："你真要认我这个三哥，就一定要帮三哥这个忙！不哄你说，我已经给张书记打了包票，你要不答应，让我怎么给他交代？再说，叫你去参加表彰会，比别人更有意义。浪子回头金不换，你懂不懂？一个蹲过监狱的人，脱胎换骨靠自己勤劳的双手脱贫致富，不正说明改革开放的政策好吗？"我心里说："要是你们当初给了我土地，我怎么会走上今天这条路？"一想到这里，觉得贺世海当初劝我那番话，还算是说对了，便说："我也不哄三哥说，钱呢，是挣了一点，可你也是知道的，树大招风，要是政策又有什么变化，三哥你这不是就把我坑了……"他急忙说："兄弟放心，中央不是说了，再也不会走回头路了，你还怀疑什么？县上召开这个会，就是为了号召更多的人勤劳致富，如果政策有变，县上还会召开这个会吗？"见我仍犹豫，又接着说，"兄弟，反正我是吊颈鬼缠熟人，把你缠上了！你要不答应，我就赖在你这儿不走。我给张书记交不了差，你明天也别想出去做生意！"一听他这话，我倒真的急了，因为这时我不但身体疲乏极了，而且肚子也饿得"咕咕"叫了起来。我一想，不就是去开个会嘛，有什么要紧？天塌下来还有高个子顶着，现在社会上有钱人多着呢，我算什么？这么一想，我便对贺世海说："三哥，看在自己弟兄的面上，我答应你。如果今后有个什么，你可要帮老弟顶着！"他的脸立即笑得像弥勒佛，马上站起来拍着胸脯说："你放心，兄弟，我们是哪个对哪个！"我又说："可我没时间写材料……"他又马上说："这个不用老弟担心，只要你答应，乡上自然会安排人写材料的！"接着怕我会反悔似的又说，"君子一言，驷马难追。我们就这么说定了，老弟！"说着向我伸过了手来。我说："说定就说定吧，有什么大不了的？"也把手向他伸了过去。他用力地握了握我的手，这才喜滋滋地去了。

第二年三月，县上果然召开了全县勤劳致富带头人表彰大会。我们几十个来自各乡的"万元户"，肩挎绶带，胸戴红花，站成两排，书记县长一一过来和大家握手，又亲手把一个个大红证书送到大家手里。县上电视台录了像，广播电台录了音，各种型号的照相机"咔嚓咔嚓"地对着我们闪个不停。县上又别出心裁，不知从哪儿弄了几十辆摩托车，让我们这些"万元户"披红挂彩地坐在一辆辆摩托车的后座上，将大红证书捧在胸前，前面警车开道，后面宣传车压阵，沿城里大街小巷游行了一遍。观者如潮，万人空巷，那真是我人生中最风光的一次，好生了得。表彰大会结束后，县电视台一连十多天在全县有线电视上滚动播出表彰大会和游街的实况，不但如此，县上还将我们几十个"万元户"的照片，印在一张像布告一样的大纸上，上面写着："全县勤劳致富带头人光荣榜"，在全县大街小巷张贴。我一下成了高山顶上吹喇叭——有名（鸣）有名（鸣）又有名（鸣）了。

令我没想到的是，这场"万元户"表彰，不久后就给我带来了一场灾难。

第十一段录音

　　四月里的一天，我正推着三轮车在吴家场的马路市场上大声叫卖，突然碰见了伍莉。伍莉新烫了头，穿着一件米色连衣裙，将胸脯衬得特别饱满，脚上是一双红皮鞋和一双白袜子，搭配得十分好。一看见我，她便有些夸张地叫了起来："哎呀，都万元户了，还这么沿街叫卖，想成百万富翁呀？"一听这话，我的脸微微有些发热，不自然地说："什么万元户？"她歪了一下头，做出了有些调皮的样子，然后才说："电视里天天播放，照片挂得到处都是，你还不承认呀？"我说："那是他们瞎说，不过挣了点小钱……"她马上将嘴唇翘了起来，像两片玫瑰花瓣似的。我发觉她翘嘴唇的样子十分好看。她说："我又不向你借钱，万元户就万元户嘛，这又不是坏事！"我想把话题岔开，便说："天阴着，还吹着风，看样子马上就要下雨了，你真是要风度不要温度，穿得这么少……"我话还没完，她马上说："都四月份了，还穿得少呀？"接着向我俯过身来，像说悄悄话似的对我低声道，"我里面还穿得有衬衫和薄毛衣呢！"一边说，一边将连衣裙往下拉了拉，似乎想让我看看她里面的衬衫和毛衣，然后又看着我说："我还把你的舞教会，什么时候有空，我接着教你……"我立即说："谢谢你的好意！"又问她，"你到这儿干什么？"她眨了眨大眼睛，说："没事瞎逛，看看有什么便宜的东西卖没有！"我说："你今天没去上班？"她问："到哪儿上班？"我说："我老同学那儿呀！"她忽然低头看着地面，过了半天才神色有些黯然地回答我说："我没在他那儿上班了……"我有些惊讶地问："我老同学待你们不是很好吗，怎么没去上班了？"她又沉默了一会儿，才声音幽幽地回答我说："我不干了……"

　　我正要刨根究底地问她为什么不干了，这时天空飘起了雨丝，尽管雨丝不

154

大，细细密密的，但还是在马路市场上引起一片恐慌。摊主们一面大呼小叫，一面忙不迭地收起地面上的货物。我也和大家一样，急忙把挂在车厢两边架子上和木板上的货物往车厢里收，伍莉也过来帮忙。我对她说："谢谢你！"她瞥了我一眼，又显出调皮的样子问："谢啥？"我没回答她。把货收好后，我对她说："我得找一个地方避一避，雨住了才能回去。"她马上说："到我家避呀……"我脱口而出："你家在哪儿？"她一听这话，立即又嘟起嘴，像是不高兴了，说："真是贵人多忘事，我就住在龙头桥，你忘了？"我想起来了，急忙拍了拍脑袋，有些不好意思地说："哦，是了，江国宪还说我们是小老乡呢！"伍莉说："可不是，我家房子很宽！我大哥二哥结婚后，各自搬出去在新街建了楼房，老房子里就我妈和我两个人住，你再多的东西也放得下！"这时雨丝变成了雨线，落到三轮车上的塑料布上，发出窸窸窣窣的声音，细密而悠长。我见雨大了，顾不得思索，便说："那好吧，我就到你家里避一会儿。"说完，我们两个便推着车子在公路上跑了起来。

龙头桥和吊街子的马路市场，正好一个在场头，一个在场尾。我们跑了一阵，就到了伍莉的住处，那是一排老式木楼，低矮陈旧，屋子里光线也不是很好。我和伍莉正把车子往堂屋里抬，忽然从里面走出一个五十多岁的老妇人，头发剪得很短，披下来正好盖住两边耳朵，一张脸虽然还算白皙，但皮肤明显已经松弛并呈现出又深又细的皱纹，个子不高，身上的肉像是堆积在一起，看不出什么形状，给人一种缺少活力和笨拙的感觉，和伍莉形成了鲜明的对比。伍莉急忙对我说："这是我妈！"又对她妈介绍说，"他叫贺世亮，是我原来老板的好朋友，我们昨年就认识了。他在我们场上做小生意，我叫他来躲躲雨！"老妇人目光在我身上扫了扫，便对我问："做小生意，赚钱吗？"伍莉抢在我前面，说："妈，他可是大名鼎鼎的'万元户'，这次县上表彰就有他，照片到处都贴得有呢！"老妇人两只眼睛立即闪出两道耀眼的光芒来，落到我脸上又扫了一阵，像是十分惊奇和美慕的样子，说："你真是万元户？"我说："我是挣了一点钱，但不是万元户……"我还没有说完，伍莉马上把话接了过去："妈，你不要相信他的话，这叫真人不露相，露相不真人！你不知道，去年他就来我们店里买了一部21英寸的大彩电，我亲自收的款。要不是万元户，能买得起那样的大彩电？"老妇人一听，仿佛遇到喜事一般，两道目光更加明亮，不断地在我和伍莉身上来回扫着。

过了一会儿，像是看出了什么，急忙对伍莉大声说："不快把你朋友叫到屋子里来，还站在外面干什么？"一听这话，我立即对她说："伯母，雨一停我马上就走，在屋檐下站站就行！"她马上热情地说："我这么宽的屋，还不够你躲雨？"说着，唯恐我和伍莉力气不够，便扭动着像大熊猫一样肥胖的身子，过来和我们一起把车子推进了屋子里。

我把车子放好，伍莉拿出一条干毛巾，让我把被雨水淋湿的头发擦干了，然后问我："你吃午饭了吗？"我说："我这就出去吃！"她马上说："你是嫌我们家穷得连一顿饭也招待不起？"说完向我抛了一个媚眼，又回头冲里面屋子喊起来，"妈，贺世亮还没吃饭，你给弄点吃的！"像是命令一般。我由此看出了她在这个家里一定是个说一不二的娇娇女。伍莉的喊声刚落，她母亲便拍打着身上的衣服乐颠颠地走了出来，说："好的，我这就去做！"然后看着我问，"你吃点什么？"我说："伯母，你别去麻烦，我到外面食店里随便吃点什么就是……"我还没说完，那老妇人便说："我们还不是刚吃过饭，热锅热灶，有啥麻烦的？"我见她们这样，不好推辞，便说："那就随便弄点什么吧，伯母！"老妇人转身去了厨房。

没一时，伍莉的妈便给我端出一碗热气腾腾的面条，里面卧着两只黄澄澄的油煎鸡蛋，笑吟吟地对我说："你说随便，我就真的随便哟！"我说："伯母，这就不错了，真的很感谢你们！"说完我又瞥了伍莉一眼，问，"伍莉你呢？"她说："我吃了午饭才来逛的马路市场，你快吃吧，别凉了！"说完两只手趴在桌上，眼睛端端地看着我。我肚子确实饿了，也顾不得客气，便端起碗"呼哧呼哧"地吃了起来。吃完，我又对她们说了一通感谢的话。我见雨渐渐沥沥地越下越大，一点不见停的意思，便对伍莉说："你们家有没有雨衣什么的，借给我披一下……"伍莉瞪大了眼睛，像是很吃惊地看着我说："这么大的雨你还要走？"我说："明天我还要去赶中坝场呢！"她说："赶中坝场就从这儿走，对直一条公路，不是比从你老家走还要方便吗？"不等我回答，又马上说，"即使要走，也要等雨小一些嘛！你听这雨，滴答滴答的，你出去一会儿身上就要淋湿！人淋湿了不要紧，货淋湿了怎么办？何况我们家没有雨衣……"一听这话，我有些作难了，说："只怕这雨一直下下去，可就麻烦了……"话还没完，伍莉又说："那有什么，我们家又不是没有屋子让你避雨！"话音刚落，她妈洗完碗从厨房里走出来，也说：

"就是，你不要客气，添人添筷子，你在这里住下，总有一天要晴!"说完，看着伍莉像是传递什么信号似的眨了眨眼睛，然后又回头对我说，"我要到她大哥二哥家看看，你和伍莉就在屋里摆龙门阵，等雨停了再走。"说完也不等伍莉和我说什么，从墙上取下一把雨伞撑在头顶，便像鸭子一样摇摇摆摆地走进了不紧不慢、飘飘洒洒的春雨中了。

老妇人一走，伍莉见我有些局促的样子，便对我说："看看我们家房子吧，可宽着呢!"接着又像炫耀似的看着我说，"我妈说了，等我结婚后，她就要去我二哥家住，这房子就是我的了!"我没吭声，随她参观起来。房子虽然很旧，但确实很宽。楼下除了厨房、客厅，还有两间卧室，一间是老妇人的，一间是伍莉的。伍莉的卧室朝南，不大，但很整洁，墙壁上贴着明星画报，床架上挂着一些小饰物，床头上躺着一个绒布娃娃，屋子里弥漫着一股香水的味道。楼上除了杂物间以外，还有三间卧室。伍莉对我说："我爸爸和大哥二哥以前就在楼上睡!"我立即问："你爸爸现在呢?"她忽然垂下了眼皮，说："死了，前年死的，癌症。"我听后没说什么，随她走下楼来，脚步踩在木楼梯上"咯吱咯吱"响，楼梯像是不堪重负，就要塌了一般。刚下来，伍莉忽然对我说："以后你进了什么货物，就拿来放到我们家里，省得搬来搬去的，多好!"一听这话，我心里一动，忙说："真的? 我正为找不着地方存放货物发愁呢!"她说："这么多屋子装空气，怎么不是真的?"我说："可要是你妈不答应呢?"她立即说："你放心，我妈听我的!"语气十分坚定。我见她说得这样肯定，便说："那好，以后如果遇到有卖不完的货就暂时放到你这儿，省得又往回搬。"又说，"你还是给我找件雨衣……"话没说完，伍莉又竖起了眉毛，看着我说："我妈都说了，让你等雨停了再走，你怕我们把你吃了?"不等我回答，突然带着一种不容违抗的口吻对我大声宣布说，"走，我们去跳舞!"我吃了一惊，忙问："到哪儿去跳?"她说："你以为只有城里才有舞厅? 我们场上好几家舞厅呢!"我说："我在吴家场做了大半年生意，除了马路市场，哪儿也没去过，还不知道场上也有舞厅了呢!"她说："我今天就带你见识见识吧!"我见雨越来越紧，时间也还早，便没有拒绝。伍莉进卧室里拿出一把折叠伞，塞到我手里说："拿着!"我接过伞，撑开，到外面雨天里等她。我以为她会另找一把伞出来，没想到她把门锁好后，突然像小兔子般窜到我的伞下，身子紧紧依偎着我，一同往新街去了。一路上，一些人也许认出了

157

我，在两边店铺里对着我们指指点点。我的脸颊不由得一阵阵发烧，可伍莉像什么事也没有似的，只顾挺起胸脯，旁若无人地往前走着。有两次她想挽着我的手臂，被我躲开了。

到了新街，伍莉将她大哥二哥的楼房指给我看了，然后我们到了一家叫"玫瑰之约"的舞厅门口。舞厅外面既没有霓虹灯广告，也没有醒目的标志，只用红漆在墙壁上写了"玫瑰之约"几个歪歪扭扭的大字。门口挂着一块红丝绒的门帘，要不是从门帘里传出的隐隐约约的舞曲声，谁也想不到这是一家歌舞厅。我在门口收了伞，又用力往地下甩了甩伞上的水珠，伍莉撩起门帘，我们走了进去。屋子不大，灯光十分晦暗，音箱里播着缠绵的歌声，我也不知道是什么歌，只见舞池里几对舞伴紧紧搂抱在一起，随着歌声在轻轻摇晃，仿佛喝醉了酒一般。老板是个三十多岁的女人，一见有人进来，急忙从吧台后面迎了过来。伍莉大约是这家舞厅的常客，老板亲热地叫了一声："来了！"过来接过我手里的伞，放到了吧台里面。我去买了票，原来这舞厅白天女士免费，我只买了一个人的票。过来，音箱里的歌曲已经完了，可那几对舞伴还紧紧贴在一起，像还沉浸在梦中一样轻轻晃着。

没一会儿，新一曲歌声响起了，伍莉来拉了我的手说："我们跳吧！"我觉得自己的心加快了跳动的节奏，脸发着烧，有些不好意思地对她说："你教我的全忘了。"伍莉说："我重新教你。"说着，将我拉进舞池，一手握着我的手，一手放到了我的肩上，我也只好轻轻揽住了她的腰。可我的身子僵硬得像是一截木桩，两只脚也不知该怎么迈动，伍莉便对我说："不要紧张，放松，像我这样，点、踏、再点、再踏，一步一步地来……"可我始终不得要领，身上冒出了毛毛汗，有几次还踩了她的脚。跳了两曲，伍莉像是累了，突然对我说："慢慢来，我们也像他们那样，只随着音乐慢慢摆动就行！"说着，她忽然紧紧贴着我，将双手吊在了我的脖子上，呼出的热气轻轻吹拂着我的鬓角。我闻到了从她身上散发出来的一种玫瑰花的清香，感受到了她身上传导过来的温热的气息，顿时，我觉得身子像是着了火一样燃烧了起来。我被烧得口干舌燥，连吞咽也有些困难，可伍莉还叫我像别人一样，把她的腰揽紧一些。听她这么说，我突然产生了一种犯罪的感觉，但我又忍不住接受和顺从了她的要求，紧紧抱住了她的腰。她一见，突然把下颔搁在我的肩头，将身子更紧地黏在了我的身上，忽然呢喃似的轻轻对我说了一句："我爱你……"我突然受惊似的停了下来，看着她有些不相信地问："你说什么？"她用小手在我肩上轻轻捶打了一上，娇羞地对我说："傻瓜，你还没明白？"我马上说："这可不行……"她没听完，立即看着我认真地问："为什么？"我说："我配不上你！"她马上偏过头，问："怎么才算配得上？"我一下迟疑了，过了一会儿才说："我比你大……"她没等我说下去，便打断了我的话："我不嫌，大几岁好！"我又说："我蹲过监狱，名声不好听……"她又打断我的话，说："你现在是万元户，县委书记和县长都给你戴过大红花，照片到处贴得都是，我就是喜欢你这样的人！"似乎是不想让我回答，突然用小手在我鼻子上轻轻捏了一下，然后两只眼睛一动不动地盯着我，问，"说，答不答应？"尽管灯光晦暗，可我此时还是能看见她两只眼睛比夜晚的星星还亮，一张粉脸不知是跳舞热了还是娇羞，此时艳如桃花。见她这样看着我，我身上的血液立即像暴风骤雨似的汹涌澎湃起来，竟鬼使神差地说了一句："我也爱你！"伍莉喉咙里"咕咚"一声，惊喜地发出了"呀"一声叫唤，在我脸上嗫了一口，然后又将双手吊在了我的脖子上。现在，我不光是能闻到她身上的气息和热量，而是明显感觉到她平坦的小腹已经紧紧地贴在了我的肚皮上，两只饱满的乳房像是浸了温水的海绵，透过衣服挤压着我的胸膛。还有她的发丝、头皮与汗液发出的味道，以及偶尔发出的燕呢似的娇柔的声音，无不像风暴一样冲击着我的感官，令我头晕目眩。我一忽儿惶恐，一忽儿羞涩，一忽儿又是一种甜蜜的晕眩，像是中了魔。伍莉感觉到了，她脸涨得通红，仿佛也有一种欲火在向她发起猛烈攻击一样。果然，她站了下来，对我说："我们回吧……"我像一个溺水的人抓到一根稻草般，也马上像是口吃似的回了一句："回、回吧……"于是我们过去取了伞，迫不及待地往家里跑去了。

回到家里，她妈妈还没有回来，她把大门掩上，拉着我便往她的卧室跑。一进屋子，她把门一关，立即反过身来，将我一把抱住了，接着将两片嘴唇紧紧地贴在我的嘴唇上，发疯似的狂吻起来。吻了一会儿，她用舌头撬开我的牙齿，将她那一片肥厚滑腻的舌头伸进我的嘴，像蛇一样游走起来。吻着吻着，我下面那个物件充血膨胀，可我不敢轻举妄动。不过我发觉伍莉也像是有些忍不住了，她的身子不但微微发抖，而且不时从喉咙里发出一种像是气喘吁吁的声音。果然，她把手从我身上放开，迅速地拉开裙子拉链，把裙子脱了下来，接着又麻利地脱掉里面的毛衣和贴身的衬衫。一看见那光洁发亮的皮肤，我惊呆了。可是她没容我多想，背过身子，让我把她乳罩的扣子解开。那是一只带网眼的黑色乳罩，我紧张得浑身哆嗦，解了半天没解开，她像是不满地说了一句："笨蛋！"然后用手一拉，将乳罩的扣子拉开了，她的身子完全呈现在了我的面前。我艰难地咽了一口口水，再也没法控制自己了，于是三两下脱掉衣服，扑过去将她压在了床上。

事后，我们并没有起床，伍莉侧过身，将一对修长光滑的大腿压在我的身上，用一只胳膊托起脑袋，撑在枕头上，两只眼睛比秋水还清澈，脉脉含情地看着我问："结婚以后，你会不会把钱交给我保管？"一听这话，我清醒了过来，说："你真要嫁给我呀？"她用另一只手在我鼻子上刮了一下，既像撒娇，又像威胁似的对我说："你把我身子都要了，敢不娶我？"一边说，一边又用那只刮我鼻子的手牵起我的一只手，拉到她的胸口，说，"你敢忘恩负义，我可不会饶你！"一听这话，我又眩晕和糊涂了起来，便说："真结了婚，都两口子了，还分什么你我？"她听了这话，似乎还有些不满意，又盯着我问："究竟给不给我保管？"见她认真的样子，我便说："交给你保管！我们贺家湾有句俗话，叫作男人是哈耙，女人是笆篓，男人的哈耙扒再多的钱回来，如果没有好笆篓，还不是漏掉了？所以我们贺家湾男人的钱都是交给女人保管！"她一听这话，忽然翻身过来骑在我身上，两眼闪着惊喜和灼热的光芒，又惊又喜地说："真的，老公？"然后伏在我身上，抱着我又狂吻起来，我的灵魂又像升入了天堂……

直到天快黑了，估计她母亲快回来了，伍莉才起床。她戴上乳罩，可爱地扭了几下身子，像是检查什么似的。我看见她扭身子，便在床上问她："怎么了？"她看着我，嗔怪地说："亲爱的，你把我弄痛了！"我听了没吭声，又看着她穿上小巧可爱的蕾丝内裤，然后是紧身内衣和毛衣，最后才套上连衣裙。等她穿好衣服后，我才起来穿上衣服，开门走出去。这时我感到了身子的几分困倦。

晚上，伍莉很可能给她母亲说了什么，第二天那老妇人看我，眼神又和昨天不同，显得特别亲热，好像我是她亲生儿子似的。老天爷似乎也在有意成全我们，那雨水渐渐沥沥下了一夜，天亮了仍继续滴答滴答地下着。伍莉的母亲仿佛知道我们会做什么，吃过早饭，又借口去了儿子家。老妇人前脚走，伍莉后脚便像等不及似的，马上去关了门，过来抱住了我。于是在心头按捺不住的骚动中，我们又滚到了床上。在从屋顶传来的潇潇雨声的低吟浅唱中，我们的情欲似乎比外面的春潮还要强烈，真的有一种想把自己的生命都奉献给对方的感觉。

一个星期后，我和伍莉结了婚，用今天的话说，这是真正的闪婚，老侄你认为呢？

第十二段录音

　　结婚以后，伍莉的妈果然去和她小儿子住了，把老房子偌大的空间都留给了我们小两口。我呢，也遵守婚前的承诺，把存折和钱都交给了伍莉保管，没想到这铸成了我后来的悲剧。但总的来说，结婚初期，我和伍莉还算过得不错，甚至可以称得上甜蜜幸福。我这时已经像倒插门的女婿一样，就住在了吴家场。从此，我告别了那种披星戴月、蹬着小车来回颠沛奔波的历史，每天晚上，我可以搂着伍莉一觉睡到大天亮，起来刷了牙，洗了脸，吃过热腾腾的早饭，然后才不慌不忙地推着小车赶到马路市场，这时市场上还没几个人。即使是赶周边几个场，我只需稍微起来早一点就行。我把伍莉母亲原来住的那间屋子腾出来，做了我堆货的仓库。因为有了地方存放货物，现在即使给几个供销社上货，我也不像过去那样如奔命一般了，而是什么时间有空，我才蹬着三轮车给他们送去。

　　才结婚那段时间，伍莉见我推着三轮车往马路市场走，像是很感兴趣，把桌上的饭碗往厨房里一收，又将一只小坤包往肩上一搭，便要跟着我去。我说："市场上乱哄哄的，你去做什么？"她做出撒娇的神情对我说："跟你学做生意呀，你不愿意带我这个徒弟？"我不禁"扑哧"一笑，说："你见谁像你这样戴着耳环、项链，穿着这么高的高跟鞋，像个大户人家的千金小姐一样在路边摆地摊的呀？汽车一过，马路市场上到处都是灰，你真要去，把衣服和鞋子换换吧！"她却噘起嘴，对我说："不换，不换！你见过哪家新媳妇，一结婚就穿得邋里邋遢的？"我一听这话也对，便对她说："那好，走吧！"她便像一个听话的小孩子似的跟在我身边去了。

　　到了市场上，我有意逗她乐，便对她说："你也像别人一样叫呀：洗衣

162

粉——肥皂，牙膏牙刷毛巾香皂，拖鞋凉鞋胶鞋布鞋……货真价实，快来买哟——"她说："我才不叫呢，难听死了！"见她红了脸，我才说："我是和你开玩笑的，谁要你叫？"说着，我便扯开喉咙在市场上大叫起来。她虽然不愿叫喊，但对我和顾客讨价还价却听得十分认真，每当我卖出一件商品，她马上伸出小手从顾客手里接过钱来，放进了小坤包里。我又用开玩笑的口吻对她说："对了，你也要做点事嘛！"她冲我莞尔一笑，像是有些不好意思似的。这样跟了我几次，我突然发现她对各种商品的价格都掌握得特别清楚，有时我还没有开口，她便和顾客讲起价钱来，而且成交的结果往往八九不离十。这时我又和她开玩笑说："你可以出师了！"她听了仍然只是对我启齿一笑。这样过了一段时间，伍莉像是厌烦了，不再跟班似的和我去站马路市场了。可是我早上出门带了多少货，晚上回来她一盘算，便能准确知道我这天赚了多少钱。这样，我即使想像其他男人那样存点"私房"，也完全没有可能了，何况我压根儿就没想到要为自己建一个"小金库"呢！

后来我到重庆进货，她又要跟着我一起去。我对她说："我明天就要回来……"她说："不嘛，不嘛，我就是要去！"我以为她是舍不得我，新婚燕尔，这也是可以理解的，又想她在家里反正也没事，要去就去吧，不过多两趟路费而已，便答应了。那时我去朝天门进货，已不再像过去那样不要命似的连夜往重庆赶，而是头天乘火车到重庆，在旅馆里住一晚上，第二天才不慌不忙去批发市场。当时住旅馆需要单位证明，如果一男一女同居一室，不但要证明，还要有结婚证。结婚证我们有，开证明也不难，因为伍莉的表哥就在区司法所当所长，我们找到他，他二话不说就给我们开了一张证明。我们在重庆住一晚上，第二天去朝天门把货进好。回到家里，我给几个供销社送货时，伍莉又跟着我，我刚把货交完，她提着那只小坤包又颠颠地跑到财务那儿去结了货款，那模样俨然是我的忠实管家似的。当时我也没往别的方面想，看见她这样跑来跑去，还觉得自己真遇到了一只好"笸箩"呢！

可是不久，我慢慢知道她并不是一个好的妻子。首先，我看出她十分爱慕虚荣，而且花起钱来大手大脚。她和我一起到重庆进货，看上什么就要买什么。结婚时，我已经给她买了戒指、耳环、项链，可她后来又悄悄买了几款首饰，既有金的，也有银的，还有翡翠玉石的。至于衣服更不用说了，这次看上一件毛衣她要买，下次看上一件外套，她仍然要买。每去进一次货，她都要买一大包东西回来，好像她是专门为自己采购东西而去的。没过多久，屋里两只衣柜就挂满了她琳琅满目的衣服，仿佛开时装店一般。光鞋子——平跟的、高跟的、半高跟的、浅口的、圆口的、高筒的、低筒的、白色的、黑色的、棕色的、红色的——就有十多双，开鞋子展销会一样摆在地上。至于化妆品，更不在话下了。一天，她又看上了一件皮衣，那时一件皮衣的价格可不菲，我一看标价三千五百元，吃了一惊，便说："家里那么多衣服了，你还买呀？"她一听这话有些不高兴了，沉下了脸对我说："那点衣服就多呀？我一件皮衣也没有呢！"一听这话，我也有些生气地说："好，好，你买！"不知她是装作不明白还是把我的话当成了真，竟真的用三千元把那件皮衣买了下来。看着她"哗哗"地给老板数钱，我连心尖尖都痛了。可是后来我又想通了，女人爱打扮，也是情理中的事，何况我现在又挣得到钱，她爱花就爱吧，总有一天她不会这样大手大脚的。

后来我又发现，伍莉对我再也没有以前那样关心和疼爱了。才结婚那段时期，无论我在哪儿做生意回来，她都在家里等着我，我马上就能吃上热饭热菜，得到她嘘寒问暖的问候。说起伍莉做饭，我实事求是地对老俵讲，那可真是没说的。后来我才知道，伍莉的父亲过去就是开食店的。她父亲死后，食店没开了，但衣钵却传给了她的两个哥哥，近朱者赤，伍莉烧得一手好菜也不奇怪。可没过几个月，当我收了摊，又饥又渴又乏地蹬着三轮车回到家里的时候，却发觉家里冷冷清清，连她的影子也看不见。有时她在锅里给我留着饭，不过已经冷了，有时甚至连饭也没有。一次，我从中坝场回来，时间大约半下午，我见大门紧关着，知道她又出去了。我开了门进去一看，锅里没有饭，我不由得有些生气了。那时还没有手机，不过我们每人都有一只中文传呼机，叫BP机，于是我给她打了一个传呼。没多久，她气喘吁吁地跑回来了。我有些没好气地对她问："你到哪儿去了？"她说："在我妈那儿！"我又问："你中午没吃饭？"她又说："在妈那儿吃的！"我信以为真，心想："女儿到妈那儿去，也是人之常情，何况又住得这么近。"于是我不再说什么，只说："我肚子饿了！"她像是自知有愧，要去给我做饭。我说："算了，你难得生火，我出去吃一碗面条就是！"说着我就出去了。

还有一次，我从元丰场收摊回来，伍莉又没在家里。我以为她又在她妈那儿，于是没打传呼，就直接去新街叫她。可是到了她妈那儿一问，包括她大哥二哥在内，都说伍莉没去。我一下愣了，既然没去她妈那儿，她又会到哪儿去呢？猛地我想起她喜欢跳舞，没准儿在舞厅里。小场一共五家舞厅，都集中在新街，于是我一家一家地去问，问了四家，都说伍莉没去。最后到了我们那次去的"玫瑰之约"舞厅，我正要掀开帘子进去，恰好碰上女老板往外面走，我立即问她："伍莉在这儿没有？"那女人一看见我，显出了几分不自然的神情，对我说："你就在外面等一会儿，我去给你叫！"说着慌慌张张地返身进去了。可是我并没有待在外面，也跟在她身后掀开帘子进去了。里面的情形和我们那次来跳舞一样，没几对人，在昏暗的灯光下，我一眼就看见了舞池里的伍莉，正搂着一个男人随着音乐不断摇晃，两个人靠得那么近，几乎是贴在了一起。可是我没有吭声，我想看看那男人到底是谁？正看着，那人转过了身子，尽管灯光晦暗，可我还是看清了那张脸，原来是学校里那个姓徐的体育老师。这小子二十六七岁的样子，长得有些像刘德华，一张小白脸。有空的时候，我陪伍莉转路，曾看见过他在学校操场里打篮球、翻双杠和举重，身上的肌肉一绺一绺的，比当年我举石锁时发达多了。用今天的话说，那叫肌肉男！我看见他们像膏药一样紧紧贴在一起，禁不住怒火中烧，正想喊叫，那女老板匆匆走到他们面前，低声说了一句什么，只见伍莉突然松开了那个小子，朝门口跑了过来。看见我，她急忙说了一句："回来了？"说完拉着我就向外面走。回到家里，她见我脸黑得像雷公，似乎还是有些害怕，便怯怯地对我说："我好久没进舞厅了，今下午说是去跳一会儿，一曲还没跳完你就来了，不信你问王姐！"王姐就是舞厅老板娘。当时我想狠狠地扇她两记耳光，可一听这话像是有悔意，并且看她一张脸红得仿佛要淌血，忍了忍，便把这个念头咽回肚子里去了，只是怒气冲冲地对她说："以后再看见你去那种肮脏的地方，我就不客气了！"她沉默了一会儿，突然像是得了理地看着我问："舞厅怎么就成了肮脏的地方？你说是肮脏的地方，国家为什么要允许开？"这一说，倒把我问住了，但我不想和她辩什么大道理，等她的话一完，我又气势汹汹地对她说："不管你怎么说，反正我不准你再去那种地方了！"她大约被我的气势吓住了，没敢再和我争论，但我却听见她鼻孔里轻轻"哼"了一声，一副不服气的样子。过了几天，我心里的气消了，才觉得自己不对。是呀，年纪轻轻的，她又没个正经事做，除了和我到重庆进点货，回来往供销社送点货，其余的时间你让她待在家里干什么？何况她一直又喜欢跳舞？这样一想，我又原谅了她，对她说："舞怎么不可以跳，只是注意掌握分寸，不要什么人都和他跳……"话还没完，她马上盯着我问："那你说什么人我才能和他跳呢？"一句话又把我问噎住了。

不久又发生的一件事，让我心里的疑惑更重了。那天我就在我们马路市场上摆摊，因为快到年底了，生意特别好，不到半晌午，我带去的好几件东西都卖断了货。我看看时间还早，加上又只几分钟的路程，便蹬着三轮车回来取。回到家里，见大门紧闭，我敲了一阵门，没人答应，只好掏钥匙来开。可一摸口袋，钥匙却没在口袋里，这才记起早上换衣服时把钥匙忘在了床头柜上。我着急起来，正在这时，隔壁吴大妈从她屋子里伸出脑袋对我说："你别敲门了，伍莉出去了！"我忙问："大妈，你知道伍莉到哪去了？"大妈说："刚才学校的徐老师来喊她，她就和徐老师一起走了，我看见他们是往学校去的，你到学校看看吧！"一听这话，我心里很不是滋味，对吴大妈说："大妈，你帮我看到一下车子，我马上就回来！"说完，我撒腿便向学校跑去。

学校全称是吴家场镇中心小学，就在离龙头桥四百多米的场边上，有一条岔公路通到学校大门口，几分钟时间就到了。这天是星期天，乡下学校，大多数老师的家都在农村，一到放假的日子，很多老师都回乡下去了，此时学校像是冷庙一座。我正要跨进大门，忽然一下犹豫了：要是伍莉和姓徐的又去跳舞了，我这样冒冒失失地进去问，岂不是唐突？想了一会儿，我走到学校旁边的一条小巷，打了伍莉的呼机后，转身躲进旁边的小卖部后面，想看看她究竟会不会从学校里出来。过了一会儿，果然见她从学校里匆匆忙忙地跑了出来，大约因为心急，也没顾得上往这边看，只管埋着头向前面跑去了。等她走远后，我才往家里走。回到家里，伍莉已经开了门，我什么也没说，取了货蹬着车子走了。晚上，我才问她："上午你到哪儿去了？"她像早就有准备似的，我话音刚落，她马上说："我妈那儿呀！"一听她说假话，我心里的火气不由得又冒上来了，于是冲着她怒气冲冲地问："真的是在你妈那儿？"她看我脸色不对，迟疑了一下，也横眉竖眼对我说："不是在我妈那儿，你说我在哪儿？你不信就去问我妈嘛！"又质问我道，"连我妈那儿我都不能去了？不让我到我妈那儿去，你让我去哪儿？"一听这话，我知道即使当场揭穿她的假话，她也一定不会承认。再说，我又没抓到什么把柄，只是一点怀疑，我能说什么呢？想到这里，我便只说了一句："你去哪儿我管不着，不过以后要把心思多放在家里一些！"说完我便睡了。

第十三段录音

"学校门"事件过后，我知道伍莉在骗我，虽然表面上我没说什么，但在心里一直想把事情弄个水落石出，于是处处留意。每次外出摆摊，我会早早收摊回来。尤其是在我们马路市场上做生意时，我常常会隔一两个小时，蹬着三轮车出其不意地回来看看。我也不进屋，只在远处盯着自己的屋门看上一阵，然后返身又将三轮车蹬到市场上。我宁肯少挣点钱，也不愿家庭被人破坏。

真应了"要使人不知，除非己莫为"这句古话，伍莉和姓徐这小子的狐狸尾巴，终于被我抓住了。

那天，我像往常一样将三轮车蹬到了马路市场。可说也奇怪，这天我一出去，心里就跳得慌，像是有什么事压在心头一样。马路市场上人很拥挤，因为这时已临近年关，正是买卖十分兴隆的时候，可那天我一点做生意的心思都没有。在市场上转了一会儿，便鬼使神差地跨上三轮车，将两只轮子踩得飞转，朝家里蹬去。

刚把车子蹬上房屋后面一道缓坡上，我突然看见姓徐的小子从学校大门出来，急急忙忙地往龙头桥方向来了。那时学校即将放假，我不知姓徐的小子要干什么，急忙跳下车，将车退到缓坡下面，蹲在路边看他往哪儿去？公路上赶场的人三三两两，加上姓徐的小子可能因为心急，也没往公路上看，便直接往街口走去了。我见他上了街，便过去推起三轮车一阵猛追。追到离街口约一百米的地方，我见姓徐的小子在前面停了下来，自己便也站住。我发现我家的大门开着，姓徐的小子先在那儿站了一会儿，然后几步奔过去，闪身就进了我的屋子。

我这才推着车子往前走。一边走一边寻思是不是该去把她的母亲和哥哥喊来，让他们看看是怎么回事？可是又一想，农村有句俗话，叫作嫁出去的女，泼出去的水，女儿没出嫁，该父母管教，出了嫁就该丈夫管教，何必去惊动她娘家人？再说，假若他们只是在一起聊天，并没有做什么丑事呢？这么一想，我放弃了这个打算。走到门口，发现门已经关上了。我把耳朵贴在大门上听了一会儿，里面有说话的声音和"嘻嘻"的笑声，但说的什么却没法听清。我掏出钥匙，想给他们一个突然袭击，可是锁却被他们从里面倒扣上了。我一时怒火中烧，举起拳头正打算擂门，又马上犹豫了。我想他们听见擂门声，姓徐的小子从后门跑了怎么办？可是又一想不可能，后门外面有一道一人多高防贼的围墙，上面长满了青苔，不容易翻过去。这样一想，我就用力敲打起门来。一听见敲门声，里面的声音立即哑了。过了一会儿，才听见伍莉有些颤抖地问："谁呀？"我没有答话，只继续把门捶得"咚咚"响。又过了一会儿，才又听见伍莉在屋里问："是谁？"这次她声音大了一些。我再也忍不住了，便像打雷似的叫了起来："是我，你老公！"话音一落，屋子里先是寂静得没一点声息，然后传出像什么东西碰倒在地的声响。我能感觉到屋里人的慌乱，一边继续捶门一边叫喊："开门，再不开门我就把这鬼门踢破！"可是任凭我怎样叫喊和吓唬，伍莉就是不来开门。又过了大约两三分钟，伍莉才将门打开一条缝，看着我神色慌乱地问："你怎么回来了……"我一把推开她，像是要吃人一样冲进屋子，先是楼下，后是楼上，把所有的屋子统统看了一遍，没有发现人。再到后面一看，这才发现围墙上的青苔不但有刚被人擦掉的痕迹，而且还有一块砖掉到了池上，我这才记起姓徐的小子是学体育的，这点围墙可以挡住一般的人，却挡不住他。

我见姓徐的小子跑了，回过头，将右手的五根指头攥拢来，咬着牙齿，走到伍莉面前，瞪着她厉声问："人呢……"我的表情一定十分凶恶，要不然伍莉不会那么害怕。她先是脸色煞白，身子微微打抖，往后退了两步。可没过一会，她就平静下来了，反看着我问："什么人？"看她装着不明白的样子，我又咬牙切齿地对她问："姓徐的哪去了？"她一听我这话，马上回答我说："你不是把屋子都搜了一遍吗？什么姓徐的，我不知道！"我牙齿咬得"嘎吱嘎吱"响，真想扑过去把她撕碎，但我忍住了，只从鼻孔里发出几声冷笑，然后看着她说："你不知道吗？就是你和他到学校幽会，回来却哄我说是到你妈那儿的……"她听我这么说，脸色渐渐红了起来，一直红到发际，过一会儿脸色又白了，而且眼里还闪出了几丝怒火，也盯着我说："原来你在跟踪我！"

事已至此，我反倒平静下来了。我松开拳头，去把三轮车推到了屋子里，然后在凳子上坐下来，才对她说："算了，事情既然已经到了这一步，我也不想闹得满城风雨！你只把我结婚以前的钱还给我，我们好说好散，也不给你造成任何不好的影响……"我没说完，她便看着我，问："结婚以前什么钱？"我说："你敢说不知道？"没想到她真还从牙缝中冷冷地迸出了几个字："我没看见哪个的钱！"一听这话，我起码愣了半分钟，然后才有些愤怒地对她问："你还要脸不要脸……"她突然跳了起来，像个泼妇似的指着我骂了起来："你是个什么东西？我不要脸又怎么了？我就偷人养汉了又怎么样？你在外面养小情人，以为我不知道……"

一听这话，我一下怒不可遏地跳了起来，指着她问道："我在哪儿养小情人了，你倒要说说清楚！"我以为她会被我问住，但她却像得了理似的，冲我大声说："没养小情人，你和王茵是怎么回事？你敢说你没有借进货的机会去和她幽会？你敢说你和她没有关系？没关系她白白给你五千块钱……"原来我们结婚后，我把和王茵的事都告诉了伍莉。没想到她现在做了对不起我的事，反倒打一耙，我实在不能忍受了，眼睛里闪着通红的怒火，在桌子上狠狠击了一拳，然后咬着牙齿对她警告说："你再乱说一句，看我怎样收拾你……"话没说完，她竟然也"呼"地一下站了起来，毫无惧色地挑衅我说："我就要说，就要说，你是个流氓、强奸犯、劳改犯人，以为我怕你……"一听她叫出"流氓""强奸犯"和"劳改犯人"几个字，我的愤怒达到了顶点，顿时像是失去理智一般，扑过去一把抓住了她的头发，扬起手掌，狠狠地朝着她的两边脸颊扇了好几巴掌。她急忙一边用手来护住脸颊，一边像是呼救地大叫："打人了，打人了，劳改犯人打人了——"听她还这么说，我又是两巴掌打过去，然后用力一推，将她推在了地上。她从地上爬起来，像是害怕我还会继续对她施以拳脚，撒开腿便向外面跑去。一边跑一边又哭又喊，似乎受了天大冤屈一般。

我知道伍莉是跑去向她母亲和哥哥告状了。当时我还以为自己有理，心里还愤愤地想："去告吧，让你母亲和哥哥来听了，看你脸往哪儿搁？"没一会儿，她母亲和两个哥哥果然气势汹汹地来了。令我没想到的是，那个平时走路像鸭子一样摇摇摆摆、给人一种缺少活力和笨拙感觉的老妇人，一看见我，脸上松弛的肌肉一边颤抖，一边瞪着发红的小眼睛，如母老虎般向我扑过来，一把抓住我的衣领，紧接着就朝我脸上扇了一巴掌，嘴里恶狠狠地骂道："把你杂种的膆养起来了，敢打我女儿？也不吐泡口水照照你是什么东西……"老侄你是知道的，在我们贺家湾有句话，叫作男人的脸千万不能让女人打！我的脸已经被她打了一下，难道还让她打第二下？但她一边骂一边又扬起了手掌，趁她手掌还没落下来的时候，我便用力抓住了她的手腕。大约我正在气头上，加上人年轻，手上还有些力，刚抓住她，这老妇人便杀猪般大叫起来："哎哟哟，打死人了，劳改犯人要把我手扳断了……"听了这话，我正准备松开她，可是已经晚了，伍莉的两个哥哥先还只是虎视眈眈地盯着我，一听见老妇人的叫声，两个五大三粗的汉子立即扑了过来。伍莉的大哥当胸一拳，将我打了一个趔趄。接着伍莉的二哥照准我的脸颊就是两巴掌，打得我眼前金星直冒。我费了很大的劲，才站稳身子，对他们喊道："干什么，你们想干什么？"两个男人听我这么说，又叉腰向我逼过来，说："今天要教训教训你这个不知好歹的东西！"见他们还不肯罢休的样子，我急忙抓起旁边一把椅子，可还没等我把椅子举起来，伍莉的大哥一头将我撞在地上，伍莉的二哥按住我，拳头便像下雨般落到我身上，一边打一边说："还没听说过，在吴家场有你把人打起走的？"我自知势单力薄，不是他们的对手，也不吭声，任他们打去。他们大约觉得打够了，这才住了手，但伍莉大哥还不甘心地踢了我一脚。过了半天，我才从地上爬起来，我不但鼻孔里在往外流血，心里也在流血，面对这样一家人，我还有什么和他们好说呢？我觉得这是自己最耻辱的一天，我被自己的老婆背叛了，又被她娘家人毒打了一顿。可就在这时，伍莉的大哥还对我凶神恶煞地吼道："滚，从哪儿来的滚回哪儿去，你是什么东西，这屋子也配你住？"一听这话，我变得十分冷静起来，便平静地对他们说："你们放心，不用你们赶，我也会走的！"说完我就去收我的东西，主要是衣服。我以为在我收拾东西的时候，伍莉会回心转意过来拦我，可是却没有，脸上挂着的完全是一副幸灾乐祸、巴不得我离开的颜色。我把衣服收好，背在背上，走到门口才回头对伍莉的母亲和哥哥说："你们问问伍莉她究竟做了什么？你们去看看后面围墙，看是不是有人翻过，地下是不是还掉得有砖头……"话还没说完，伍莉的两个哥哥又想扑过来，我急忙转身走了。

回到贺家湾，我仍然又羞又愧，一连在家里躺了几天，都没脸出去见人。在这几天里，我心里还存有几分希望，我以为伍莉或伍莉的娘家人在认识到自己或伍莉的错误后，会来把我接回去，可是却没有。又过了几天，仍没什么动静，好像我这人在世界上压根儿就不存在了一样，这下反倒是我沉不住气了。这天，我实在忍不住了，便硬着头皮往吴家场去了。

到了那座低矮陈旧的老房子里，伍莉的妈妈和伍莉正好都在。我看见那老妇人好像是专为给伍莉当保镖一样，又搬回来住了。我朝她轻轻叫了一声："妈——"老妇人一张脸却黑得像是雷雨前的天空，立即冲我叫了起来："哪个是你妈？你走都走了，回来干啥？人还没有被你打死，又要回来逞凶打人呀？"接着又对我吼，"这屋里没有你的位置了！"我没和她计较，只回头去看伍莉。伍莉见我看她，急忙将头一扭，一副明显不愿理我的嫌恶神色。我心里的火气也"突突"地冒上来了。我是男人，难道我就这样贱？但我想了想，我是在别人家里，于是我尽量忍耐着，回头对老妇人说："妈，我回来不是为别的，我们还欠石桥供销社一些货，我来把货送去交了……"我话还没完，老妇人立即咄咄逼人地问我："你货放到哪儿的？"我说："货就堆在我们家里的……"老妇人马上问："哪个看见你的货了？你放到哪儿的你自己去看？"我到堆货的屋子一看，果然一点货也没有了，屋子又恢复了她原先住的模样。我一看货没有了，出来便问伍莉："伍莉，货到哪里去了？"没想到伍莉也恶狠狠地说："我没看见什么货！"我一听这话，知道她们已经把我的货藏了或卖了，可我毫无办法。过了一会儿，我只得往肚子里咽了一口气，又对她们说："货没了就算了，你们把我的三轮车还我，我还得靠它过日子……"同样没等我说完，老妇人又用了刚才的语气说："三轮车我们扔了……"我马上问："扔哪儿了？"老妇人不屑地说："扔到外面垃圾堆上去了！一个破三轮，哪个会要？"我不相信，又楼上楼下找了一遍，果然没发现三轮车的踪影。那三轮我还没用多久，最低也有七八成新，我相信和我那些货一样，一定是被他们藏起来的。可是我仍拿他们没有办法。我想了想，对伍莉说："伍莉，那我们只好在法庭上见了！"我说这话，原只想吓唬吓唬她们，没想到伍莉却从鼻子里发出一声冷笑，对我说："法庭上见就法庭上见，难道我还怕你？"我没辙了，只好又说了一句："那好吧！"说完我就出来了。

回到家里，我越想越气，知道这家人不会回心转意了，与其过这样的日子，不如早些一刀两断。于是伏在桌上，向法庭写了一份离婚申诉书。我主动提出离婚的目的，是想要回结婚以前我的四万多块钱，那是我几年起早睡晚、不知吃了多少苦才挣下的，况且离婚以后，我还得靠那笔钱过日子呢！第二天我把申诉书交到区法庭。法庭负责审理离婚案件的法官姓罗，我去找他时，他正捧着一本法律自考书在看。罗法官原来也是镇中心小学一个老师，后来不知通过什么途径改行到了区法庭，因为他不是法律科班出身，所以现在想通过自考取得一个司法文凭。他一看我的申诉，又抬头看了看我，然后才问："真的要离？"我说："没法过下去了！"他马上对我说："交一千元案件受理费！"一听要交这么多钱，我又有些舍不得了，但一想既然我已提出了离婚的要求，不能让人看不起，于是一咬牙，说："我今天没带钱，明天我把钱拿来给你！"说完我便回去了。回到贺家湾，我向贺兴成借了一千元钱，第二天拿去交给了罗法官。罗法官收下钱后，给我开了一张收据，然后对我说："回去等着吧！"我往外面走了几步，才突然想起，又回头问："要等到什么时候？"罗法官似乎有点不耐烦了，说："马上过春节了，你说等到什么时候？过了春节我们会通知你！"听了这话，我便回去了。

我在家里等了一个多月，也没接到法庭通知。这段时间，我也没心情去做生意。话说回来，即使我想去做生意，也没本钱。我回来后，又从别人那里借了一千多块用。我想，如果法庭再不把官司给判下来，我再也没脸到处借钱了。

这天，我跑去法庭问。罗法官一见我，便说："我们正要通知你呢！"一听这话，我有些高兴了，忙说："我们的官司能判了？"他说："哪有这么快就判了？有几件事情，我们要找你落实！"接着看着我问，"你说伍莉和徐老师有不正当的男女关系，有什么证据？"我说："我亲眼看见的！"他说："亲眼看见的不算，得有人证、物证什么的？"我说："我把门叫开，姓徐的已经从后面翻围墙跑了，我哪来的人证物证？"他说："那就没法，法庭上讲的是证据！"又问我，"你说结婚后交给了伍莉四万多元钱，有什么证据？"我说："这好办呀，我给她的是存折，折子上是我的名字，你们到银行查一查就知道了……"还没等我说完，他马上又摇着头说："我们到银行查了，没查到你的钱，只查到伍莉户头上有钱，可伍莉说她户头上的钱，是她父亲给她留下的，你压根儿没交钱给她……"我头脑里"轰"的一声像有什么东西爆炸了，立即意识到伍莉已经把钱转移了。因为那时银行存款取钱还没实行实名制，只凭折子和密码便能把钱取出来。而当我把几万元存款的折子交给伍莉的时候，我把每张存折的密码也告诉了她。一想到这里，我叫了起来："她一定是把我的钱偷偷地转到她的账户上去了！"罗法官又摇了摇头，说："你说她转移了你的钱，也请拿出证据来！"天啦，这我能拿出什么证据？

罗法官见我像是霜打的白菜——有些蔫了，突然咳了一声，坐直了身子，神情变得有些严肃了起来，又看着我说："还有一件事，也得向你调查调查！伍莉已经向法庭提起了反诉，说你和重庆一个叫王茵的女人有不明不白的关系，王茵还给过你五千元钱和衣服，你借到重庆进货的机会经常去与王茵幽会……"听到这里，我涨红了脸，"呼"地一下站了起来，对罗法官说："胡说，完全是胡说……"罗法官对我挥了一下手，让我重新坐了下来，才说："好，这事我们暂时不说！伍莉反诉的第二个问题，你对她实施了家庭暴力，给她造成了伤害。"我知道他指的是那次我们打架的事，我便说："我是打了她，可她妈和两个哥哥来，把我也打了……"我还要说，罗法官又挥手打断了我的话，问："你说她妈和两个哥哥打了你，有什么证据？"我说："他们打了我后，我就回去了……"罗法官微微一笑，说："那就没有办法了！伍莉不仅有被你打后留下的照片，还有医院的检查证明，要不你看看……"说着，他打开抽屉，从里面拿出几张照片递给我。我接过一看，果然是伍莉几张不同角度的照片，每张照片上伍莉的脸都微微红肿着，并且清晰地浮现出几道红红的印子。我这才知道那天自己因为在气头上，下手确实重了一些，心里不由得暗暗生起几丝懊悔来，可我仍然说："那是她自取的，再说，我受的伤比她还严重！"罗法官摊了摊手，说："我刚才已经说了，法庭上讲的是证据！"

我一下又哑了，有些无可奈何地看着罗法官。过了一会儿，罗法官才又对我说："伍莉还说了你别的一些事，这些我暂时都不说了！伍莉也提出了要求，她同意离婚，条件是你必须净身出户，不得向她索要任何财产……"我又"呼"地站起来，但罗法官又挥手让我坐了下去，不等我说什么，接着说："如果你同意她这个条件，我们法庭就组织你们庭外调解！如果你不同意她的条件，那么就要等我们到重庆把你和王茵的关系调查清楚了以后，再依法开庭审理！"一听他们要去重庆调查王茵，我一下愣住了。我想起王茵曾经给我说过，我和她十多年前那点事，她连自己的母亲也没告诉过，如果法庭真去调查，把这点陈芝麻烂谷子翻出来，影响了她现在的生活怎么办？再说，她给我的五千元钱和衣服，也不知她丈夫知不知道？如果她是瞒着丈夫给我的，法庭去一调查，岂不是把她害了？这样想了以后，我又马上想起现在所有的证据对我都不利，看来人家是早有准备，我还蒙在鼓里。即使开庭审理，我想成为赢家，那真是会比登天还难。这样一想，我心一横，便对罗法官说："算了，你们也不用去调查了，我同意她的要求，净身出户……"罗法官盯着我问："你真的同意净身出户？"我说："我就像被强盗抢了、被贼偷了那么想嘛，遇都遇到了，有什么法？"罗法官说："既然这样，我们马上通知伍莉到法庭来……"我急忙打断他的话说："也不用通知她了，我不想再看见她！反正调解不调解都是那么一回事，你们只按照她的要求，写一份离婚协议书，我在上面签了字，你们交给她就是！"罗法官果然翻出伍莉的反诉书，按照她上面的条件起草了一份协议书，然后将协议书递到我面前。我看也没看，在上面签了自己的名字，然后像是完成一件什么重要的任务一般，长长地吁出一口气，昂首挺胸地走出区法庭。

第十四段录音

　　我和伍莉离婚后，从一个"几万元户"一下子又变成一个不但身无分文，而且还欠了别人一屁股债务的穷光蛋。回到家里，我拿出过年时买的白酒，把自己灌了个烂醉。第二天醒来，仍然有些头重脚轻，站到镜子前面一看，发现头发蓬乱、眼圈发黑、面色蜡黄，忽然骂起自己来了："贺世亮，你真他妈没出息！不就是离了一个婚吗？不就是丢了三四万块钱吗？有什么打紧的？古人还说，留得青山在，不怕没柴烧，你他妈还以为是十多年前没去当成兵就在村委会办公室里号啕大哭的毛头小子？还以为是那个才走出监狱的劳改释放犯？你他妈不是已经做了几年生意，积累了不少经验吗？离了张屠户，你就只有吃混毛猪了？只要还活着，难道就没有东山再起的那一天了？"这样一想，一种力量仿佛又回到了身上。我想，当前最要紧的是找到做生意的本钱，只要有了本钱，就不愁没有翻身的希望。一想到本钱，江国宪的形象马上浮现在了我的脑海里。是的，现在只有老同学能够帮助我了！想到这里，我不再犹豫，急忙洗了脸，梳了梳头发，换了衣服，努力把自己弄得像样了一点，便进城里去了。

　　江国宪看见我，就叫了起来："贺世亮，你怎么变成这副模样了？"我说："这副模样怎么了？"他说："看你一个大眼睛圈圈，怕瘦了十几二十斤，是不是病了？"我不想隐瞒老同学，说："被人坑了！"说着，我便对他说起伍莉的事来。我才把话说完，江国宪便叫了起来："你和伍莉结婚，怎么不来告诉我？"我说："我当时被她迷昏了头，说结就结了，所有朋友都没告诉……"他急忙指责我说："嗨！你这真是自己寻个虱子在头上咬！你要是当时来告诉了我，也不会有今天这回事了！"接着又盯着我问："你知道我为什么不要伍莉在我店里做了？这女人不是一个守规矩的人！她在我店里的时候，经常有一个二十七八的年轻男人来找她，尤其是星期天或放假的日子……"我忙问："你说这人是不是长得有点像刘德华，一张小白脸，身上的肌肉很发达？"江国宪说："可不是……"我忙说："这就是那个姓徐的杂种！"江国宪说："可她对我说是她表哥！我看他们关系不一般，那小子一来，伍莉便请假出去，常常半天都不回来。不过我这人很大度，觉得年轻人要朋友也是正常的，因此也不太管她。可有一次，伍莉来向我请假，说家里有事要耽误几天，我答应了。后来徐芬悄悄对我说，伍莉是请假到医院里做人流手术。徐芬说，那男人并不是伍莉的表哥，是个教书的，家里有个乡下老婆，他们正在闹离婚。徐芬还告诉我，每次轮到伍莉晚上值班看店的时候，都是那个年轻男人来陪她睡。一听这话，我就有些生起气来，觉得不能再把她留在店里了！一是那男人一来，伍莉就像丢了魂似的，跑出去半天都不回来，耽误了许多活儿；二是他们在我店里偷情，天长日久，出了事情怎么办？我便把她放了。我想你和伍莉要朋友的时候，或者是伍莉见那男人离婚没指望，她又是一个打过胎的女人，又见你好歹有些钱，所以就迅速和你结了婚。后来她又和那小子勾搭上，要么是旧情复发，要么是那姓徐的小子已经与他乡下女人离了婚，伍莉还是想嫁给他。毕竟那小子是个端铁饭碗的，而你只是个在马路边摆摊的小贩，虽然赚了点钱，但说不定什么时候政策一变，你还得回乡下挖泥盘土。何况她又侵吞了你几万块钱，够他们两个人过日子慢慢花了，所以她才铁了心肠和你离婚……"我恍然大悟，说："原来他们早就勾搭在一起了，我还以为是在舞厅跳舞才勾搭上的呢！"

说完，我叹了一口气，然后又难过地低下了头。江国宪忙开导我说："叹什么气？男人一辈子，不是挣了多少钱，住上了什么房子，而是找了一个什么样的女人！女人找好了，男人才站得高，走得远！像伍莉这样的女人，早点离开也是一件好事，有什么值得留恋的？"我说："我不是还怀恋伍莉，我是说自己真是糊涂，把所有的钱都交给了她保管，现在被坑惨了……"江国宪马上说："这也不值得叹气呀！钱是人赚的，只要人还在，从头再来有什么难的？"我说："我是想从头再来，可现在我身无分文，要不然今天就不会来找你了……"江国宪立即知道我下面要说什么，便说："没本钱是不是？我好歹也挣了一点钱，多的没有，先借五千块钱给你，回去还是从小本生意做起！你不是已经和几个供销社建立起

176

联系了吗？我相信要不了多久，你便会把本钱赚回来！等你赚到了钱，再来还我！"一听这话，我马上站起来，说："江国宪，在我最困难的时候，都是你鼎力相助，我真不知道该怎样谢你？"他说："同学一场，说这些客气话做什么？"又问我，"你什么时候要钱？"我说："如果老同学手上方便，现在就把钱给我，我该做什么立即开始做！"江国宪便把我带到旁边一家工商银行，取了五千块现金给我。

我拿着钱，没有回家，又登上了到吴家场的公共汽车。一个多月的时间里，我几乎忘记了外面世界的变化。现在我透过车窗玻璃看出去，才发现两边地里的庄稼舒展着叶片，正迎着春风蓬蓬勃勃地生长，田野里一片翠绿。早开的油菜花顶着金黄色的小花朵轻轻摇晃，像是迎风起舞，从没关严的车窗缝隙中，不时飘进来一股淡淡的花香。公路两旁的树枝上，也绽开了片片新叶，从碧蓝的天空中，不时掠过几只燕子矫健的身影。一切都是这样充满生机，我的身上也像春潮般涨满了力量，忍不住在心里说道："伍莉，我贺世亮卖了孩子买蒸笼——不蒸（争）孩子蒸（争）口气，不重新活个样子给你看看誓不为人！"

下了车，我径直到区供销社去找贺东川。贺东川一看见我，便埋怨地叫了起来："你这段时间到哪儿去了？"我不知道贺东川知不知道我和伍莉离婚的事，便说："家里有些事，就没顾得上和老哥联系。"又问，"东川哥，眼下供销社需要些什么货……"他没等我说完，便说："需要的货很多，可是不能从你手里进了！"我忙叫了起来："难道我卖给你们的货有问题？"贺东川说："不是你给我们的货有问题，而是前几天上面开了一个会，给我们松了绑，允许我们从其他渠道批发货物了！所以我们决定自己派人到朝天门或其他批发市场去进了……"一听这话，我犹如掉进了冰窟窿里，全身都凉了，忙说："东川哥，我给你们的货，哪怕只给我百分之十、百分之五的利润都行，还是让我给你们供一些货吧！"贺东川说："老弟，这不是钱的问题！上面把政策放开了，大家也都是知道的，明明可以自己去批发市场进货，我再从你手里加价来买，你这不是想让众人把老哥子轰下台吗？"接着又埋怨地说，"春节前后那段时间，我们需要大量的货，可连你的影子也看不见，那么好赚的钱你不赚，干什么去了？"听他这么说，我只好低下头，长长地叹了一口气，然后才看着贺东川说："唉，东川哥，别提了，一言难尽，这只说明我没有发财的命！既然这样，我也不为难你了，我还是慢慢地摆我的地摊吧!"他说:"我也不是不想帮你,你从我手里也赚了不少钱,现在上面既然有了政策,我确实没法帮你了!"我说:"我知道,东川哥,我不会怪你!"说着我站起来,告别贺东川回去了。

回到家里,我的心情仍然十分沮丧。我想,我怎么这样倒霉?离了婚,丢了所有财产,重新借到了几千块做生意的本钱,却又遇到供销社放开了进货渠道,看着一个个希望化作泡影,老侄你说我那心情怎么能好起来?我在屋子里坐着发呆,这时才半下午,一束明亮的阳光从敞开的大门斜射进来,落到我面前的地上,又像扇子一样散开。光柱里面跳跃着许多微小的灰尘。坐了一会儿,我的心又慢慢平静下来,想:"不能供货就不供了呗,赚钱往前算,蚀本往后算,我大不了像才开始那样,只是辛苦一些,少赚点钱罢了!"这么一想,我又想通了,决定事不宜迟,今天晚上就赶到重庆,明天把货进回来,后天便可以重起炉灶。俗话说,不怕慢,只怕站,只要一开张,几十块便到手了,有什么大不了的?

这样想着,我的信心又满满地回到了身上,我想马上弄点什么吃的填进肚子里,然后往城里赶。我计算了一下时间,如果不耽误的话,到城里还能赶上到火车站的最后一班公交车,到火车站后我可以买明天夜里一点多钟到重庆的车票,到了重庆正好天亮,我可以不慌不忙地到批发市场把货进好,然后乘下午或晚上的火车回来。想着,我便忙不迭地进了灶屋。刚要生火,可一看缸里没水了,幸好水井不远,就在屋子后边,我急忙提起水桶往水井跑去。

说也凑巧,我打起水,正准备进屋,突然从旁边路上闪过来一个身材壮实的汉子,年龄和我差不多,穿一件旧军装,肩上斜挎着一个旧军用帆布包,面孔黧黑得像是上了油彩似的闪闪发光。他眨巴了几下眼睛突然问我:"兄弟,有国库券吗?"我没回答他,提着水桶只顾往屋里走,可他也跟了过来。我进了屋,把水倒进缸里,发现他还站在门口,两眼直直地望着我。我这才问:"国库券怎么了?"国库券我手里倒有一张,一百元,十年期的,是我从监狱回来第二年,贺世忠摊派给我的。当时我还问他:"怎么给我这个东西?"他说:"上面摊派下来的,人人都要购买!"又说,"你才买一年,我们都买好几年了呢!"我只好把它接了过来。汉子见我问他,便压低了声音对我说:"有就拿来卖给我……"我忙问:"怎么卖?"他伸出三根拇指在我眼前晃了晃。我说:"三元?"他摇了摇头,说:"三折,一百元国库券,我给你三十块现金!"我说:"三十元太少,不卖!"

他马上说："我再给你添十元！"我本来就无心卖那一百元国库券，见他一下又涨了十元，便又说："四十元也少了！"他听后又盯着我问："你要多少？"说完不等我回答，便又说："最多我给你个对半！"我见他认了真，想了想便说："五十元也不卖！我那国库券放到那儿也不给它饭吃，等到了期，一百元国库券加上利息，还要换一百多块钱呢！"他听了我这话，马上说："兄弟，那你要等到猴年马月？等到了期时，说不定政策一变，你那国库券就变成废纸一张了！即使不变成废纸，你看现在物价不断涨、涨、涨，干部的工资也在涨、涨、涨，你现在一百块钱买得到的东西，那时说不定要二百块、三百块才买得到，你换来的钱是不是贬值了？多得不如少得，少得不如现得，兄弟，如果你有还是拿来卖给我！"一听这话，我又觉得在理，正想去把自己那一百元国库券拿来卖给他，可我马上又想到了一个问题，于是又盯着他问："既然我们手里的国库券没到期都换不成钱，你把国库券收去做什么？"汉子说："这你就别管了，你只管把国库券拿来给我就是……"

我觉得这里一定有什么蹊跷，决心弄个明白，便对他说："你不告诉我，我的国库券就不卖给你！"又说，"我又不和你抢生意，你怕什么？"他听我这么说，才说："实话给老弟说吧，县上有一家证券公司，专门收国库券，我有个战友在里面，一般人拿去他们不收，得像我们这样的人拿去才收，明白了吧？"我马上又问："证券公司一百元国库券给你什么价？"他仍不想告诉我，我又拿"你不告诉我我就不卖给你"的话来要挟他，他被逼不过，只好告诉我："他们一般按 7 折收购，但给我们实际只有 6.5 折……"我忙问："那 0.5 个折扣呢？"他说："他们说是手续费，实际上是他们几个人的回扣！"接着又补了一句，"这也没办法，大家都要吃饭，人家也多少要搞点钱嘛！"又叮嘱我说，"兄弟千万别说出去！你的国库券我就按 5 折收购，我除了赚点脚步钱，就当帮兄弟卖！"

我一边听他说，一边在心里迅速盘算开了。投资五十元就有六十五元的收益，也就是说这利润已经达到了百分之三十，不是比给供销社供货高出许多吗？如果我每天能收到两三千元国库券，不就相当于给贺东川他们供了一次货吗？而且需要的时间更短，本钱也更少，还比去进货、供货轻松得多，如果这生意能做成，我不很快就打翻身仗了吗？这样一想，我心动了，便对汉子拱了一下手问："老哥贵姓？"汉子说："我叫黄军……"我说："黄大哥，实话对你说，我们湾里家家都有国库券，不过我有一个条件……"黄军看着我问："什么条件？"我说："我要和你打伙儿做这个生意？"他听了像是不明白地问："怎么打伙儿？"我说："本钱我们一人一半，我带你家家户户去收，收来的国库券也是一人一半！"说完我就看着他。黄军显出了迟疑的样子，说："这怎么行？"我说："不行你就别想在湾里收到一分钱的国库券，各人早些赶路回去！"黄军听了这话，似乎更犹豫了，半晌才看着我说："你在证券公司又没熟人，把国库券收起有什么用？"我想也没想，便说："这就要看黄哥的了！既然我们打伙儿做了生意，我也不会亏待你！黄哥把我介绍给你的战友，帮我把国库券卖出去了，头两次我按利润的百分之二十给你提成，权当我给你的师傅费，你看怎么样？"黄军又想了半天，似乎想放弃又有些舍不得的样子，最后才咬着牙说了一句："打伙儿就打伙儿，反正一个人也把生意做不完！"我听了马上对他说："那好，黄哥，你今晚就住在我这儿。你放心，我保证不会谋财害命！天不早了，我来弄点吃的，等大伙儿从地里回来，我们就去收！"他听了这话，真的进屋子来了。

就这样，老天爷又一次把我卷进了人生神秘莫测的命运中。

第十五段录音

　　傍晚时，大伙儿陆陆续续从地里收了工，我和黄军便一家一户去动员他们把国库券拿出来卖。大家先是觉得好奇，看着我们问："国库券给卖吗？"黄军说："怎么不能卖？我可是现钱买现货！"说完便从挎包里掏出一沓钱来，摇得"哗哗"地响。大家一见，便开始盘问起价钱来。一听价格，大家都嫌低了，但听了黄军一番摇唇鼓舌后，有些人就开始动摇了。我又把黄军说成是我高中时的同学，在一旁赌咒发誓地对大家担保说他一定不会骗你们！还说他在别的地方才用三折四折收，现在看在我面子上，对大家手里的国库券一律按五折收购，这是再好不过的事了！我的话终于打消了大伙儿的怀疑和犹豫。那时农民虽然解决了吃饭问题，但大多数家庭还是缺钱花。农民都很现实，与其放到今后前途未卜，不如现在就变出几个钱用。于是几户等着买化肥的人家，就去把压在箱子底下的几百块国库券拿来卖给了我们。乡下人又都有跟风的习惯，一旦有人开了头，很多人便像过了这个村，就没这个店了一样，也纷纷跑回去翻箱倒柜地把那几张花花绿绿的纸找出来给了我们。

　　那天晚上战绩不菲，光老湾里我们就收了四千多元国库券。回到家清点时，黄军喜得合不拢嘴，说："没想到你们湾里的人会这么容易相信我们！"我说："那是因为有我的缘故！"他急忙讨好地说："那是，那是！"说完我们算了账，每人分了两千多元国库券，我把该付的现金也给了黄军。第二天黄军还要继续在湾里收，我却多了一个心眼，想看看他在证券公司究竟有没有战友，能不能把这些国库券顺利地兑换出来，于是说："不行，我们得到证券公司去把这二千多元国库券换出来。"他一听便叫了起来："这么点国库券就去跑一趟，你也不怕把草鞋跑穿了？"我说："我只有一千多块本钱，昨晚上连荷包里的几个硬币都掏给你了，今天不去兑换，我没有本钱了！"又说，"要么你带我去证券公司把手里的国库券兑换了，回来我们继续收，要么你个人走路！"他像是有些舍不得的样子，想了想说："好嘛，大不了耽搁半天，我带你去换嘛！你把零头拿出来，我们每人换两千整数，好算账。"

　　吃过早饭，我们便往县城走。我以为证券公司一定会像银行那样开在大街上，没想到黄军带着我，拐了几个弯，到了财政局办公大楼旁边一间很不起眼的小屋前。那小屋挂着卷帘门，很像是一个还没开门营业的小杂货店。我没看见什么招牌，便有些怀疑地问："这就是证券公司？"黄军说："进去就明白了！"说着带着我从卷帘门旁边的小门走了进去。到里面一看，却是别有洞天。屋子不大，十几个平方米，收拾得很整洁。一道银亮的铝合金窗栏后面，面对面摆着两张油光锃亮的办公桌，桌上堆着许多报纸和文件，一个看不出年龄的秃顶男人和一个烫了刨花头的三十岁左右的女人，一边聊天一边不时翻动一下手里的几张表格。墙角立着一个饮水机、罩了布罩的箱式空调和一个铁皮文件柜，很像是一个单位的办公室。看见我们进来，秃顶男人从表格上抬起头，看了黄军一眼，果然像是和他熟悉的样子，对他说了一句："来了？"黄军急忙把脸伏在铝合金窗栏上，指着我满脸堆笑地对秃顶男人说："张主任，这是我的朋友，姓贺，也开始做这个生意，以后多照顾照顾！"叫张主任的秃顶男人瞥了我一眼，并没说什么，只对黄军问："今天有多少？"黄军急忙说："一人两千……"话还没完，秃顶男人便有些不屑地说："两千就来换，我们难得给你办手续哟！"黄军立即讨好地笑着说："主要是我这个朋友只有一千块本钱，等今后本钱越滚越大，就不会这么一两千就拿来换了！"秃顶男人听了这话，说了一句："拿来！"仿佛是向我们索要什么东西一样。黄军急忙从他的黄色挎包里拿出数好的一沓国库券递了进去，又叫我也把口袋里的国库券交给张主任。秃顶男人接过国库券，手指伸进一个泡沫盒子里蘸了蘸水，数了一遍又填了一张什么单子，交给了对面的刨花头女人。那女人接过国库券和单子，便朝后面走了。没一会儿，刨花头女人拿了一沓钱出来，交给秃顶男人，秃顶男人又将钱数了一遍，确证无误后从窗口把钱递了出来。我们急忙对他说了声："谢谢！"从旁边小门走了出来。整个过程，我觉得像地下交易一样。

182

来到街上，我将手里的钱数了数，一千三百元，一分不少。想到一个晚上就赚了三百元，心里非常高兴，便对黄军说："黄哥，我说过你把我介绍给证券公司的朋友，头两次我按利润的百分之二十给你提成。我说话算话，昨天晚上我赚到了三百元，我该给你六十元，你找我四十元。"说着，我抽出了一张百元票子递到他面前。他想了一会儿，突然对我说："算了，我也不要你什么提成了，以后我们就一起打伙儿做吧！"一听这话，我以为他想抢我生意，便说："黄哥，我说过的话，该兑现还是要兑现！至于以后，我看生意还是各做各的好……"黄军似乎看出了我的心思，不等我说完，便说："兄弟是不是担心我会抢你生意？如果你这样想，那就差了！做这门生意，来来去去口袋里装的都是钱，一个人单枪匹马，要是被歹人惦记上了，那就麻烦了！"我觉得有理，便问："你昨天怎么又是一个人？"他说："我只是来探一下虚实，如果有，我也得回去再叫两个兄弟伙一起来做！"我说："可我说了的话还是要兑现，俗话说，吃屎都要有人领进门呢！"说着我又把钱递了过去，但黄军又给我推了回来，诚恳地说："兄弟，实话跟你说，我哪有什么战友在证券公司？我只不过比你做得早点，和他们熟了，实际上任何人拿去他们都要买的！"一听这话，我又将那一百元钱又塞回到了口袋里。

回到家里，我们继续收购。先在我们老湾上头院子、下头院子和郑家塝连哄带骗地挨家挨户动员，完了以后，又到新湾的大房子和新房子里如法炮制。接着我们又到雷家湾、周家湾去游说"扫荡"。因为已经吃了"定心丸子"，我心里再没什么顾忌了，放心大胆地收了三天，直到把江国宪借我的五千块本钱全部花完，我和黄军才各自背着一大包花花绿绿的国库券往城里走。这次，为了检验黄军"任何人拿去他们都要买"的话是不是真的，到了财政局旁边那个不起眼的小屋子前，我让黄军在外面等着，让我一个人进去试试。果然我进去后，他们什么也没说，便将我的一万元国库券给换成了六千五百元现金。这时，我才彻底放心了。拿着一大沓钱出来，我想到自己才三天时间，又赚了一千五百元，如此下去，一个月我就该赚一万五千元，十个月呢，就该赚十五万元了。一想到这里，我眼前就像铺开了一条快速致富的金光大道，面对满街的人流和车流，我真想放声大喊大叫一番。

长话短说，老任，以后我就一门心思做起了这个生意。我和黄军先是把我们乡的各个村村寨寨都跑光，然后又把生意的触角向周边的吴家场、中坝、元丰场等乡镇延伸。走远以后，为了安全，黄军又去把他原来的几个同伙喊到了一起，这样我们经常会有五六个人在一起，像一个"打家劫舍"的小团伙。白天我们在乡下走村串户，晚上就住在乡场上简陋的小旅馆里，怀里抱着装满国库券和现金的旧挎包和衣而睡。每次出去，我们都会把身上的现金全换成国库券后，才会乘车赶到县城那家所谓的证券公司兑换，然后又揣上兑换来的现金踏上继续收购国库券的征途。

如此周而复始，一个多月后，我果然赚了一万多元，又由一个身无分文的穷光蛋变成了腰缠万贯的"万元户"。此时，我本该去把江国宪的五千元本钱还了，可一想还了五千元钱，我的本钱就少了。本钱一少，赚头也就相对会少。又一想，反正江国宪也没逼我还，那就等我把雪球滚大一些再还吧！我们从西到东，继续扩大收购国库券的地盘。又一个月后，我们辗转到了邻县石铺一个叫高水的镇上，那时我口袋里加上江国宪的五千元本钱，一共已有了三万块钱，我全部带在了身上。黄军他们也是一样，除了自己那只形影不离的挎包，每人还带了一根小塑料蛇皮口袋，准备装买来的国库券。我们全都满怀信心，准备大干一场。高水镇也是一个区所在地场镇，比我们吴家场还大，但周围都被高山围着，人们主要靠洋芋和苞谷生活，比较贫穷，我们出三折、四折，他们也肯把手里的国库券卖给我们。我们和平时一样，白天到乡下游说那些质朴的乡民，晚上回到镇上一家叫"鸿泰旅社"的小旅馆住下来。住了十来天，我们才把这个镇大多数村庄跑完，而这时我们口袋里的钱也所剩无几，收来的国库券将每个人背上的蛇皮口袋塞得满满的。

我们准备第二天就离开这个小镇，回县城将蛇皮口袋的国库券卖给证券公司。可这天晚上，我们正在小旅馆里抱着蛇皮口袋做着发财美梦的时候，小旅馆的门突然被踢开，冲进来十多个汉子，将我们从床上踢醒，用手里的强光手电筒照射着我们脸，喝道："起来！"我们急忙从床上坐起来，避开手电筒的光，说道："我们可没做什么坏事！"那些人的手电筒光又落到我们怀里的蛇皮口袋上，厉声问："口袋里是什么？"我们一下愣了，借着这个机会，我朝那些人看了看，发现全是一些干部模样的人，还有三个戴大盖帽的警察，问我们话的，正是其中一个警察。我一见警察就有些害怕了，便小声地说："是国库券……"那个问话的警察没等我说完，便命令我们穿好衣服，把口袋放到地下，站到一边去，我们只好照办了。警察把我们口袋收到一起，又过来搜了我们身上，将我们口袋里剩下的钱也给搜去了，然后把我们押了出来。这时我们才看见街边停了一辆面包车，警察将我们塞到车里，上来开着车走了。

车在大街上拐了几个弯，才在一个院子里停下来。因为天黑，我们也看不清是什么地方，但我估计是派出所。我们被带进一间屋子里，警察用手铐把我们铐在了窗户的铁条上，然后离开了。我们在屋子里站了一夜，第二天早上，有人给我们送来两个冷馒头，等我们吃完了，才一一押出去过堂。所谓过堂，十分简单，无非是问问姓名、年龄、文化程度、结婚没有、住在哪儿等，然后才问我知不知道为什么会被抓到这里来？我说不知道自己犯了什么法？听我这么说，他们又盯着我问知不知道倒卖国库券是违法的？我说不知道，看见别人卖我们也跟着卖。他们又问我倒卖了多少次国库券？我自然不会把过去几次说出来，只说这是第一次，出来就被你们抓到了。两个警察听了这话，互相看了看，不再问了，又叫一个警察把我押回屋子里。都问完了以后，才进来一个头儿模样的警察说："倒卖国库券是严重的违法行为，根据法律规定，情节严重的可判处三到七年有期徒刑，就是数额不大，也要判治安拘留，你们买卖了这么多国库券，属于情节特别严重，本应判你们的刑，但念你们能正确认识错误，又是初犯，所以给你们改正错误的机会，所买的国库券和身上的现金全部予以没收，现在你们在这个表上签个字，就可以回去了！"一听说国库券和钱全部没收，我们一下傻了，面面相觑一阵，又抬头望着他说："这……"还没等我们说出任何话，警察突然脸色一变，目光像两把刀子一样盯着我们大声说："想坐牢是不是？"一听这话，我们便不敢吭声了。一想到坐牢的滋味，我身上就泛起了鸡皮疙瘩，不等他们再说什么，便过去在纸上写了自己的名字，然后朝屋外走了出去。

没一会儿，黄军他们也出来了，对我问："你为什么要先把字签了？"我说："我是坐过牢的，不想二进宫了！"他们听了这话，便不再说什么。我们沿着街道走到公路边，黄军才问："现在连赶公共汽车的钱都没有了，怎么回去？"我突然恶声恶气地冲他吼着说："一百多里路，哪儿把人走死了？"说完我仿佛和他们都有仇似的，迈开大步只顾"咚咚"地往前走了。

第十六段录音

我们还是没有只靠两只脚走回县城。走了一个多小时，我们遇到一辆从鸭子岭煤矿往我们县上火电厂拉煤的大货车，我们站在公路中间，把卡车拦了下来。司机见我们一个个红着眼睛，说话恶声恶气，仿佛劫路的强盗一般，吓住了，急忙叫我们爬到后面车厢的煤堆上。走到离收费站还有半里路远时，司机停下车对我们说："要过收费站了，有警察在那儿检查，你们先下来，等过了收费站我再搭你们！"我们下了车，尾随着汽车朝收费站跑去。可卡车一过收费站，突然加大油门，把我们甩在了后面。不过此时离县城也只有十来公里了，我们就走回到县城。到了城里，黄军他们便和我分了手，从此我再没见到过他们。

和黄军他们分手后，我突然觉得十分痛苦和孤单，真想躲到一个没人的地方放声大哭一场。我没想到自己的快速发财梦会这么快就破灭，就像一个贪心的赌徒，不但没赚到钱，而且连老本也输得个精光。现在再看大街上的人，觉得人人都在向我投来鄙夷的目光，都在幸灾乐祸地看我的笑话，我真想寻人打上一架，哪怕被人打得头破血流也在所不惜。我像一个被大人遗弃的孩子，踟蹰在大街上，不知道该怎么办？我现在比被伍莉从家里赶出来时还惨。我再也没脸去江国宪那儿了，可不去他那儿，我又能去找什么人呢？

正觉得走投无路的时候，忽然听到一个喊声，说："嘿，万元户，你怎么在这里？"我一看，竟是我们湾里的贺七成。我耳根一热，强打起精神说："什么万元户，你不要挖苦我了！"我见他挑着一担菜，便转移话题问，"你到城里做菜生意了？"他说："做啥菜生意，我这是帮三哥工地上买菜！"我起初还没回过神来，忙问："哪个三哥？"他说："真是贵人多忘事，三哥你都忘了，贺世海……"他

186

话还没完，我恍然大悟。原来在县上召开了"万元户"表彰大会不久，乡上张书记被调走了。他一走，贺世海的靠山便倒了。新来的书记姓李，是从县上来的，可巧贺世忠的姐姐和二姨夫也在县上工作，和姓李的是哥们。贺世忠一直想坐上支部书记的位置，这下逮着了机会，于是去向姓李的说了贺世海许多不是。姓李的便借整顿农村基层党组织的名义，组织工作队来查贺世海的问题。贺世海见大势已去，一气之下辞了职，带上贺兴仁到城里帮一个姓廖的老同学打理房地产生意。不久，老同学到成都发展，便把在县城的公司全权交给贺世海管理。贺世海虽然出道不久，但凭着老同学给他建立的人脉关系和他自己的聪明才智，很快便打出一片天下，接连承包了好几个工程。贺世海承包下工程后，许多贺家湾人都到他手下打工，贺世海对投到他手下的贺家湾人，来者不拒，这一点我早就听说过了。现在听贺七成这么一说。我便说："是这么回事，怪不得你挑着两筐菜！"又问，"怎么下午才买菜？"他说："下午的菜便宜呀！"接着两只眼睛又滴溜溜地在我身上扫了一遍，说，"兄弟，你现在在做什么生意？"我说："没什么做的，耍呢！"他一听这话，马上说："那你到三哥这儿来呀，他最近刚包了一个工程，正需要人呢！"我正走投无路，听了贺七成的话，心里一动，便想："现实而今眼目下，何不真到贺世海手里找碗饭吃，慢慢攒钱把江国宪的钱还了？"就对贺七成说："三哥真的需要人？"他说："弟弟兄兄的，我还会骗你？"我便随贺七成去了。

贺世海的办公室还在他老同学原来公司的楼上，门口摆着一扇屏风，屏风上一排扇形的字："三鑫房地产有限责任公司"。屏风前面，是一只巨大的、大约是用乌木制成的条桌，桌上摆了一只金光闪闪的、足有簸箕般大的元宝。我虽然知道那不是真正的金子铸成的，但看见那么大的元宝也吃惊不小。转过屏风，里面是一溜办公室。贺七成把我带到一间办公室门口，缩头缩脑朝屋里看了一下，才胆怯似的喊了一声："三哥，你看谁来了？"说着将我推了一下，说，"我把你带到三哥这儿来了，你自己进去给三哥说！"便转身出去了。

屋子很大，大约是两间或三间屋子打通建成的，四壁摆着沙发、茶几和文件柜、保险箱，屋子中间是一张比乒乓球桌子还大的写字桌，桌子上摆了一个不断招手的财神菩萨像，桌子后面的大班椅上，贺世海脸色红润亮堂，头发往后梳成一个背头，大约是上多了发油，梳子的痕迹清晰可见。他穿着一身浅灰色西服，没结领带，衬衫领子往外翻着，一副大老板的派头。一看见我，便惊奇地叫了一声："是你，世亮?"一边说一边忙不迭地站起来，招呼我在椅子上坐下，又转身按了按桌上一只铃。没一时，一个漂亮姑娘出现在门口，贺世海说："倒杯水来!"那姑娘果然转身而去，很快便端了一杯水来放到我面前。我端起水杯呷了一口，又朝贺世海屋子里看了看，忽然想起他过去带领村里的年轻人争当"无名英雄"，想起他组织大家学习《人民日报》和《红旗》杂志社论时说过的那些话，又想起他后来当支部书记等往事，然后才想起自己这半辈子遇到的一连串倒霉背运的事，不由得又想流泪。强忍半天才把眼泪忍住，对他说："三哥真是生来就是大富大贵的命……"没说完，我觉得喉咙有些发硬，便把话打住了。

贺世海似乎从我的神色和话里察觉出了什么，两只眼睛又将我认真打量了一会，才突然问我："我听说你离婚了，现在又在哪里发财?"一听这话，我再也忍不住了，看了看屋子里没人，便颤抖着喊了一声，然后说："三哥再别这样说，老弟算是关公走麦城——倒霉透顶了!"说完，我把做国库券生意的事对他说了一遍。他一听，便说："哎呀，你也真是，倒卖国库券确实是违法的，做这样的生意，往往都是打一枪换一个地方，你们怎么在一个镇上就住了十来天? 人家说不定早就把你们吊到了!"我说："我们见那里生意好，老百姓人也很实诚，卖给我们的国库券又便宜，便想多买一点……"他说："你们是吃了贪心的亏，如果见好就收，怎么会连老本都被人收去了?"又看着我问，"老弟现在打算怎么办?"我急忙抬起头看着他说："我就是来求三哥给我指条生路呢!"他一听这话，急忙说："那你到我这儿来干吧，我一定不会亏待你!"

听了他的话，我正要感谢他，可他突然又看着我说："我还欠老弟一笔账，正愁没机会还你呢!"我忽然成了丈二和尚——摸不着头脑，忙问："三哥欠我什么账?"贺世海说："还是一笔大账呢，三哥实在对不起你!"我更糊涂了，又立即对他说："三哥开什么玩笑……"可贺世海不等我说完，便看着我问："你还记不记得那年当兵的事了?"我说："那是我这辈子背时倒运的开始，一辈子都记得!"他说："是我到公社打的小报告……"我吃惊得瞪大了眼睛，看着他像是不肯相信地问："你……"贺世海轻轻叹了一口气，才说："我也不是想有意害你，主要是想着要对毛主席忠诚。第二天看见你在大队部痛哭流涕的样子，我又后悔了。不过你也是，那天你要是一口咬定没有那回事，也就算了。那个女娃儿，叫啥名字，住在哪儿连你都不晓得，何况他们？他们即使想去调查，又到哪儿去查？没想到你又承认了……"听到这儿，我埋下了头，过了一会儿才抬起头对贺世海说："我那时才从学校出来，哪晓得这些……"贺世海大约见我脸上浮现出了痛苦的神色，没等我继续说下去，又挥了一下手说："算了，不说这些了，现在你跟着我干，我知道你脑子灵，我也不让你到工地上去轻一下重一下，干那些苦力的活儿，你帮着我干些管理的事就是，今后三哥碗里有稠的，你碗里绝不会只有稀的！"

可这时候我却迟疑了。我来投靠他，本就想找一碗饭吃的，听见他主动叫我留下来，我还正要感谢他。可一听他说了当年的事，我心里不由得恨起他来了。虽然当时他不是要有意害我，但客观上却害了我一辈子。如果我当年去当了兵，这辈子的人生道路就是另外一个样子了。我走到今天，一切都归咎于他的一个小报告，我怎么不恨他？我再走投无路，可男人起码的自尊还在。想到这里，我便对他说："三哥，这恐怕不行，你是知道的，我做小生意自由散漫惯了，留到你这儿，受人管辖恐怕不习惯！"他说："你不愿留在这儿，那你打算怎么办？"我说："如果三哥真为过去那件事想要帮助我，那就借我五千元钱，我还去做老本行，等赚了钱我一定还你！"他听了沉吟半晌，说："这也行，我知道老弟是个不甘屈人之下的人，迟早会干成大事！"说罢他又按了桌上的铃，又是刚才那个漂亮姑娘出现在了门口。贺世海便对她说："你去财务那儿拿五千块钱过来！"姑娘转身而去，没一时拿了一沓钱过来，贺世海接过钱，把它递到了我手里。我把它们放进了挎包里，这才对贺世海说："三哥，我给你打张借条吧！"他挥了挥手，说："打啥借条，几千块钱我还怕你赖账不成？"听了这话，我放心了。虽然我恨他毁了我这辈子，可此时此地，我心里还是不由得对他生起了一股感激之情，于是站起来对他鞠了个躬说："那就谢三哥了！"

第十七段录音

走出贺世海的办公室，我心里又升腾起了希望。这时已到了下午四点多钟，橘红色的阳光照在临江一面的建筑物上，显得十分温馨。我还没吃午饭，早上在石铺县高水派出所吃的两个冷馒头早被肠胃消化殆尽，此时肚子不断"咕咕"地又吵又闹。我从挎包里抽出一百元钱来，拐到旁边小街上一家小食店吃了两碗面条。老板要我给零钱，我大声说："只有大钞！"那口气好像百万富翁一样，连自己都觉得好笑。老板只得找补了我九十二元。我将五十元票面那张整钱仍放回挎包里，将四十二元零钞放进上衣口袋，抹了抹嘴，走出小食店，打算回家去。可就在这时，我忽然想："还回什么家？真是脱了裤子打屁——不嫌多一道麻烦！既然都到城里了，直接赶火车到重庆，不是既节省了时间，还少走两趟路吗？"我打消了回家的念头，转身又回去向贺七成借扁担。贺七成把我带到他们工地，给我锯了一截搭脚手架的楠竹筒，从中间劈开，递给我说："看你怎么挑，也不会断！"我谢过贺七成，接过这根粗糙的楠竹扁担，出来又到东门码头的日杂市场买了两根筷子粗的棕绳和两条旅行用的大尼龙编织口袋，像第一次到重庆进货一样，用绳子将尼龙口袋绑在楠竹扁担上，精神抖擞地往公交车站走去了。

到了火车站，天刚刚黑，我买了午夜十二点多钟那趟去重庆的火车车票。离开车还有好几个小时，我先在候车室坐了一会儿，看着背着大包小包来来往往又吵吵嚷嚷的人群，觉得无聊，又起身来到外面。刚出来时，看见头顶的天空移动着一大团臃肿得像棉花一样的白云。我想起这天是农历十五，可我没看见月光，只有周围几盏路灯散着昏黄的光亮。正在我为月亮感到遗憾的时候，突然眼前一片明亮，遍地都撒着一层银粉似的。我急忙朝天空看去，原来是一轮明月从那片缓缓移动的白云中挣脱了出来，此时从高高的深蓝色的夜空，倾泻下了它那皎洁的光芒。我把目光投向远处，周围的建筑挡住了我的目光，我只看见前面铁道两旁有几户人家，四围的树木和竹丛把房屋遮了个严严实实。我看不清房屋的轮廓，却有几点闪烁的灯光从树木和竹丛缝中透出来，也像天上的星星一样眨着眼睛。我觉得明天一定会是个大晴天，这是一个好兆头。一想到兆头，我便又想来试一试，于是就蹲在月光笼罩的广场上，从口袋里掏出了下午吃面条后老板找补给我的两枚一元硬币，捧在手里摇了摇，微闭了眼，先在心里祷告了一番，然后将两只硬币朝月光中抛了起来。等硬币"叮当"一声落了地，我才睁开眼睛。一看，一只硬币国徽朝上，另一只硬币国徽朝下。我又将硬币拾起来在手里摇了摇，然后又抛上去。再看，是两只国徽都朝上。我一下高兴了，觉得这次重打鼓、另开张一定会顺顺利利赚到大钱。我又抛了一次，却又是一只硬币的国徽朝上，一只硬币的国徽朝下，看不出什么来。我还要抛时，见有人走了过来。我怕别人问我在干什么，站起来又进了候车室。

在候车室椅子上坐下不久，我的两只眼睛便互不相让地打起架来。昨天晚上我们被高水派出所铐在窗子铁条上，只在天亮实在熬不过时，才站着打了一会儿盹。今天又颠簸了一天，要是在家里，我早就倒在床上睡了。可现在不行，我怕一旦睡过去后会误车，更重要的是身上还带着几千块钱，怎么能睡呢？于是我揉了揉眼睛，又爬起来走出候车室，在外面月光下像是无头苍蝇一样转悠起来。我转了一遍又一遍，终于挨到上车时间，这才打着哈欠，进候车室检票上了车。

起初，我还使劲抵御着困倦的袭击，可是没过多久，在火车"咣当咣当"的轻轻摇晃中，我不光觉得两只眼皮在打架，而且上眼皮像是挂着坠子，在使劲地往下坠，一闭上便不想睁开了。但在临睡的最后时刻，我并没忘记挎包里的钱，我将双手抄拢来，紧紧将挎包抱在胸前，这才将头靠在椅背上，张着嘴睡了过去。

我是被一阵粗暴的摇晃和吆喝惊醒的。睁开蒙眬的眼睛一看，身边站着两个列车员。原来列车早到了菜园坝火车站，乘客都下光了。再一看，我不知什么时候由抱着挎包靠着椅背睡变成趴在面前小桌上睡。我见列车员催我下车，忙低头看了看，见挎包还挂在胸前，一下放了心，急忙拿起行李架上的楠竹扁担，朝车门口跑了过去。

出了车站，天还没有亮，我又在火车站售票厅外面，靠着墙壁坐了一个多小时，直等到天大亮以后，我才到车站外面的小吃店吃了早饭，然后不慌不忙地乘公交车去了朝天门批发市场。等市场开门后，我去选好商品，过来和老板算账，我拉开挎包拉链，将手伸进去一摸，突然像是被电击中，一下傻了：挎包里的钱没有了！我张嘴结舌地呆了那么五六秒钟，急忙从脖子上取下挎包里外翻看起来，这才发现挎包不知在什么时候，被小偷用刀片划开，从贺世海那儿借来的几千块钱被偷得一分不剩。我将挎包抖了抖，似乎还想从里面抖出钱来，当然那只是妄想。然后我的身子抖了起来，上下牙齿磕碰出清晰的响声，像是害寒热症一样。抖着抖着，双腿像是被抽了筋，一下瘫在了池上。接着，我两手捧着头，仿佛死了爹妈一样"嗡嗡"地哭了起来。老板和在店里进货的几个顾客不知发生了什么事，都一齐愣愣地看着我。过了一会儿，老板才走过来对我问："你怎么了，啊？"我没答应，只顾伤伤心心地哭着。老板连问了两遍，我才将那只挎包递到他面前，他接过去翻开那道被小偷划开的口子看了看，有些明白了，又对我问："钱被小偷偷了？"我点了点头，他又问："多少？"我哽咽着回答："4950元……"其他几个人听了，也忙围过来说："现在的小偷那么凶，你怎么不小心？"我恨不得一头撞到墙上撞死，便使劲捶打着自己脑袋说："我该死、该死！都怪我睡着了……"说着，又加大了哭声。众人又过来劝道："算了，蚀财免灾，你再哭，小偷也不会送来还你！"说着又把我拉起来。老板也说："男子汉大丈夫哭什么？我这店里前天也有一个人和你一样，货都选好了才发现钱包被小偷偷了，可人家也没哭，做生意嘛，就当亏了那么想嘛！"听了这话，我觉得自己都有些不好意思了，过了一会才嗫嚅着说："我这本钱还是借的……"他没等我说完，又说："借的又怎么了？慢慢挣来还嘛！好了好了，货我自己放回货架上去，拿钱买教训，你以后小心一点就是！"说完便把我口袋里的货提过去，又一一归还到货堆上，然后把口袋拿过来还给了我。

　　我接过口袋走出来，那天的天气果然很好，阳光十分灿烂，像狗的舌头那样舔着我的脸。可我觉得身子发冷，身上的肌肉都绷得很紧，嘴唇不断打着哆嗦。满大街的人声和车流声，在我耳朵里变成了一片"嗡嗡"声。我的太阳筋"突突"地跳着，脑袋像要破裂了。我不知该往哪里去？我口袋里小食店老板找补的四十二元零钱，昨天下午买棕绳和尼龙编织袋，今天早上吃早饭以及乘公共汽车，花去了二十多元，现在还剩下十六块钱，还差十元钱才能买一张回家的火车票。即使有人给我十元钱，可我回去做什么？况且我压根儿做不出两只手掌向上向路人乞讨的事呀！我抱着双手一遍又一遍地在大街上漫无目的地走着，像是瞎猫想去碰死老鼠一样。走着走着，我忽然乘缆车到了朝天门江边。这是我第一次看见长江，平静的江面上泊着几艘轮船，一艘漂亮、整洁得像是游艇一样的小船划破水面驶来，在它后面留下一条发光的水痕。小船消失以后，水面又恢复了平静，在阳光照射下发出熠熠的光芒。我真想一下子跳到水里去，一了百了，永远结束这辈子的不幸和烦恼。可我看见两边码头上忙碌的人群，知道我一跳下去就会被人救上来，这样不但没能死成，还会让人笑话。即使要跳，那也得等到晚上。我想了一想，便在江边坐了下来，直到肚子又"咕咕"叫起来，我才回过神，又坐缆车回到了朝天门市场。我手里攥着仅有的十六元钱，想去吃饭，可一想吃了饭，更没钱回家了。那到底该怎么办？

这时我想到了王茵！是的，从王茵给我把钱重新寄回来，我给她回过一封表示感谢的信后，就再没联系过。不是我心里没有她，而是害怕打搅她平静的生活。眼下我实在没法了，不得不去向她求救。我不知道她还会不会像上次一样热情接待我？但正如俗话所说：大水淹忙了，稻草都想抓一把。对我眼下的状况来说，她就是我的救命稻草，不管能不能成，我总得去试试。这样一想，我便沿着曾经走过的街道，往王茵家去了。可是等我走到那幢熟悉的、有些歪斜破旧的小房子前一看，不由得吃惊地瞪大了眼睛：大门正中贴着一个黑森森的、大大的"奠"字，像魔鬼一样瞪着我，门的上方还挂着一朵用白纸扎成的花，上面搭着一条青纱，两边门框上又是一副白色的挽联："桃花流水杳然去，明月清风几处游。"我不知他们家什么人被阎罗殿的小鬼来拉了魂去，心里像被刀扎了一下似的，忽地"突突"乱跳起来。顿时，我忘记了自己的不幸，也忘记了肚子"咕咕"的叫唤，而为王茵担心和着急起来。我和那个"奠"字对视许久，才鼓起勇气敲起门来……

第十八段录音

实在对不起，老侄！我原想把自己那些陈芝麻烂谷子一口气给老侄讲完，好让老侄早些像你说的那样去"消化吸收"，用得着的你写上，用不着的就沙坝里写字——抹了就是。没想到刚才正讲着，我桌上的座机"丁零丁零"地像和我吵架一样叫个不停。我再补充一句，为了不打扰给你讲故事，我把手机关了。我去接了电话，才知道我在云南的代理商出了一点事，我这个管着云、贵、川、渝的总代理必须尽快赶去处理，所以暂时没法把剩下的故事给老侄讲了！我这一去，估计要耽误十多天，回来后马上就是春节。老侄你也是知道的，春节这段时间是各个行业的销售旺季，同时也是最忙碌的时候，我们日化品行业也是这样，因此可能也没时间和老侄唠叨那些琐事了。所幸的是今年春节我和你老婶商量好了，打算回贺家湾看一看，对她是旧地重游，对我呢，好几年没回来过了，也算是游子归乡，回来看一看，好歹我还是贺家湾的人吧？但最终也说不定，因为人在江湖，身不由己！如能回来，我一定抽时间来拜访老侄，到时我们找一个清静的茶楼，泡杯清茶再和老侄慢慢把我那些事讲完。如果此愿不能实现，那就只好等我春节以后，再抽时间对老侄叨唠了！再次向老侄表示歉意，并提前给老侄全家拜年了！

档案 3：传奇时代

（人物访谈）

王茵访谈

你是王茵婶吗？

你是……

我是接受世亮老叔的委托，准备给他写传记……

哦，我知道了，你是老侄！你老叔说起过你，说你小时候贪玩，读书成绩不好，常常被你母亲按到板凳上打屁股，他还过来夺过你母亲手里的竹篾片！可现在你却当作家了，可见这人呀，真是天生一人，必有一路！你老叔和我都看过你写贺家湾的书，写得巴适！你老叔说，那些事都是真的，所以他才想请你把他的事给写下来！老侄，你打电话有啥事？

是这样的，上次老叔把我邀请到重庆，在宾馆里给我讲了他坐牢以前的事，我回来把那段故事的初稿都写出来了。后来因为单位上通知我到省上学习，老叔就把后面的故事录了音，并把录音都给我寄来了。可我一听，他还是没讲完……

可不是吗？他云南的生意出了点问题，赶去处理了，可能要耽误一段时间……

正因为这样，婶，我才给你打电话。老叔在录音中给我留言说，春节你们准备回贺家湾看看，他再把剩下的故事给我讲完，但他又说能不能回来，还不一定。如果不能回来，只能等春节以后再抽时间给我讲了。可春节一过，我就要到北京鲁迅文学院读几个月书，得半年左右才能回来。所以我就打算不等老叔了，趁这段日子有空，我想请你们给我谈谈老叔的事。我在北京学习的时候，也好酝酿酝酿，最起码把腹稿打好。你看行不行，婶？

你想知道他哪些事？

老叔已经讲到他向贺世海借了五千块钱到重庆来进货，但钱又被小偷偷了，走投无路之下来找你，发现你家门上贴着"奠"字，后面的就没有了。婶就先给我讲一讲他到了你们家的事吧！

这事婶倒说得清楚，那我就讲了……

别忙，婶会不会使用电脑？

老侄小看我了，不会使用电脑我还怎么给你老叔当助手？

那就好，婶！我们就别浪费电话费了！你把经过写下来，发电子邮件给我。我的邮箱地址老叔那儿有……

要得，我写好就发给老侄，啊！

王茵的电子邮件

老侄，我不像你们当作家的那样会讲故事，讲得不好你别笑话哟！

那天我正在屋子里整理东西，忽然听到门外有人敲门，声音不大，敲两下又停了，像是有些胆怯的样子。我去拉开门一看，是你老叔，怀里抱着一根扁担，脸上挂着呆滞和绝望的表情，衣服也是皱巴巴、脏兮兮的，像个逃难的。他两眼呆呆地看着我，像是不认识了一样。现在想来，那天我的模样也好不到哪儿去。我当时还穿着丧服，臂上戴着黑纱，满心悲戚，还没从痛苦中回过神来。我见他呆呆地看着我，便不好意思地摸了摸脸颊，发觉自己脸上冷冰冰的，皮肤像木头一样粗糙。我猜想那时我的脸色一定也十分难看，用你们作家的话说就是憔悴不堪吧！过了许久，我的嘴唇才哆嗦了几下，颤抖着对他说了一声："你、你来了……"他又朝我臂上黑纱看了一下，才同样颤抖着问："谁、谁离、离开了……"我没等他说完，便说："进来吧……"

他一进屋子，目光便落到墙上我母亲和丈夫的遗像上，吃惊得张大了嘴巴，接着嘴唇哆嗦起来，好像要说什么却又说不出来的样子。过了一会，他才眼睛里飞进了虫子似的急速地眨了眨，看着我从嘴里迸出几个字来："这是怎么回事……"

一股巨大的伤痛像汹涌的波涛一样涌上我的心头，我突然伏在桌上，忍不住哭了起来。这个木头人，也不知道过来劝劝我，只是像一个不知所措的孩子一样歪着头探究似的看着我，仿佛一点也不明白到底发生了什么事。哭了一阵，我感觉好些了，这才止住眼泪，但不知道该对他说什么，只泪眼蒙眬地看着他。他见我不哭了，这才指着墙上的遗像小声问："这是……什么时候的事?"我哽咽一声，咬紧牙关对他说了一句："才办完丧事……"他像是吓了一跳，又睁大了眼睛，瞳仁定在了我脸上，带着疑问地说："怎么……"我知道他要问什么，泪水又涌上眼眶，像一层透明的水雾遮住了我的双眼，可我强忍住没让它们流出来，然后对他说："我丈夫是出车祸死的，我母亲知道这个消息后，心脏病发作，也跟着去了……"没说完，我又伤心地哭出了声。这次，你那老叔先是木了一会儿，突然蹲下身，用手猛打着自己的脑袋说："我该死！我该死……"那样子比我还要痛苦得多。一见他那样，我倒有些糊涂了。忙止住了哭声对他问："你这是干什么？"半天，他才带着哭腔十分悔恨地对我说："都怪我害怕打扰你的生活，一直没和你联系……"听了他的话，我有些明白了，便说："这是命，你就是和我联系了，他们难道就不会死？"他愣了愣，才说："最起码我也能来看看你……"我又打断他的话，说："你这不是来了吗？"

你老叔像是被我问住了，一时没吭声，我见他还蹲在地上，便过去把他拉了起来，又掸了掸他衣服上的灰，这才问他："你像是个逃难的，出了什么事？"他坐在椅子上没吭声，我又问了一遍，他才摇了摇头低声说："别提了，比起你遭受的打击来，我这点事太小了？"我又追问："到底是什么事嘛？"他仍摇着头不肯说。我见他不肯告诉我，也就算了，只看着他又问了一句："你吃饭没有？"他先是轻轻点了一下头，可马上又左右摇晃起来。我一见，知道他没有吃饭。我这段日子一直没心思吃饭，中午做的饭，现在还在锅里，便对他说："正好我锅里还有饭，你先吃点在肚子里！"说完，我走进厨房，盛了饭菜出来。他一见，眼睛似乎都大了，接过我的碗，也不说什么，便狼吞虎咽地吃了起来，像是几天没吃饭的样子。

吃过饭，我又追问他怎么成了现在这样子？他被我追问不过，把他怎么做小生意，怎么又成了万元户，怎么和伍莉结婚又离婚，怎么向江国宪借钱，做国库券生意又怎么失败，又怎么去向贺世海借钱，又因为瞌睡被小偷偷去等，直说了半天才说完。我一听说他因为被小偷偷了钱想去寻死，便一下怒了起来，盯着他说："丢了五千块钱就想去跳长江，你还是不是男子汉？要像我这样你还活不活人了？为这点事就寻死觅活，当初为我的事蒙那么大的冤屈，怎么不去死了？"他听了我这话，似乎有些羞愧，红了脸，半晌才说："我那也是一时气短，也没真打算死！"我还想说什么，这时儿子放学回来了。儿子才上小学三年级，但在

200

失去奶奶和爸爸以后，变得懂事起来。一进屋子，他便朝着你老叔看，我对他说："小亮，你还记不记得这个叔叔？"他想了半天，似乎想起来了，点了点头。我让他过去喊，他果然去轻轻喊了一声"叔叔"，显得有点不好意思。

　　你老叔在我那儿住了一晚上，第二天他便要回去。我对他说："你现在又没生意可做了，急急忙忙回去做什么？"他说："总不能在这里住一辈子吧？"我说："你昨天还说没及时来看我，现在来了，多住几天难道不行？"他露出了迟疑的神色，说："这……"我说："这什么，是不是家里还有女人等你……"他急忙红了脸说："看你说到哪儿去了？"我说："既然没人等你，你就在这儿多住几天！如果别人要议论，就让他们议论，只要自己心中没冷病，怕什么？"其实我把他留下来，是有自己的打算的，不过当时没有对他说明。他听了我的话，又犹豫了一会儿，终于答应了。后来我曾经问过他当时为什么会答应留下来，他说："我以为你还沉浸在失去小亮奶奶和爸爸的痛苦里，需要我陪你几天呢！"说实话，当时这种心理也是有的，回到家，有个人和我说说话，也多少能够排遣排遣心里的痛苦吧！但更重要的，我是在等待一件大事。

　　你老叔在我那儿住了五天，每天他都想回去，可我没让他走，因为我想办的事还没实现。白天我去上班，他在家里帮我做做家务或去逛逛街，晚上陪小亮做做作业，渐渐和孩子也熟悉起来了。我看得出，他慢慢从绝望的阴影中走了出来。第六天上，小亮爸爸单位的工会通知我去一趟，我知道自己等待的事情下来了。我让你老叔陪着我去，他起初不愿去，似乎怕别人怀疑的样子。我说："我都不怕别人，你怕什么？你实在害怕，在门口等我就是！"听了这话，他才和我一起去了。到了小亮他爸单位门口，他果然在外面等我。我走进去，他们厂工会主席早在办公室等我了。老侄你猜他们通知我去干什么？去领小亮他爸的抚恤金！小亮他爸那天本该休息，但另一个同事病了，领导临时安排他顶替这个同事将一车钢材给客户送去，结果半路上车子出故障翻到山下，小亮他爸就这样死了。小亮他爸生前年年都是厂里的先进工作者，又很有人缘，领导便按厂里因公死亡的最高标准，给了我二十万元抚恤金。这是在小亮他爸火化那天就谈好了的，只是要等着层层审批。我在表上签了字，将财务科送过来的二十万元崭新的票子装进手提包里。厂工会主席看着我问："要不要我们找个人陪你到银行去？"我说："不必了，谢谢！"说完我走出来，看见你老叔，我就把提包交给他说：

"提好，可不准有一点闪失！"他听了，紧紧把包抱在怀里。

回到家里，我就把门关上，对他问："你还想不想做生意了？"他说："光想有什么用，手里没刀杀不死人……"没等他说完，我马上说："现在有刀了，我只问你还有没有决心做？"他立即睁大眼睛看着我问："刀在哪儿？"我"哗"地拉开提包拉链，将二十万元现金"哗啦啦"地倒在桌上。你老叔先是轻轻地"呀"了一声，接着又像是挨了一电棍似的，目瞪口呆地半天没说出话来，过了一会儿，才看着我问："哪来的这么多钱？"我说："反正不是偷的！"说完，我把小亮他爸抚恤金的事说了一遍。你老叔半痴半呆地看着我，好像还不明白一样。我没等他说什么，就数出十五扎钱往他面前一推，用不可置疑的语气说："这是给你做生意的本钱！回去到县城当道的地方租一间门市，正儿八经开一家自己的公司，要做就把生意做大，靠摆路边摊那样小打小闹，你赚什么钱？"他一听我这话，又看了看高高的两摞钱，像是吓住了。我看见他的眼皮先是不断眨动，然后脸上像是充血似的红了起来，半晌才嘴唇哆嗦地说："不，不，我不能要你的钱……"见他这样，我马上说："我这钱又不咬人，为什么不能要？"

说着，我又把钱往他面前推了推。他又像是害怕似的往后退了退，我看了忍不住想笑，说："我用十五万元钱买一条人命，你说值不值？"他没听出我话里的意思，又疑惑地对我说："我不明白你这话！"我说："你当初不是因为被小偷偷了五千块钱，就想跳长江吗？现在有了十五万元，我相信你一定不会去寻死了，十五万元钱就买一条人命，难道不值？"他听了这话脸更红了，说："那只是我一时糊涂！"见他脸红的样子，我说："好了，就算我借你十五万元，行了吧……"他没等我说下去，立即说："也不行，要是生意又做砸了，我拿什么还你？"我见他执意不收的样子，心想："这真是一个老实人！"便又说："那这样，这钱算我们合伙做生意，我们共同开一个公司，你经营，我出资，赚了钱我们一人一半，赔了算我投资失败，我认倒霉，绝不要你赔一分钱，行不行？"他想了半天，大约觉得这办法行，或者他看出我是一片真心，想了想便说："要这么说也可以！我也摆了两年地摊，又给几家供销社供了将近一年的货，知道哪些货好卖不好卖。我们就开一家日化品专卖公司，一则日化品的利润高，二则我和很多日化品代理商都熟了，可以直接从他们手里进货，保证能赚钱！"我见他说得很肯定，对未来充满信心的样子，便说："具体卖什么我不管，反正我管投资！"他听了这话，忽然两眼熠熠闪光，挥了一下拳头才激动地对我说："王茵，你放心，就是为了你，我也一定要把公司办好，赚上大钱报答你……"我见他像是又回到了十多年前单纯和幼稚的样子，突然勾起了往事，忍不住心里一酸，眼眶就潮湿了。我想对他说："你真的赚到了大钱，也算我多少赎还了一些对你的伤害。"但我没说，我装作擤鼻涕，回过身子掏出一张餐巾纸将眼睛擦了擦，这才回头对他说道："那就这样吧，你把钱收好，回去的路上一定小心！"说完我又补了一句，"祝你好运！"

他把钱收了起来，第二天就回去了。至于他回县城怎样办的公司，他有个无话不谈的朋友叫江国宪，后来我听你老叔说，他办那个公司多亏了江国宪帮忙，老侄你问问他就知道了。

江国宪访谈

　　你问贺世亮办公司的事，那可是找对人了！你老叔办公司的根根底底我都晓得，不但晓得，他那门市和营业执照，还是我去给他张罗的呢！我现在就从事情的开始说起。

　　那天，我正在门市上，你老叔背着一个包，忽然一头闯了进来，兴冲冲地喊了一声："老同学！"我看他满脸红光，双目明亮，便和他开起玩笑来，说："你是摔跟斗捡到了金元宝，才这样高兴是不是？"他朝店里看了看，像是很警惕似的，然后凑到我跟前，有些神秘地对我说："这也跟捡到金元宝差不多！"说着，他把我拉到我那间办公的小屋里，关上门，从挎包里倒出一堆钱来。我立即惊讶地叫了起来："你这么快就赚了这么多钱？"给你大作家说实话，我当时心里怀疑他这钱来路有些不正，如果这样，我可不敢沾手！他大概看出了我的怀疑，立即说："老同学放心，我这钱一不是偷的，二不是骗的，更不是抢的，我一说你就知道了！"说完，便把事情经过给我详详细细讲了一遍。我明白了，然后看着他说："贺世亮，你坐了十年牢，却遇到这样一个有情有义的女人，值了……"他没等我说完，便问："怎么值了？"我说："你难道没有看出来，她说跟你合伙是假的，实际上是她心里还觉得欠你的，因此编出这个借口，要你把这十五万元钱收下来，你真是时来运转了！"说完，我又开他的玩笑说，"贺世亮你老实交代，你在她家里住了这样几天，你们是不是已经上过床了？"你老叔立即红了脸，说："人家才丧了夫，又丧了母，哪有心思和我做那事儿？"我又说："她没那心思，我不相信你就那么规矩……"他的脸更红了，又说："我是一朝被蛇咬，十年怕井绳，哪还敢朝那方面想……"我想也有道理，便对他说："我和你开玩笑的，不管你们上没上床，你今后可都要把过去的事抛到一边，好好对待这个女人！她虽然伤害过你，可人家一次又一次地赎罪，真心实意地帮助你，这样有情有义的女人现在打起灯笼火把也很难找了！"他听了我这话，也说："所以我一定要把公司办好，这样才对得起人家……"

说到生意，我们才言归正传。我看着他问："你打算开一家什么公司？"他说："想开一家日化品批发零售公司！"说完便把日化品行业的一些情况和有利条件对我说了一遍。我听后想了想说："现在爱美的人确实越来越多，不过也别贸然决定下来，得多去做点市场调查。如果县城还没有专门的日化品批发门市，倒是可以试一试，如果已经有了，那就要谨慎一点！做生意除了把方向选准外，口岸也很重要，你准备到哪儿租门市？"他说："具体哪儿有门市出租，我还不知道，所以才来找你呢！老同学做了这么多年生意，对县城也很熟悉，可要帮帮我……"我马上说："下午我先陪你去找门市，顺便看看卖日化品的商店……"我话还没完，他立即显出一副迫不及待的神情，站起来说："我们何不现在就出去？"我看了看表，便说："好事不在忙上，都快十一点了，能看到什么名堂？还是吃了午饭慢慢去找吧！再说你带这么多钱在身上不安全，我们先去存到银行里，以后随用随取！"他听了这话，果然将桌上的钱又装进挎包，和我一起走了出去。

吃过午饭，我和他就出去看门市，我们先把城里大街小巷广告栏上转让门市的广告抄下来，然后循着广告上的地址一一去看，结果发现那些门市不是太小，就是地址太偏，或者转让费高得吓人，没一处理想的地方。门市没找着，倒看见整个县城除了供销社在批发日化品外，还真没有一家个体的日化品批发公司。而供销社的任何东西，都卖得比个体的贵。有几家零售日化品的商店，规模都不大。东门码头的杂货市场上，倒有两家批发日化品的，但一看那包装、价格，便知是假货，这倒是给你老叔提供了一个机会。但大概是由于没找到门市，我看出他有点闷闷不乐，便对他说："你急什么？这找门市就像找对象，可遇不可求，我慢慢给你找就是……"他没等我说完，就急忙对我说："要等到什么时候？"我说："这就要看你的运气如何了，也许三五个月，也许十天半月，也许你今天回去了，明天就找到了，都很难说！反正我会尽心尽力给你找，你要是不放心，就住到城里自己找也行。"他想了半晌才说："我不放心会来找老同学？我还是回去，过两天又来看看就是！"说完他就回去了。

过了两天，你老叔果然又来了，一进门就问："有什么消息？"我说："你也太着急了一点，哪有这么快？昨天我还去那些广告栏看了，还是只有原来那几张转让广告！"他一听这话，马上说："我现在去看看，说不定又有转让的广告贴出来了呢！"说完也不等我说什么，转身就走了。我以为他去看了后会回来，可是却没有。我估计是他没发现新的转让线索，便回去了。

这样过了二十多天，我终于给他找到了一个比较理想的地方，在文庙街和古井巷相交的十字街口，有四十多平方米，前面营业，后面和阁楼上可以做仓库，还可以住人。他来看了，终于舒展了眉头，说："再找不着，我头发都要愁白了！"可一听租金，每年要八万元，他又有些舍不得了。我急忙把他拉到一边，说："你是没在城里做过生意，不晓得好门市租金全要几千块钱一平方米。这个位置，虽然比不上八一街、和平街的位置，但口岸也不错，又是在十字街口，人家才要两千多元一平方米，并不贵……"他伸了一下舌头，说："我的先人，十五万元钱，门市租金就要花去一半多……"我又急忙说："舍不得孩子套不住狼，那些小街小巷的门市倒是便宜，你愿不愿意去租？"他听我这话，这才去和老板签了协议。说实话，你老叔当初可全靠我呢！

房子租下了，却要重新装修，他又问我装修需要多少钱？我说："看你怎么装，少说也要两三万吧！"他一听又要这么多钱，又嚷了起来："光装个门面房就要两三万呀？"我说："你既然知道是门面，门面门面，就当人的脸面，脸面差了，你说谁会注意到你？尤其是你做日化品生意，那些年轻女人正是因为爱美，才走进你的店里来的，首先你得把店面搞得美观大方，才能给她们留下良好的第一印象！"他听了倒没反对，只说了一句："我的个妈呀，八字还没一撇，就花出去了十一二万，这生意还怎么做？"我说："老板不是答应你房租可以半年一交吗，这不就为你缓解了一下困难？半年过后你如果连房租都没赚回来，这生意还做什么？"接着我又鼓励他说，"羊毛出在羊身上，你放心，装修的钱会在你生意里赚回来的！"他大概觉得在理，不再像租门市时那么犹豫了，双手一击，像是下定了决心似的说："干，我听老同学你的！"又看着我说，"可我对装修一窍不通，还得请老同学帮忙！"我忙说："这个你放心，我正好有个朋友在县二建司做了好多年装修工，我那门市就是他装修的。你把所有活儿都包给他，他不但会给你做好，还不会敲你的竹杠！"他高兴了，说："既然这样，就有劳老同学了！我只是希望他能尽快地给我装好，我巴不得明天就开张呢！"我说："心急吃不得热豆腐，你不要忙！"说是这么说，我还是当天就把二建司的朋友找来，一起设计了装修方案，谈妥了价钱，那朋友第二天便带着一帮人"乒乒乓乓"干了起来。

房屋和装修问题解决了，接下来到工商局办营业执照却出了问题。原来那门市是卖服装的，现在不仅改变了用途，而且经营者也变了，得重新到工商局登记和办新的营业执照。原先说好我陪他一起去，可正要走时，我进的一批货到了，只好对他说："实在对不起，我没法陪你去了，你自己去办吧！"他脸上露出了一丝犹豫的神色，我又忙说，"你什么手续和资料都是齐全的，还担心他们不给你办？"他只好拿着资料走了。

可是没过多久你老叔便怒气冲冲地回来了，脸黑得像是要下雨的天空，眼里闪着怒火，仿佛要吃人的样子。我忙问："怎么了？"他"咯吱咯吱"地咬了一阵牙齿，一屁股在我椅子上坐下，半天才恶声恶气地说："挂羊头卖狗肉，墙上挂着'为人民服务'的牌子，实际上不知是在为什么人服务……"看他愤愤不平的样子，我又问他："是你手续不全还是因为别的？"他气呼呼地又扇了一阵鼻孔，突然从口袋里掏出一大把收费单据，往我面前一甩，又大声说："你看看这都是些什么东西！"我马上明白了，不禁"扑哧"一声笑了起来，说："原来是为这个……"他没等我说完，立即铁青着脸打断了我的话，滔滔不绝地对我诉说起来："猪尿包不打人却气胀人！我排了半天队，轮到我了，我把材料递进去，里面一个胖婆娘翻了翻我的资料，什么也没说，就'唰唰'地给开了一大把缴费单据，然后对我说：'到财务那儿交了款再过来填表！'我把单据看了一遍，吓了一大跳，什么办证费、市管费、教育附加费、工会费、个协会费、报刊费、残联费，还有一个什么捐款三百元，还有……你自己看吧！我闹不明白怎么办个证要收这么多费，便问窗口里的胖婆娘：'怎么要交这么多费？'胖婆娘狠狠地瞪了我一眼，不耐烦地说：'我们这叫一站式服务，知道不？是急你们经营者所急，想你们经营者所想，一次性交完相关费用，省得你们一个单位一个单位地跑，浪费时间和精力，知道不？'她一连说了两个'知道不'，可我一点也不知道，我又有些不服气地问：'这费那费我不说，这捐款是怎么回事，不是说捐款自愿吗，怎么也强迫捐了？还有这报刊费，我不订报纸不行吗……'我话还没说完，那胖婆娘'呼'地一下，将我那些资料从窗口扔了出来，然后恶狠狠地说：'不办拉倒！'我真没想到那些人态度会如此恶劣……"

听到这里，我忙说："你气怎么办？只怪我少对你说了一句话，他们要收什么费，你只管交就是，有什么合理不合理的？到了他们那里，不合理也是合理。他们叫这是什么'一站式服务'，实际上就是'捆绑收费'，你要经营，你就得办照。你办照就得交五花八门的钱，你不交钱就不给你办照，不给你办照你就没法营业，就这么简单，你胳膊还能拧得过大腿？你刚才说他们挂羊头卖狗肉，别说卖狗肉，就是挂一泡狗屎在那儿，叫你吃你也得吃了，懂不懂？"他仍犟着脖子愤愤地说："我不懂，这太他妈的不像话了！"见他余怒未消，我忙问："刚才你没和他们吵吧？"他马上说："那还没吵！我一见那胖婆娘把我资料给扔出来了，也气极了，便在大厅里嚷了起来：'你们这是什么态度，还是不是共产党的干部？你们乱收费，坑害老百姓，我们连问也不能问吗？'嚷得整个工商局都知道了……"我一听，马上说："兄弟，你真是聪明一世，糊涂一时，怎么能这样得罪那班大爷？你这一嚷不打紧，你那执照恐怕难办下来了！"他还像赌气地说："办不下来就办不下来，大不了我不开了……"一听他这话，我便生起气来，说："你说得轻巧！你已经花出去了十一二万块，你以为你是千万、亿万富翁呀？那钱是王茵丈夫用命换来的呢！"我这话大概戳到了他的痛处，他马上捧了头，脸上露出了绝望的神色。

一见他这样，我又有些同情起他来，便对他说："把你那些资料给我，明天我去给你试一试！"他一听这话，又咧开宽厚的嘴唇对我笑了一下，像是很不好意思似的，然后说了一句："都怪我，又给老同学添麻烦了！"说着把手里的资料交给了我。我接过资料放到桌子上，然后才又对他说："以后对工商局那班大爷可要忍着点，我们的命攥到他们手里的呢！即使这次把执照办下来了，以后年年还要验照，得罪了他们，人家在验照的时候，照样会寻你的麻烦呢！"他听了这话，点了点头，像是小孩一下子明白了事理的样子。第二天我便拿了他的资料去工商局，工商局有个股长是我的哥们儿，也是平时办照、验照建立起来的那种关系。我先去财务室替你老叔交了各种费用，然后找到那位股长哥们儿，给他说明了情况，又悄悄塞了两条"软中华"在他办公桌的抽屉里，他这才帮忙去把你老叔的执照给办了下来。

你老叔见执照办好了，一下放了心，一边等着房屋装修，一边又跑到重庆联系货源。没多久，两样事情都办好了，公司便开了张。开张那天，王茵也来了。这是我第一次看见王茵，也许为今天这个开张仪式她特意打扮了一番：一头齐耳短发梳得整整齐齐，一张白白胖胖的脸，上穿一件亚麻色的圆领无袖衫，衣服很宽松，拦腰拴着一根带子，显得很随意。两只浑圆结实的手臂露在外面，白皙的脖子上挂着一条小项链。下面则是一条水墨淡花半身裙，刚好将膝盖遮住，脸上挂着一种柔和、宁静、从容的神情。我一见，不由得在心里说："怪不得当初贺世亮会被这个女人吸引住，现在虽然快到中年了，还是这样吸引人的眼睛呢！"王茵住在"阳光宾馆"里，吃过午饭，你老叔送她回宾馆，如果你想知道他们在宾馆说了些什么，去问他们好了！

王茵的电子邮件

　　你老叔的公司开业，我确实去了。一则是他到重庆联系货源时，特地到我家里来，千叮咛万嘱咐，开业那天我一定要出场。说你这个大股东都不来，旁人还会怀疑我的资金是偷来的呢！二则我也想亲自去看一看。这辈子我亏欠他很多，如果他真把公司办起来，能够过上好日子，多少也减轻我心里的愧疚，所以那天我就去了。公司在十字街口，口岸倒是没说的，装修也十分讲究。屋顶是金属天花板，外立面是玫瑰色，内部分成几个明确的区域，每个区域一个品牌。除了天花板上的吊灯外，货架上看不到一只灯泡，却又有明亮柔和的光束从墙面上射到售卖品周围，将那些架子上的瓶瓶罐罐、纸盒金属盒衬托得更加精美和漂亮，原来那些灯都巧妙地隐藏在墙壁的小圆洞里。你老叔一边陪着我，一边对我介绍，脸上浮现出一种得意之色。我见整个公司布置得既雅致又时尚，心里也暗暗佩服，但我没把这种钦佩的表情流露到脸上，只对他说："别高兴得太早了，门市装修得再好，没顾客上门也是空的！"他一听这话，忍不住高兴地说："你放心，昨天我们才往货架上货，就有几个年轻女人来买了五六百块钱的东西！"

　　那天的开业仪式十分热闹，这大概也是小城一个独特的景观。江国宪给他那些做生意的狐朋狗友打了一声招呼，你老叔便用他们的名义，去广告店印制了很多条幅，上面写着"热烈祝贺'茵美日化品批发零售公司'开业大吉"的字样，挂在公司墙上。又去花店租了几十只花篮，摆了半条街。又雇了一群穿红衣的老太太，前面两人抬着一块写着"热烈祝贺'茵美日化品批发零售公司'成立"的大牌子，后面几十个老太太扭着秧歌，一边用整齐划一的动作将手里的鼓钹敲得"咚锵咚锵"响，一边节奏分明地喊："祝贺祝贺，热烈祝贺！"再后面是几个向行人分发广告的姑娘。一队人马浩浩荡荡，沿街游行，连过往的车辆也得为他们让路，那样子还真给人十分隆重的感觉。这些都是江国宪给你老叔一手操作的。起初你老叔还有些心疼手里的钱，说："简单点，节约点钱投到生意上。"可江国宪说："你就不知道了，现在做生意，竞争激烈，酒好也怕巷子深，不宣传怎么行？哪家开业都是这么做的，我们也图个喜庆吧！你放心，我来给你操作，多花不到几个钱！"你老叔怕拂了老同学的好意，这才答应了。可后来你老叔却对我说，他之所以答应江国宪这样做，是因为我要来，让我也高兴高兴！可见老实人也有不老实的时候。

那天我看了你老叔的公司，看了开业时的隆重与热闹，真的很高兴。不过后来我看见公司门口站着两个如花似玉的年轻姑娘，你老叔对我介绍说是他聘来的两个营业员，穿红衣服的叫王颖，穿绿衣服的叫李燕。说出来不怕老伴笑话，当时我听了你老叔的话，心里突然泛出了一股说不出的酸溜溜的感觉，好似一只醋瓶子在肚子里被打翻了。我对他悄悄说："你这两个营业员不错嘛！"这个木头人没听懂我的话，反而自鸣得意地说："这是我和江国宪从十多个应聘者中精心挑选出来的！开日化公司嘛，营业员本身就是广告，不找漂亮点的怎么行？"听他这么说，我乜斜了他一眼，旁敲侧击地说："不光是广告的意思吧？"他马上问："还有什么？"我没回答他，过了一会儿才装作开玩笑的样子说："你可要记住'兔子不吃窝边草'这句话……"这次他算明白我的意思了，立即红着脸说："看你说到哪儿去了……"见他不好意思的样子，我才没说什么了。

中午他在公司旁边的"五福大酒店"订了一个雅间，江国宪把他在工商局那个股长和二建司那个搞装修的朋友也给请来了，还来了两个税务局的人，也是江国宪给请的。吃饭的时候，又放了几挂"大地红"鞭炮，"噼噼啪啪"的，纸屑飞了一条街。吃饭的时候，那些人频频向我举杯，想把我灌醉的样子，幸好有你老叔挡驾，我才没出洋相。但毕竟喝了好几杯酒在肚子里，有些头重脚轻起来。碗一搁，我便想回宾馆歇息歇息。我住在八一街的"阳光宾馆"里，离文庙街并不远，可你老叔坚持要送我回去。

回到宾馆，我便对他说："好了，你回去吧！"他却说："我坐一会儿！"说完看着我，好像是要征得我同意似的。我说："公司才开张，你还是回去照顾生意要紧。"他说："有王颖和李燕在公司里，怕什么？"我说："你就那么相信她们呀?"他说:"用人不疑,疑人不用嘛!"说完又把目光落到我身上,似乎想说什么。我虽然有点头昏脑涨,可心里什么都明白,肚子里也装着许多话,可同样不知该从哪儿说起,脸颊烫得像是有火烤着一样。过了许久,我才看着他问:"你为什么给公司起这么一个名字,'茵美'是什么意思?"他一听,脸腾地红了,像一个不知所措的小孩似的憨笑了一下,然后才看着我反问:"你说呢?"我说:"我要明白就不会问你了!"实际上我心里早就明白了,可我就要明知故问。没想到这个呆子听了我的话,竟然老老实实地回答:"因为公司是你的,所以用了你的名字!"我知道他没把真实的想法说出来,又马上说:"你用我的名字就用我的名字,可后面又加那么一个字,明明知道我老了,这不是寒碜我吗?"他一听这话,像是急了,立即站起来说:"不,不,我一点没那意思!'茵美''茵美',就是你很美的意思!"接着又仿佛辩白似的补了一句,"你在我心里永远都是最美的!"

听了他这话,我脸上更像是有烙铁烙一样。我摸了摸脸颊,起身走到镜子前看了一下。当然,镜子里那张脸还是十分受看的,可再受看,我还能回到十多年前吗?想到这里,我心里不禁有点悲伤起来,我本想对他说:"我再美,还能比得上王颖、李燕漂亮吗?"但我真怕他想入非非,没把这话说出来。过了一会儿,我转过身来对他说:"公司明明是你的,怎么成了我的呢?"他说:"营业执照上虽然写的是我的名字,可没你的十五万元钱,我别说办公司,就是马路摊也摆不起来了……"听他说到这里,我觉得该把自己真实的想法说出来了,便说:"那十五万块钱,既不是我入股的,也不是我借给你的,是我赔偿你在牢里度过十年的损失费……"我还没说完,他便争辩似的打断我的话说:"我坐十年牢,那不是你的错,我为什么要你的赔偿?"我说:"不是我的错,却是由我引起的,冤有头,债有主,我不赔谁赔?要是用钱能弥补你被耽误的十年青春,我愿意再给你十万、二十万乃至一百万……"他又打断我的话说:"别说了,过去的事情已经过去!从我出狱知道了事情的真相后,我就把过去的事情一笔勾销了,何况你还给了我五千元钱……"一听他说把过去的事情一笔勾销了,我起了疑心,以为他不单指坐牢这件事,还包括坐牢以前我们两人之间的友谊,我想问他却又觉得不好开口。不管怎么说,是我给他带来了十年牢狱之灾,他要还在心里记恨着我也是完全应该的。想到这里,我不想再说什么了,便对他说:"你回去吧,我想休

212

息一会儿!"他这才站起来,叮咛了几句话便回公司去了。

要论做生意,我不得不佩服你老叔他真是半天云里拍巴掌——高手!这或许要归功于他做了几年小生意,有了经验,或许他天生就有生意人精明的基因,没过多久,"茵美日化品批发零售公司"便名声在外了。起初,你老叔还要亲自跑重庆来组织货源,可来过几趟,就和那些代理商混熟了。熟了以后,他不再跑批发市场,而直接从代理商那里进货,不但价格比批发市场又低了许多,而且那些代理商见他需要的量大,还答应需要什么货,只在电话上说一声,他们便会把货给他送去。这样,他既省去了颠来跑去的时间,还节省了一大笔费用。那些代理商还答应可以一个月给他们结一次账,后来又变成了一季度结一次账,这样他又可以腾出更多现金进一步扩大货源。

你老叔做生意常常有些惊人之举,有时甚至让那些精明的代理商都无法理解。有一次,一个代理商向他推荐他们公司一款正热销的品牌洗衣粉,可你老叔却要了另一款上市才半年、销售一般的牌子。这个代理商不明白了,说:"已经做开了的品牌你不要,偏要这个还没做开的牌子,如果卖不出我可不负责退货哟!"你老叔说:"放心,卖不出我绝不退货!"结果你猜怎么样?那个已经做开了的品牌一开了年,便卖不出去了,而那个在头一年还没做开的牌子,第二年却成为市场的宠儿,让他大赚了一笔。那次他到重庆来对我说起这件事,我简直像听神话一般,我问他:"你是怎么把市场看得这么准,难道你是算命先生?"他笑了一笑,说:"这就得看你的眼光了!一般来讲,不管什么品牌,和世界上万事万物一样,有顶峰也就有低谷甚至完全衰退的时候。那个品牌在市场上已经热销了几年,半年前我到各个零售店调查,就发现销量已经大大下滑,我就断定这个品牌寿命不会太长了!而那个在市场上还没卖开的产品,因为推出时间不久,消费者还没把市场看清,可随着那个老品牌的退场,这个牌子必然起来。所以我就赢了!"

但你老叔也有败走麦城的时候,有一次他从一个代理商那儿进了一批液体肥皂,就是用肥皂做成的洗衣浆。这是继固体肥皂之后市场上出现的新产品,你老叔以为会受到市场的欢迎。因为他认为直接倒点洗衣浆在水里,省去了往衣服上抹肥皂的麻烦,那些家庭妇女一定会欢迎。但他没想到不管是机洗还是手洗,那些颗粒洗衣粉早已具备了这种省事和高效的功能,结果卖不出去,只好赔钱甩卖了。从这件事后，他吸取了教训，更注意市场调研，从此再没做过这样赔本的买卖。

更重要的是，在生意中他坚持薄利多销的原则，宁愿把利润降到最低，也要把公司的业务先做大做强。因为他是直接从代理商那儿拿货，价格几乎是出厂价，因此他批发出去的价格，有的甚至比朝天门批发市场还低。比如他批一件同样牌子的洗衣粉出去，朝天门批发市场的老板没有两元的利润绝不批出去，可他只要一元，有时甚至五毛钱的利润，他也往外发货，他图的就是把销量做大。当时供销社改制，所有的门市和营业网点都承包给了个人，加上全县大大小小的超市，不下几百家，见你老叔这儿的商品是由厂家代理商直接供货，不但质量靠得住，而且价钱又便宜，又方便，都不再去朝天门市场，而纷纷到他那儿进货了。这样一来，你老叔基本垄断了全县的日化品市场，后来，不知什么人便给他取了"贺日化"这么一个外号，不但在你们县里叫开了，连我们重庆那些代理商只要一说起"茵美日化品批发零售公司"的老板，便都叫他"贺日化"，争着和他套近乎，想把自己在他那儿的商品做成一枝独秀。

一天，有个著名蚊香品牌的代理商对你老叔说："贺日化，今年我们公司的蚊香，如果能在你们'茵美'突破二百万元的销售额，年底我奖励你一辆十万元的汽车，货车轿车任你选！"你老叔一听，马上说："当真？"代理商说："你不相信，我们立约为据！"两人果真签了一纸协议。年底时，你老叔拿着一沓二百五十万元的销售收据，带着一个姓余的司机，兴冲冲地来找那个代理商了。代理商只得让他去挑选了一辆售价九万多元的货车。可是等代理商一走，他马上把车以八万五千元的价格转卖了。我见他卖车，便说："你现在生意做大了，送货运货不正需要一辆车吗？"他笑了一笑，突然指了那个姓余的司机说："我现在不但有车，还有专门的司机呢？"我糊涂了，问："我怎么没见过你的车？"那姓余的师傅笑了笑，对我说："贺老板指哪我就跑哪，随叫随到，比他自己有车还方便，这不就是专车吗？"后来你老叔才告诉我，余师傅是他过去给供销社送货认识的，他有一辆小型货车，专跑乡下，他便雇了他给自己往乡下送货，一个月平均才花三千块左右，既省心又省钱，余师傅也有了固定的货源，双方都有利好，比自己买台车划算多了。老侄你听听，你老叔是个多会打算盘的人！

总之一句话，你老叔的公司越办越好，赚的钱越来越多，他也成了名副其实的"大款"。可就在这时，我所担心的事情终于发生了。什么事情呢？我不说老侄大概也能猜到，就是他公司里那个叫王颖的女孩爱上了他这个风度翩翩的中年大款！这个事情，你老叔后来虽然也给我说过，但有些语焉不详，我也没追问他。人嘛，谁心中没点小秘密呢？既然他不肯把根根蒂蒂都告诉我，我老是去追问他，不显得我鸡肠小肚了？老侄如果想知道这事，最好去问问现在还留在江国宪公司里的李燕，她们两个姑娘当时上班下班形影不离，住也是住在一起的，肯定知道事情的详细经过。我就说到这里吧！

李燕访谈

你要我谈谈王颖是怎么爱上贺老板的，这事让我怎么说呢？我本不应该把好朋友那些事告诉你的，可听我现在的江老板说，你是要给贺老板写啥传记。说起来，我高中一毕业便出去打工，换了好几个老板，感觉贺老板在这几个老板中，是最好的一个老板，所以我就把自己知道的一些事对你说说吧。

我和王颖是贺老板"茵美"开业前，从十多个应聘者中选出来的。要说好看，王颖比我好看得多。她个子和我差不多，但腰身比我更苗条。一张瓜子脸儿，又白又嫩，两只眼睛很大，又黑又亮，像你们作家说的深潭一般，上面罩着长长的睫毛，无论什么时候眼皮轻轻一眨，那又浓又长的睫毛便一上一下地闪动，狐媚子似的。还有那小巧玲珑的鼻子和肉感红润的嘴唇，总之一句话，是那种让男人看一眼就会被迷住的美人儿。贺老板对我们说，因为他开的是日化专卖店，虽然也经营一些洗涤用品，但更多的是推销化妆和美容用品，所以他要找全县最漂亮的女孩，这叫相得益彰。我虽然不懂他的"相得益彰"，但从生意的角度看，他确实是选对了。那些日子，顾客只要一到公司，不管是男是女，首先不是去看货架上的商品，而是盯着我们看，特别是王颖，似乎她的每一道目光，每一个微笑，每一声呼吸，每一块肌肉的轻轻颤动，都在释放无穷的魔力，让顾客对"茵美"眷顾不已。

从到"茵美"公司，我们两人就住在一起。本来公司的阁楼上是可以住人的，但贺老板说女孩子住在上面不但上厕所不方便，也没地方做饭，嘴馋了想吃点什么只有出去下馆子，便在公司旁边给我们租了一套小户型的公寓房，还给我们置办了一套炊餐用具，他自己却在公司的阁楼上睡。在这一点上，贺老板确实是个大好人，他不但心细，还懂得关心人，特别是对我们这些女孩子。可我们确是浪费了他的公寓房！因为我们害怕长胖了，很少吃早餐，中午在公司里又是贺总叫的盒饭，只有晚上我们如果想做饭，才动手做一点，可我们很懒，大多数时候都跑到街上吃麻辣烫。日子长了，我和王颖无话不谈，亲热得像亲姐妹一般。这时我才知道王颖虽然长得比我好，命却比我差。她出生在我们县最穷的旮旯乡，父母都有病，她上面有两个姐姐，父母一心想生个儿子传宗接代，可生下她一看又是个"转锅边"的丫头片子，她父亲便要把她抱到大路垭口扔掉。正要抱起走时，母亲突然有些舍不得了，抱住她父亲的大腿，又把她给夺了回来。虽然她仍留在了家里，可父母似乎把没有生下儿子的过错怪罪到了她的身上，加上政府又罚了他们家一大笔超计划生育罚款，父母更把这责任怪到了她身上，因此便不像心疼两个姐姐一样心疼她，加上家里穷，她初中没念完便辍学了。因此，她花钱非常节约，到街边吃麻辣烫，多数时候是我买单。当然，我们两个女孩也吃不了多少，何况我们点菜时，也尽选价格便宜的点呢！有时我想，这老天爷真是不公平，为什么有的人命好，有的人命就这样差呢？

扯远了，还是回到她是怎么爱上贺老板的这件事上来吧！她是从什么时候爱上贺老板的，我没问过她，她也没告诉过我，但我猜想，大概是进公司不久，或者是她看见贺老板生意越做越大、越做越好，这时心里慢慢就有了贺老板的吧。不过我看出苗头，却是第二年夏天的时候。这时我们到"茵美"差不多一年了，王颖的身子虽然仍很苗条，却比才来时结实了许多，特别是那胸脯和臀部，一个向前挺，一个往后翘，这就是所谓的魔鬼身材吧。那几天，我忽然发现她化妆比过去更勤更细致，一坐到梳妆台前，就是半天。化妆是贺老板给我们规定的一个硬任务，要求我们每天必须化。他不但给我们买了最好的化妆品，而且还从县城一家婚庆公司请了个化妆师来，教我们怎样化妆，因此我们每天出去，都像天仙一般。可是过去，王颖大约在山里野惯了，又加上像你们说的天生丽质，因此对老板交代的任务，总有些敷衍。可现在，她不但要对着镜子细细地勾画和涂抹，还不断问我："李燕你看看，还有哪儿没化到？"我故意开她的玩笑说："还有肚子上没化到！"她听了这话，就扑过来打我的肩头，说："你坏，你坏，我问你老实话呢！"我说："我说的也是老实话呀！"我又问她，"化这么好，恐怕不光是给顾客看吧？"她脸立即红了，说："不是给顾客看给谁看？"我说："这段日子，我发现你是开水泡米花——开心得很，是不是找到白马王子了？"我的话刚完，她连耳根都红了，又过来和我一边打闹，一边说："你乱说，你乱说，我才没有呢！"

可是，我很快就发现了她心中的秘密。我们一走进公司，她的眼睛就像小猫一样四处看，一看到贺老板，那目光一下就变成两束强烈的灯光，明亮中充满柔情和爱意，人也变得欢快起来，和顾客叽叽喳喳说个不停，但眼睛却透过顾客的肩不时向老板那儿投过去。不怕你笑，我一上高中就开始谈恋爱，那时才十七岁，我喜欢的那个男孩和我不是一个班，我一班，他二班，长得浓眉大眼，又不粗鲁，学习特别好，还会弹吉他。我爱上他的时候，就是王颖那个样子，尽管没和他说过一句话，也没机会单独和他接触，但只要远远地看着他就觉得很舒服。如果课间休息时我看见了他，就会觉得心旷神怡，如果没看见他，下一节课我就一定会走神，心里闷闷不乐，像丢失了什么东西一样。后来我凭着自己的经验，从一个人的眼神就能看出他（她）是不是爱上了另一个人。爱上了的时候，那眼神是非常专注的，就像收光很好的电筒，紧紧的一束，而且充满小绵羊似的柔情蜜意。不爱的时候，那眼睛发出的光是散的，更不用说有柔情和爱意了。因此我断定王颖是爱上了老板，不过我当时没跟她点破。不但没点破，我心里还有点吃醋呢。那时流行漂亮女孩嫁大款，贺老板才三十多岁，又是单身一人，人也长得帅气，事业又蒸蒸日上，正是小女孩心中梦寐以求的白马王子。我不得不佩服她的眼光和勇气。我给你说句实话吧，当时，我心里对老板同样也有些好感！俗话说，干得好不如嫁得好，想着要是能嫁给这样的男人，那该多好呀！只是一看见他，我便努力地不让那点好感冒出头来。为什么？就是我刚才说的"眼神"。尽管我和王颖天天在他眼皮底下晃来晃去，可是他看我们的目光从来没有聚拢的时候，更没法用"专注"二字来形容了，好像我们并不存在似的。加上从我们到公司以后，他表面上对我们十分温和，在生活上也像大哥哥一样关心我们，但从没和我们开过半句玩笑，平时脸也绷得紧紧的，给我一种十分严肃的感觉。我不知道他这种形象是天生的，还是故意装出来的，总之给我的印象是一个特别传统的人。这样的人，就像山坡上的野刺梨果，看着好，可真要去摘，弄不好还会被它身上的刺给刺了。

王颖后来越陷越深，有次躺在床上，她突然歪过头来问我："你说老板看起来像多大年龄的男人?"说这话时,她双手捧着头,目光清澈如水,满怀希望地看着我。我明白她的心思,便说:"你说他像是多大年纪的人?"她想了想说:"我说他一点不像是三十多岁的人?"听了这话,我忙问:"那你说他像多大年龄的人呢?"她说:"像二十多岁的人!"我"扑哧"一笑,然后又冷冷地说:"你说多大就多大,情人眼里出西施嘛……"她一听这话,做出生气的样子对我说:"不和你说了,和你说老实话呢,你才往一边说!"她越这样,越暴露出了自己的心思,我不由得又笑出了声,说:"我怎么不是老实话?"接着我做出正正经经的样子,又对她说,"年龄不是问题,关键是真心相爱!你没听说过吗?人家差了几十岁,同样过得很幸福呢!"她听了这话,突然松开双手,将被子往上一拉,说:"不说了,睡觉,睡觉!"看似和我赌气,可声音里分明带着一种甜蜜的语气。

第二天晚上,她像是忘记了昨天晚上的事,睡着睡着,又突然翻身问我:"你说老板今天穿的那套灰色西装好看不好看?"我说:"你说呢?"她说:"我认为比穿那套青色西装帅多了,起码又年轻了好几岁!"我故意说:"我没看出来。"她听了这话,又露出了几分失望的情绪,说:"都在公司里,你怎么没看出来?"我说:"要是我喜欢一个人,我也看出来了!"听我这么说,她马上爬起来,又过来举起小拳头往我被子上打,说:"你乱说,你乱说,谁喜欢他了?"可那一张脸却跟红绸布似的。

还有一天晚上我已经睡着了,她突然把我摇醒。我睡眼蒙眬地问:"干什么呀?"她红着脸,像个小妹妹撒娇似的对我说:"睡不着!"我说:"为什么睡不着?"她说:"就是睡不着!"我说:"总有原因的!"她想了半天才有些不好意思地对我问:"你说老板这个时候睡没睡?"我听后有点生气了,便说:"我知道他睡没睡?"我又逗她说,"你是不是想去陪他睡……"我话还没完,她那脸就像要淌血似的,急忙又捶打了我一下,然后嘟起嘴说:"你坏,你坏,哪个想去陪他睡?"我见她陷得太深,便正了颜色对她说:"你可要当心,谨防只开花,不结果,剃头匠的挑子——一头热!"我之所以这样说,是因为我已经看出来,尽管王颖每天都在老板面前不断放电,可老板不但目光仍如以前那样散着,而且脸绷得更紧了,像一截丝毫不能过电的木头。王颖像是被我的话触动了什么,说了一句:"不和你说了!"说完就又爬到自己床上。可我听见她一边轻轻地叹着气,一边不停地在床上翻动，也不知她这天晚上在床上摊了多久"煎饼"，后来我就睡着了。

接下来发生的事，果然证实了我的判断。老板的生意越做越大以后，又雇了一个叫吴强的小伙子做推销，主要是和余师傅一起送货和收款。这天吴强家里有事，请了一天假，上班的时候，老板便叫王颖陪余师傅跑一趟，可王颖却愁眉皱眼的，迟疑着不肯去。老板是个细心人，一看王颖这个样子，以为她身子有哪儿不方便，女孩子，每个月都有那么几天不方便是正常的嘛。于是老板便叫我陪余师傅去，我巴不得出去走一走，透透空气，便像鸟儿出笼一样，高高兴兴地随余师傅去了。可等我傍晚回来一看，桌子上满满一桌菜，原封不动地摆在那儿，有糖醋排骨、粉丝丸子、清蒸鲫鱼、鱼香肉丝、红烧豆腐、炝炒白菜……我一见，不由得大叫起来："啊，这么多好吃的！"说完我便看着王颖说，"给我做的呀？"没想到王颖却板着脸，冷冷地说："你想吃就吃……"说着嘴唇直哆嗦，像是要哭一样。后来我才知道，我走以后，王颖突然对老板迟迟疑疑地说："我请半天假，行不行？"老板仍以为她身子不舒服，想也没想便说："不舒服就回去休息吧！"她一听这话，转身便跑了。可是中午时候，王颖却像换了一个人似的，满面春风地跑到公司里，眼睛直直地看着老板，红着脸说："老板，我、我请你吃饭……"一边说，一边柔情似水，眼睛开始放电。老板心里已明白了八九分，故意说："你有多少钱，要请我吃饭？"她脸像是要淌血似的，连呼吸也有些急促起来，半天才说："我、我不是请你到外面吃，是在家里，我自己做的……"一边说，一边又紧紧看着老板。老板像是被她灼热的目光烤得有些受不住了，急忙把脸转到一边，说："你请假就是做这事去了呀？"王颖胸脯一起一伏，半晌才像恳求似的回答说："你尝尝我的手艺吧……"这才是王颖请客的主要目的，一方面，她渴望和老板单独待在一起，另一方面，她确实是想让老板见识见识她的厨艺。因为王颖的厨艺的确不错，如果我们晚上自己做饭，下厨的一定是王颖。可是老板听了她的话，却说："谢谢你的好意，王颖！不过中午我有个应酬，实在……"话还没说完，王颖两道又长又密的眉毛忽然扬起来，惊得瞪圆了眼睛，像是慌乱的小兔般盯着老板说："刚才上班时，也没听说你今天中午要在外面吃饭呀！"老板说："是刚才接到的电话。"又对她说，"你自己吃吧，王颖，改日我请大家！"说着生怕被人拉住似的，挟着包，急急忙忙走了出去。王颖看着他的身影消失在了大街上，这才突然委屈似的，哆嗦着想哭，可又怕顾客进店来看见，只得咬着嘴唇，使劲把涌上眼眶的泪水忍了回去。她没有回屋子，即使回屋子，她也没有食欲，于是一桌香喷喷的饭菜就凉在了那儿。

不久，我们县暴发了大洪水，洪水过后，省上来了一支演出队，说是来慰问灾区人民，票却全发给了县上的头头脑脑。那天下午，老板仍叫我到"好日子超市"结一批货款，顺便给你说一下，县城的货款一般都是我们抽时间去结，只有乡下的货款才是吴强去结。偏偏那天下午"好日子超市"的出纳带儿子到医院打针去了，直到快下班的时候她才来。我把货款结回去，发现老板还在等我，王颖却没见。我把货款交给老板，正要走，老板叫住我，交给我一张看演出的票，说："快去看，听说今晚上还有两个明星呢！"一听这话，我高兴得真不知该用什么语言来形容。我以为这票是别人给老板送的，便看着他问："你呢，老板？"他说："你不要管我，只管自己去看！"接着又说了一句，"王颖也要去看，说不定已经去了，你去找她吧！"一听王颖也去，我又以为是老板专门搞了票来慰问我们的，想也没想，拔腿便往剧场跑去。到那儿一看，果然看见王颖站在剧场门口朝四处张望。我急忙过去喊了她一声，她一看见我，吃了一惊，说："你也来了？"我说："是呀，老板慰问我们，为啥不来？"一听"老板慰问"几个字，她像是更没想到的样子，马上问我："你是多少号？"我看了看手里的票，告诉了她，她顿时变了脸色，接着眉毛急速地颤动起来，嘴唇也轻轻哆嗦着，半晌才突然对我说："你看吧，我不看了……"话还没说完，转身便朝外面跑去。我不知发生了什么事，喊了她几声，她连头也没回。我只好一个人进去看了。

等我回去时，发现她伏在被窝里"嘤嘤"地哭着，肩膀一耸一耸，十分伤心的样子。我一连问了她几声哭什么，她也没答，我去拉她，她又把我的手甩开了。后来我才知道，那天晚上的票，并不是什么人送给老板的，也不是老板要慰问我们，而是王颖费了九牛二虎之力，从倒票的黄牛党手里，花两百多元买的两张高价票，一张她自己留着，一张给了老板，没想到老板又把票给了我。现在想起来，我真的有些对不起王颖，当时见她那么伤心，我也没好好安慰安慰她。我有过类似的经历，我太了解王颖的心情了。那年我爱上那个高中男生后，你不知道我心里有多苦？我常常在晚自习后，一个人悄悄到操场上去看他宿舍的灯光，看很久才走开。如果他和我说了一句话，我会高兴好几天。在那几天里，我看天会觉得天更蓝，看花会觉得花更艳，早上起来，看阳光会觉得阳光特别可爱。后来我才知道自己是单相思，人家并没有爱我的意思。从此以后，我便下定决心，即使这辈子嫁不出去，也不再主动去追别人了，而要找一个来追我的人，我现在的丈夫就是他来追我的。我当时如果知道是那么一回事，我肯定要好好安慰安慰王颖。

　　第二天下班，我都走到大门外了，老板突然喊住我，说："李燕你回来，我有话对你说！"我看老板很严肃，以为自己做错了什么事，便惴惴不安地回去了。老板把我带到后面他兼做仓库的办公室，拉过一把椅子让我坐下，才对我问："昨晚上去看演出了？"我说："去看了。"他又问："王颖呢？"我说："她没看，只是问了一下我的票是多少号，然后就跑回来了，把我都搞得懵里懵懂的！"老板突然叹了一口气，然后告诉了我票的来历。我这才明白了，突然心里有些同情起王颖来，便对老板说："怪不得她昨天晚上哭了大半夜，今天眼睛还是肿起的呢！"接着我又对他说，"老板，你的心也太硬了，你难道没看出王颖她……"老板马上挥手打断了我的话，说："你什么都不要说了，李燕，我找你来就是为这事，你们是好朋友，又住在一个屋子里，你帮我去开导开导她，就说我非常感激她，可是要做那种关系上的朋友，那是不行的……"听到这里，我也打断了他的话，说："老板，难道王颖还不够漂亮？"他马上说："漂亮，包括你在内，是我见过的最漂亮的姑娘了，要不，我怎么不选别人，单把你们选进来呢？可选择爱人不单是漂亮不漂亮的问题……"我说："还有什么问题？"他说："问题很多，主要是感情！实话对你说吧，我心里已经有人了……"我惊得跳了起来，追着他的话问："是谁，怎么我们从来没听说过？"他说："是谁不重要，反正我已经爱上了她，你们以后会知道的！"说完停了一会儿才接着说，"我早就看出王颖对我有意，可我不能接受她的感情！我本不想伤害任何人，可感情这事，实在没办法！你告诉她，我感谢她的爱，如果她信得过我，我可以做她的哥哥，她可以在我面前像小妹妹一样撒娇，可以做任何事，就是不能做那种关系的朋友！"又补了一句，"包括你，都可以把我当作哥哥！"

　　听他说得这样真诚，我有些感动了，便对他问："这些话，你怎么不亲自对她说？"他说："我给她说过了，可是她不听。我说我年纪大了十多岁，不合适，可她说就是再大十多岁她也愿意！我说我心里已经有人了，可她不相信，非要我把那人带来给她看看不可！我说从今以后我把她当作妹妹，可她说不，一定要嫁给我！我真是没辙了，所以我才拜托你！你一定要好好开导开导她，让她打消这个念头。都在一个公司里，这样下去对她不好，对我也不好。你没看见，王颖比过去瘦许多了吗？"听了他这番言辞恳切的话，我忽然发现他平时那硬板着的冷漠面孔后面还有如此丰富而温柔的感情，加上我也是从失恋打击中走过来的人，因此我便十分豪爽地对他说："好吧，我就帮你劝劝她，但能不能劝过来，我可不敢保证！"他轻轻地拍了拍我的肩，说："试试吧，李燕！"

　　我回到租住的小公寓里，王颖便瞪大眼睛看着我，似乎想知道老板究竟对我说了些什么。我把着她的肩，把老板的话婉转地告诉了她。这次她大概彻底绝望了，我还没说完，她就伏在床上大声恸哭起来，我怎么劝她也劝不住。后来我想，干脆让她把眼泪流完，这样可能还好些，于是我便不劝了。过了一阵，哭声渐渐小了，我才过去劝她。可还没等我开口，她忽然把被子拉上去盖住头，像是不想让我再说什么了，我只好又住了口，任凭她在被窝里压抑和低沉的啜泣。第二天早上我都准备上班了，她还没有起床，我问她："你不去上班呀？"她这才揭开盖在脸上的被子，用又红又肿的眼睛看着我说："我还想睡一会儿。"

　　我到了公司里，老板便问我："昨晚上谈得怎么样？"我把昨晚上的情况告诉了他。他皱了皱眉头，半天才说："那就让她休息休息吧！"可是到了中午，她还没来，老板有些不放心了，便又对我说："你回去看看，如果她愿意来一起吃饭就来，如果不愿来，你问她愿意吃什么，就到外面小食店买点给她送去！"我答应着去了。可回到那套小公寓里一看，王颖已经不在屋子里了，再一看，她的衣服和洗漱用具也没有了，桌子上放着一张纸条，上面写着："李燕姐姐：我回去了，看在一起住了两年的分上，请你到老板那儿把这个月的工资帮我结了寄来，我不能再看见他，否则我会死的。谢谢！"我立即拿着纸条跑到公司，把它交给了老板，说了一句："王颖走了……"话还没完，我鼻子一酸，眼泪忍不住掉了下来。老板把手里的纸条捏了半天，又叹息了一声，然后才像是自言自语地说："这样也好，这样也好……"说完又叹了一口气，似是惋惜，又似是放松。

　　晚上，老板又把我喊去说："明天你搭余师傅的车到王颖的老家去一趟，一是把她这个月的工资送去，二是代我去看看她！"说着他先拿出一沓钱交给我，说是王颖这个月的工资，然后又拿出两个鼓鼓囊囊的大红包放到我面前，说：

"这红包里是两万块钱，就说是我给她的奖金，感谢这两年她为公司做出的贡献，是她应该得的！告诉她，不管她今后遇到什么困难，只要告诉我，我一定会像哥哥一样帮助她！"

第二天，余师傅果然把我送到旮旯乡，到了乡上，我改乘摩托车到了他们村，又走了几里小路才到了王颖家里。王颖果然在家里，眼睛还像桃子一样红肿着。看见我，她很吃惊。我把老板的话对她说了，她一听又哭，但很快又忍住了。我把钱交给了她，起初她不肯收那两万块钱，我说："老板再三说了，这是你应该得的！再说，我如果拿回去，老板又要责怪我了！"她这才收下了。我又劝了她一阵，然后就回来。后来王颖到浙江打工去了，我们一有时间就互相打电话，可是她从来没在电话里问过老板的事，看来她渐渐忘却了。

王颖走后，老板又招聘了一个叫张英的女孩。大约害怕再出现王颖的事，张英来了不久，他把公司里的事对我、吴强和张英交代了一下，便去了重庆。在重庆住了几天，回来便对我们宣布了要和王茵结婚的消息。到这时我们才知道，原来他所爱的人是开业时来的那个三十多岁的女人，后来我们还听说那女人是个寡妇。到现在我都想不明白，尽管那女人看起来还是不错，可毕竟已是半老徐娘，听说还有一个儿子，这怎么能和王颖比呢？真是萝卜青菜，各有喜爱，天上掉个人下来都说不清楚！

王茵的电子邮件

　　那次你老叔到重庆来，我看出他有心事，但他当时没说，吃过午饭孩子上学以后，他才对我说："我给你说件事，你看怎么办？"我见他郑重其事的样子，便问他："大事还是小事？大事你就说吧！"他红了红脸，然后才说："我招聘的那个小女孩王颖，你见过面的，她爱上我了……"一听这话，我像是被人狠狠抽了一下，心里升腾起一股又是恨，又是惊，又是妒忌的复杂感情来。但我仍然压抑住自己的情绪，带着嘲讽的口气对他冷冷地说："交桃花运了，那好哇，我向你表示热烈祝贺……"一边说，我还一边干巴巴地拍了两下巴掌。可他打断了我的话，说："你等我说完嘛！"接着便把事情的经过详细对我说了一遍。听完他的话，我心里真是又喜又悲，喜的是他拒绝了那女孩，悲的是他对那女孩说他心里已经有了别的女人，这女人是谁？他没有明确地说出来。于是我两眼看着他，希望他能把这个女人告诉我，可是他的两只眼睛也望着我，似乎在等我说话。我想问他，又怕问出来使自己陷入失望的深渊，便打消了这个念头。

　　我们都在等对方说话，可两个人都没开口，像是都沉在了自己的心思里。屋子里十分安静，墙壁上的电子石英钟"嘀答嘀答"地走着，似乎在嘲笑我们。过了一阵，你老叔他大概是实在忍不住了，突然拿过自己的提包，从里面抽出两大捆钱放到桌上，然后才对我说："这是公司两年的红利，你收下……"我马上说："你就是专为我送钱来？"他没听出我话里的意思，老老实实地说："早就该给你送来了，可公司事多，所以现在才来。"我又冷笑了一声，说："我还以为你是专门来对我说自己的桃花运呢！"他又红了脸，讪笑了一下说："既为告诉你王颖的事，也为送钱……"我没等他说下去，便把钱往他面前一推，说："交桃花运的

225

事，我刚才已经听了，这钱嘛，你带回去！"他忙问："你是不是嫌少了？公司的利润当然不止这一点，但考虑到发展，眼下只能分到这一点……"

这个木头人，他一点也不知道我的意思。此时，我觉得自己再不能矜持了，俗话说，过了这个村，就没那个店，既然王颖能爱上他，那别的女孩，比如周颖、郑颖也同样能把自己手中的绣球向他抛去，这样的香馍馍，谁不想搂在怀里？我一定要掏出他心中那个女人是谁，如果他说的是假话，我可再不能失去这个机会了。想到这里，我便对他说："你就是把公司全部搬来，我也不要！"

他眨了眨眼睛，像是没听明白，过了一会儿才问："当初你不是说十五万元算入股吗？"我说："我一句玩笑话，你就当了真，我还有其他的话，你怎么不认真想一想？"他立即目不转睛地看着我问："你没说什么呀……"一见他这样，我禁不住生气了，说："你是真糊涂还是假糊涂？"他忙说："我真记不起你还说了什么！"我见他一脸无辜的样子，无可奈何地摇了摇头，然后才说："你不明白算了，眼下我们厂就要破产了，职工都要买断工龄，我将要成为下岗工人了。我还听别人说，上级已经把我们这片地区列入了旧城改造规划，我下了岗，既没有工作，又没有住的地方怎么办……"说到这儿，我眼圈突然红了，那是我工作了十多年的地方，我把青春都撒到了那儿，自然有些舍不得。可你老叔没等我说完，马上说："下了岗好，你就到公司来，你当老板，我做你的助手！没住的地方，你就……"说到这儿，他马上住了口。我提高了声音说："我不做老板……"他看了我一会儿才有些疑惑地问："那你想……干什么？"

我再也忍不住了，泪水突然夺眶而出。你老叔像是慌了，有些手足无措地望着我，似乎想过来安慰我，又没勇气的样子。过了半晌才呢喃似的对我问："你、你到底怎么了？"我抽搐了一下，终于鼓起勇气，泪眼蒙眬地看着他说："我是女人，我什么也不想，我只想找一个像你这样的男人靠一靠，你答应不答应？"你老叔像是吓住了，愣了半天，才嗫嚅着嘴唇说："你、你……"我看见他这样子，便想穷追猛打，逼他表态，于是不等他说完，我又盯着他问："贺世亮你老实告诉我，我让你蹲了十年监狱，你是不是还记恨着我？"他马上说："没有，即使在监狱里，我想恨你也恨不起来，只是有些不明白……"我又追问："那你说，你是不是曾经对我有意，才……"我顿了一下，接着说，"才给我传纸条要我嫁给你？"他看着我，又像听话的孩子一样回答了一声："是！"

226

我的身子哆嗦起来，突然像爆发似的，盯着他大声问："那我现在是寡妇，我要嫁给你，你还答应不答应？"他张着嘴，木木地看着我，半天没说出话来。过了许久，上下嘴唇才开始颤动，接着眼睛也闪出了晶莹的泪光。他的嘴唇抖动了半天，突然过来搂住我的肩膀，看着我说："你知道我为什么拒绝王颖吗？我就是在等你这句话……"可我却做出了生气的样子，甩开了他的手，说："那你为什么不先说出来？"他突然露出两排洁白的牙齿，不好意思地笑了一笑，才说："我怕你不答应！"我听了这话，再也控制不住自己的感情，一边对他骂着："傻瓜！笨蛋！"一边紧紧地抱住了他。

　　不怕老侄笑话，那天下午我们像年轻人一样在床上滚做一团，恨不得把自己都融化到对方身子里。也在那天我才对你老叔说："那次，就是十多年前在你们院子里乘凉那天晚上，我其实是醒着的……"他说："我知道。"我又说："我是愿意的……"他又说："我也知道。"我再说："后来你递纸条说想和我结婚，我很想答应，可没办法，但我心里一直都是爱着你的，即使你蹲监狱时都是如此……"他还是照刚才那句话回答我。我一听他老是说那三个字，不觉又有些生气了，便说："知道知道，你知道个什么？小亮他爸死后，别人给我介绍了好几个对象，其中一个还是当官的，局长，我都没答应，你知道是为什么？"他仍是说："我也知道，是因为我……"听他这么说，我便恨恨地对他说："你都知道，为什么不能先说出爱我的话，害得我白白地想你……"他马上说："我是一朝被蛇咬，十年怕井绳，怕遭到你拒绝。"一听这话，我突然心软了，是的，这都怪我，是我给他带来的阴影，如果我不主动，他怎么能从阴影中走出来呢？于是我紧紧地抱着他，对他说："现在你不用再怕了，来吧，我还能为你生个孩子，你抓紧吧！"你老叔却说："别着急，我们才三十多岁，还不老，一定能像年轻人一样创造美好的生活！"听了这话，我激动得流下了眼泪。

　　可是，上帝像是故意要捉弄我们一样。那天下午，我一点没觉得身体有什么异样，可是晚上我却发现一只乳房很痛，而且里面有硬硬的东西，似乎还在移动。你老叔问我："你平时没有感觉到？"我说："有时我洗澡或换衣服，碰到这只乳房了，也会有痛的感觉，但没注意。"他像是想起了什么，对我说："明天我陪你到医院检查一下……"没等他说完，我急忙问："检查什么？"他说："我从《健康报》上看过一篇文章，怀疑是乳腺癌……"刚说到这里，他又马上把口捂

227

住了。我像吓住了一样，立即挺身坐了起来，看着他说："你可别吓我！"他说："我只是怀疑，不过去检查检查总归是好的。"

第二天一早，我们便去了西南医院。医生先询问了一下我的病史，接着也用手在我乳房上摸。她摸得很仔细，触痛了乳房好几个地方，然后什么也没说，便给我开了一张X线检查单。检查结果出来后，她对着光片看了一阵，皱起了眉毛，突然又对我说："明天再来做一个MRI检查！"我忙叫了起来："还要检查呀？"医生看了看我，没吭声。你老叔忙问："医生，什么叫MRI？"医生看了他一眼，口气十分冷淡地说："就是磁振造影！"我们也不知道什么叫磁振造影，见医生有些不耐烦了，便走了出来。

第二天我们又去，医生先往我静脉里注射了一管什么药，然后给我一副耳机戴上，让我躺进一个密封的金属窄筒中。我感觉很不舒服，尽管耳机里播放着音乐，可我仍然能听见机器发出的"嗡嗡"声和"咔嗒咔嗒"的声音。我在那个窄筒里大约躺了一个小时，检查才算完毕。出来上了一趟厕所，回到医生那儿，只见医生面色有些凝重，又对我说："明天再来做一个切片活检！"一听这话，我脑袋里"轰"的一声，像是有什么东西爆炸了，急忙对医生问："医生，你就明告诉我，我这病是不是很严重？"医生见我两只眼睛紧紧地盯着她，犹豫了一会儿，才对我说："根据X线和磁振造影来看，我们确实怀疑你患了乳腺癌。不过最终确认和制定治疗方案，还得靠明天的活检。"我也不知道什么叫"活检"？当时只觉得头脑里"嗡嗡"地响成一片，人完全像是失去了知觉一般。医生见我愣怔的样子，像是要安慰我，又说："你不要这样紧张，根据两次检查和我的经验判断，即使确诊是乳腺癌，也是早期，我们完全可以治疗的！"听了这话，我的心才又稍稍安定了一些。

第二天我们又去了医院，医生先在我胸部打了一支麻醉剂，然后将一支比缝纫针粗得多的针头，扎进我乳房里肿块的位置，抽出了几块脓不像脓、血不像血的圆柱状组织。抽完以后，医生对我们说："明天来看结果。"听了这话，我和你老叔便都回去了。次日一早，我们便赶到医院，医生刚进诊室，我们便拦住她问："医生，怎么样？"医生看了看我们，让我们在椅子上坐下，然后才从一个病历里抽出一份写着各种符号和指标的打印纸，推到我们面前，用了一种近似凭吊的口吻对我说，"非常不幸，根据活检报告，我们可以确认你患了乳腺癌！"然后不等我说话，又马上说，"正如我前天告诉你们的，幸好发现得早，治疗起来没有多大问题……"你老叔马上问："怎么治疗，医生？"医生说："有两种治疗方案：一种治疗方案是切除乳房肿块和周围部分正常组织，这种方法的好处是能够保留乳房的功能和外观形象，不好的地方是在手术后需要进行数周的放射治疗，更严重的是如果手术做得不好或癌细胞已经扩散，仍会给病人留下严重后患……"你老叔听到这里，又马上问："另一种呢？"医生说："另一种是根治治疗，就是把整个乳房组织甚至包括胸肌、小肌等一同切除……"

一听要把乳房全部切除，我立即叫了起来："不，不，我不要把乳房全部切除……"我是女人，怎么能没有乳房呢？何况我又刚刚和你老叔好上了？我简直不能想象一个没有乳房的女人会是什么样子？于是我不等医生答复，又疯了一般看着她问："医生，你给我说说，假如我不切除，也不治，能活多久？"当时我想的是，只要能和你老叔幸幸福福地生活哪怕一年，我宁愿死也不要把乳房切除了。可是医生并不回答我的话，只看着我怜惜地说："你还这么年轻，就想死呀？"一句话把我问蒙了。你老叔在一旁看见，知道我一时不能接受完全切除的治疗方案，便对医生说："医生，我们回去商量商量再来回答你，怎么样？"医生说："商量商量是可以的，但一定要尽快地来接受治疗！"

回到家里，我往床上一躺，蒙着被子就放声大哭起来，任你老叔怎么来安慰我，都不能让我止住哭声和眼泪。我一边哭一边在被窝像一个任性的孩子似的喊着："不，不，我不切除乳房，不切除乳房！"你老叔一边轻轻拍着被子，一边像哄孩子一样哄着我说："不切除就不切除，何必这样伤心呢？"我知道他说的是假话，又"呼"地一下坐起来，用力把他往外面推，并泪水涟涟地对他吼道："你走，你走吧……"他不解地问："我往哪儿走？"我说："你回去找王颖吧，我不想连累你，我知道我完了……"话没说完，我又倒在床上恸哭起来。你老叔过来坐在床边，没有说话，只把我的手拉进他的手里细细地抚摸起来。哭了一阵，我慢慢止住了哭声。

晚上，你老叔突然对我说："我明天回去一趟。"我以为他出来这么几天了，要回去料理一下生意，便对他说："你回去吧！"接着又说，"回去就别来了……"他忙问："为什么？"我说："你现在抽身还来得及！"他说："说些空话！医生怎么对你说的？要你豁达、乐观一些，保持良好的心态，这是战胜疾病最重要的法宝……"我说："你别给我说这些！你们男人心里那点小九九我还不知道？我是真心劝你离开我，你还年轻，完全有理由和条件找个像王颖那样的好姑娘！即使你离开了我，我也不会责怪你，这是上帝对我的惩罚……"说完我又哭了起来。他又急忙把我紧紧搂到胸前，说："你放心，今生今世，我绝不会离开你！"劝了半夜，才把我劝住。

第二天一早，你老叔回去了。我以为他真的会像俗话说的"赵巧儿送灯台——一去永不来"。人往高处走，水往低处流，如果他从此和我"拜拜"，我真的不会恨他。可没想到只隔了一天，他又匆匆忙忙地赶来了。见到我，忽然从口袋里掏出一张纸，往桌子上"啪"的一放，便对我说："下午我们去登记吧！"我问："登记什么？"他说："登记结婚呀！"一边说，一边把那张纸片递到我面前。我一看，原来是一张他们村、社、乡联合开的《婚姻登记证明书》。我忽然愣住了，原来他忙忙地跑回去，是为开这张证明。我一阵感动，可我仍然冷冷地说："晚了！"他一听，睁大了眼睛盯着我问："为什么？"我说："我已经决定不结婚了……"他没等我说完，突然冲我吼叫了起来："你敢……"可是话音一落，又马上冷静了下来，看着我有些可怜地说："你欠我的还没兑现，就敢说不和我结婚了？"我说："我欠你什么？"他说："那天下午你不是说过，要给我生个孩子吗？怎么说话不算话了？"一听是这事，我心里感动得不行，但我仍然说："我乳房都没有了，怎么给你养孩子？"他说："不是还有一只吗？"说完不等我说什么，又一口气往下说，"我知道，你是怕切除一只乳房后，失去了女人的魅力，得不到我的爱。我今天当着老天爷发誓，别说你失去一只乳房，就是两只乳房全切除了，变成了一个丑八怪，我也一样爱你，如有半句假话，天打雷劈！即使你不为我想，也要为小亮想想，是你保留乳房的外观重要呢，还是你自己的生命和小亮重要？"一番话让我再无法说什么，我看着他的眼睛，又对他问了一句："你真的不会后悔？"他说："你还要不要我把刚才的誓再发一遍？"我的胸脯起伏着，心里涌着大海的潮汐，突然扑过去抱着他又"呜呜"地哭了。不过这次是感动的泪水。

下午，我也去街道开了婚姻证明，然后我们一起去区民政局办了结婚登记证。办了证的第二天，你老叔便陪着我去了医院，做了乳房切除手术。在我住院期间，你老叔始终陪着，我几次催他回公司看看，他说不要紧，他已经布置好

230

了，即使回去，也是下午回，第二天又赶来了。说实在话，要不是你老叔给我的爱情和力量，我乳腺癌不会好得这么彻底。手术几年来，我感觉状况特别好，到医院复查过几次，医生都说没什么问题了。这真应该感谢你老叔呀！

我们虽然办理了结婚登记，可是我还住在重庆，因为要照顾小亮上学，你老叔只好来回跑。直到白美姿日化生产公司的牟安出现，才结束了我们两地分居的生活。牟安是怎么出现的，江国宪比我更清楚，老侄问他好了。

江国宪访谈

一天，我正在"凯瑞电器商城"库房里安排给一家客户发货，突然接到你老叔的电话，他用很高兴的口吻对我说："老同学，你在干什么？"我说："你是不是在大街上捡到钱包了？"他说："中午我请你喝酒！"我说："你真的捡到钱包了哇？捡到钱包可要归还失主哟！"他说："我遇到贵人了！中午我请他吃饭，你知道我喝酒不行，特地请你江大侠来陪他喝几杯！"我忙问："什么贵人那么重要？"他说："来了你就知道了！"接着又特地叮嘱了一句，"一定要来，早点！"

听他郑重其事的样子，我发完货，便颠颠地跑去了。到了他的茵美日化公司，果然看见你老叔正陪着一个人，在平时谈生意的茶几边坐着喝茶。那人四十多岁，穿一套藏青色西装，头发往脑后梳着，戴一副茶色眼镜，啤酒肚高高地往外挺着，不过脸上的笑容十分平和。你老叔把我拉到他面前，说："来来来，我来介绍一下，这是牟总，牟安，我六七年前就认识的朋友！"又把我介绍给那人，说，"这是江国宪，我高中时的同学，也是我多年的铁哥们儿！"牟安听了你老叔的介绍，笑嘻嘻地从沙发上伸过手来。我握住了他的手，感觉他的手虽然肥厚细腻，却没什么力量。

坐下来后，我才问他："牟总在哪儿发财？"他淡淡一笑，露出了有些自豪的神情，说："发财说不上，混口饭吃……"我话还没说完，你老叔突然从货架上拿出一盒化妆品来，指了上面的生产厂家对我问："知道这家公司吧？"我说："'白美姿'，国内赫赫有名的日化生产公司，怎么不知道？"又补了一句，"你嫂子用的化妆品，就是这个公司的产品！"你老叔听我说完，脸上浮现出了一丝骄傲的神情，好像那公司就是他开的一样，马上指了牟安对我说："知道他是谁吗？

就是白美姿日化生产公司的老总！"我吓了一跳，立即瞪大了眼睛看着他问："真的？"牟安见我这样，挥了挥手，十分大度地说："别信他的话，我只不过是个副总……"你老叔说："管全国市场销售的老总！"

牟安说："什么总不总的，今天我们是弟兄相见！当年要不是你老弟见义勇为，帮我从劫匪手里抢回了那个包，我哪有今天？"你老叔道："都过去六七年了，今天不看见你，我几乎忘了！"牟总说："你忘了，我可不能忘！"他们你一言我一语，把我搞糊涂了，于是我看着你老叔问："你们说的什么呀？什么包，什么见义勇为？"他们两人禁不住都哈哈大笑起来。笑完，牟安才对我说："你不知道？那就请老同学给你说说！"我一听，把目光投到了你老叔身上。可他却说："有什么可说的，算了吧！"我说："我有什么事可从来没瞒过你，看你吧？"他一听这话，才把当年到重庆进货，从小偷手里抢回牟安钱包的事对我说了一遍。我一听完，突然在他肩上打了一拳，说："哟，这样的事，你今天不说，我还不知道呢！你也太不够哥们了吧？"他有些不好意思地笑了一笑，说："就这么一点小事，有什么值得说的！"

我又问牟安："牟总这次来，是考察生意，还是专门来看朋友？"他说："既为考察生意，也为看望朋友，都是一回事嘛……"我又有些糊涂了，怎么是一回事？你老叔看出了我的疑惑，马上对我说："老同学你不知道，牟总这次是专为帮我来的！"我更糊涂了，忙问："帮你销售公司里的日化品？"他忙纠正说："不是他帮我销售，而是我帮他销售他们公司的产品？"我一听摇了摇头，说："搞不懂！"你老叔这才不慌不忙地对我讲了起来。

原来，他们"白美姿"成为全国赫赫有名的日化生产公司以后，随着产品的不断增加，为了稳定西南地区的客户，公司决定在重庆物色一个产品总代理人，做西南地区的一级批发商。而牟总是负责公司产品销售的副总，物色代理人的任务自然落到他的身上。他告诉你老叔，公司做出这个决定后，他脑子里第一个闪过的就是那个曾经为他追回过钱包，并且不受他一分酬谢的人，但就是不知道你老叔现在怎么样了？到了重庆，他才从一个代理商那儿打听到，你老叔还在做日化生意，而且成了县城的"日化王"。他不知真假，便赶过来亲眼看看。

你老叔告诉我说，刚才我没来的时候，他们已经谈过一会儿了。你老叔说牟安刚进门的时候，他还没认出他，还是他先喊你老叔。你老叔认出他后，过去抓住了他的手，也不知他是来干什么的？寒暄了几句，牟安便在你老叔的公司里四下看了起来，一边看一边在嘴里说："不错，不错，看来你确实是一个做生意的材料！"又看着你老叔说，"我听说重庆那些日化品代理商和县城的人都叫你'日化王'，你给我说说是怎样成为这个'日化王'的？"你老叔以为这个仅一面之交的老朋友只是好奇，便把自己的生意经对他说了一遍。没想到牟安听完却大叫："难得！难得！"然后突然对你老叔问道，"你难道仅仅满足做一个县城的'日化王'？你想没想过有朝一日，做整个山城、整个西南地区甚至整个中国的日化大王？"

你老叔听了这话，半天才说："想是想过，可是没有这样的机会，我只能是有多大的碗，才吃多大的饭！"牟安便说："现在机会来了，你想不想……"你老叔忙问什么机会？牟安这才把自己的身份和这次来县城见你老叔的目的，对他说了一遍。说完又一边微笑，一边看着你老叔问："你说是不是机会来了？"

你老叔一听，激动地一把抓住了牟安的手，问："你真的愿意让我做你们公司西南地区的代理人？我这不是做梦吧？"牟安见你老叔高兴的样子，知道他已经在心中应允了，便也紧紧握住他的手，一本正经对他说："大恩未报，这些年我一直寝食难安，现在有了机会，我岂有不报答的道理？何况你的人品和能力，我是完全相信的呀！"你老叔连说了几声"谢谢"后，便到一边给我打电话，想让我过来给他参谋参谋。我听他说完事情的经过，便在他胸口擂了一拳，说："这事还有什么参谋的，干就是了！"他听我这么说，高兴起来，马上回头对牟安说："牟总放心，我一定干好！"

说话间到了吃饭的时间，我们一起来到"五福大酒店"的"999"雅间。牟安不愧是一个管销售的主儿，真是能喝，我和你老叔两人，左一杯，右一杯，先是长城干红，后是五粮液，再是罐装青岛黑啤，可他来者不拒，一副千杯不倒的样子。看见他喝酒的样儿，我突然想起一个谣儿里的两句话："能喝半桶喝一桶，提拔老兄当副总！"看来这老总也不是什么人都能当的。吃完饭，牟安忙着要回重庆，你老叔留了一阵，只得把他送走了。临分别前牟安又抓住你老叔的手，再三叮嘱他抓紧，尽快到重庆找他。

牟安一走，我又在他肩上打了一拳，说："贺世亮你是财神爷叫门，就要大发了！"他知道我指的什么，却说："发什么呀？"我说："'白美姿'西南地区总代理，是个什么概念，还不算大发算什么？"他听了这话，看着我认认真真地说：
"不瞒老同学说，我做了几年日化批发和零售生意，多少了解他们'白美姿'公
司在全国日化品行业的地位，他来请我做这个西南地区的总代理，好事倒是好
事，可你怎么知道我心里的难处……"我急忙问："什么难处？"他说："钱！需
要一大笔钱，光是向牟安他们总公司交担保金，就要 100 万元，我为这事发愁
呢！"一听这话，我也觉得这确实是一个大问题，便对他说："这怎么办？这样的
好事可不能放弃……"他立即说："我绝不放弃！刚才我也和牟安谈到了这事，
牟安说，如果我资金一时周转不过来，他可以用副总的身份向公司担保，让我分
期缴纳公司的担保金，如果还有困难，他可以支持我一些资金，可我怎么能要他
的钱？当务之急是马上到重庆去物色一个大门市，再租一个堆放货物的仓库，至
少得买两三部送货的汽车，雇两个司机，还得雇十来个推销员和工作人员，光这
些，前期投入至少也得六七十万元！这还不包括给总公司交的担保金，人熟理不
熟，即使总公司同意牟安担保，我也得先交一部分才过得去呀……"我问："那
你手里有多少钱？"他说："流动资金不多，钱都压在了货上，回去清点了才知
道！"说完我们便分手了。

　　第二天，你老叔便去了重庆，回来后告诉我，他对你王茵老婶说了牟安请他
做"白美姿"公司西南地区代理人的事。那时，王茵已经被公司买断工龄，下了
岗，四处找工作，可她们那个年龄和文化，找工作哪有那么容易？正闲得慌呢，
所以一听有这样的好事，怎么会不高兴呢？更重要的是，你老叔到重庆做了那个
代理人，他们两口子就能天天守在一起，比起现在这种牛郎织女的生活，又不知
好到哪儿去了。不过一听你老叔说起资金上的困难，王茵也马上蹙起眉毛，犯愁
了。不过没过多久，她的眉毛又舒展开了，甚至对你老叔笑了笑，说："资金有
什么难的？我有办法！"你老叔愣住了，说："你又不是银行，有什么办法？"王
茵说："你别管！"大作家你猜是怎么回事？猜不着是不是？那还是我来告诉你
吧：原来王茵他们那片旧城区，嚷嚷了几年说要改造都没见动静，有关部门在半
个月前突然雷厉风行地启动了。因为拆迁补偿和安置都是有一定标准的，或者以
房换房，称为置换房，或者直接补偿现金。为了不影响你老叔的生意，所以你王
茵老婶也没告诉他，便选了江边两套二居室的小户型公寓楼，作为置换房。打算
一套今后给儿子小亮住，一套自己和你老叔老两口儿养老住。选好后，刚和区里

草签了协议。现在一听你老叔资金有些困难，便想去区里把草签的协议改过来，换成现金投入到你老叔的生意中去。你老叔一听是这么回事，忙说："你去把协议改过来了，你和小亮住什么地方？我怎么忍心为了自己，使你们连立锥之地都没有呢？这万万不行……"可没等你老叔说完，你老婶过去把了他的肩说："你怎么聪明一世，糊涂一时？俗话说，舍得宝，宝调宝，舍得金弹子，才打得下凤凰鸟。人家牟总是看在你救了他一次的面上，才请你做这个西南地区总代理人的。这样的机会对于你只有一次，可房屋什么时候都有，等赚了钱，别说两套小户型公寓楼，就是两座别墅，也是买得到的。只不过眼下我们苦一下罢了！"你老叔说，他听了王茵这番话，紧紧抱着她，半天才说："这辈子每到关键和困难的时候，都是你在帮助我，有你这样一个老婆，我这辈子什么都满足了！就冲你刚才的话，这辈子我不给你买上别墅，我就誓不为人！"后来你老叔成为西南日化大王后，果然在重庆渝中区买了一幢独立的欧式别墅，实现了自己的誓言。哈哈，我扯远了，还是回到当时，你老婶听了你老叔的话，情意绵绵地捶打了你老叔一下，说："既然是两口子，那还分什么你和我？这事就这么定了！"下午，你王茵老婶果然跑到区上，把置换房的协议换成了现金补偿，并且很快就领到了六十多万元现金。

　　资金问题解决后，你老叔回到县城，就四处张贴"茵美日化批发零售公司"转让的广告。那天，我突然心里一动，急忙拉了二建司搞装修那个朋友往他那儿跑去，一见到你老叔，我便说："贺世亮，你真的下决心要把公司转出去？"他说："事情你都知道，怎么又怀疑起来了？"于是我说："那就转给我！"这下轮到他诧异了，说："你不做电器生意了？"我说："早就想改行了！"你猜我为什么不想做电器生意了？原来，这几年随着国美、苏宁、通用几家大型电器企业进入县城，电器行业竞争可以说是非常激烈。尽管我一如既往地保持着良好的售后服务，但那几家大型企业凭借雄厚的资本和技术力量，还是远远地把我们这些小企业甩到了后面。加上互联网的普及，不少年轻人开始转向价格更优惠、服务更周到的电子商务去了，比如去京东、淘宝等网上购买电器，又方便又便宜，我们更不是它们的竞争对手。所以我早就萌生了改行的想法，只是一时没想到做什么好。现在突然想到了你老叔的公司，觉得这真是天助我也！随着人们生活水平的提高，爱美的人越来越多，日化品行业虽说也有竞争，可前途比家电行业要光明得多，何况如果你老叔做了"白美姿"的西南代理人，他难道不帮助我吗？所以我便做出了买下他"茵美"公司的决定。我把自己的打算对他说了，接着又补充说："就怕你不相信，我把二建司给你做装修的朋友特地拉来做个见证！"你老叔一听这话，非常高兴，说："如果国宪你真要接手'茵美'，我一定给你最优惠的价格！"我知道他现在正需要钱，便认真地说："那不行！亲弟兄还得明算账，我们再是好朋友，也得一是一，二是二……"

　　话还没说完，二建司那位做装修的朋友忽然看着我问："江国宪，你改行做日化生意了，电器商行怎么办？"我说："我也转让出去就是呀……"他说："那好，你买贺总的公司，我租你电器商行的门市……"我和你老叔忙盯着他，过了一会儿，你老叔才问："国宪都嫌做家电生意前途不大，你还去做？"那位朋友说："我不做家电生意，我卖家居装饰材料！"他说完，才慢慢告诉我和你老叔。他说现在家装行业本身就竞争激烈，可公司老板反提高了上缴的比例，除去工人工资、材料费用，基本上没有多少赚头，如果遇上一些不讲理的房主，鸡蛋里面挑骨头，拖欠工程款不付，就更麻烦了。因此他也早不想在装修这个行业里混了。相反，这些年他经常和那些家装行业的材料商打交道，已基本摸清了那些地砖、墙砖、管材、板材、腻子粉、墙面漆的进货渠道和价格，觉得转到这个行业比现在做装修强。

　　我和你老叔听了，觉得真是隔行如隔山，如果真是这样，倒不如转行。但那个朋友说完，却发愁地看着我，说："我想是想租你的门市，可我没有那么多钱把你店里的电器买下来……"我知道他话里的意思，再说，他把那些电器接过去，也一时难以卖出去，于是我说："你放心，我只把门市租给你，那些电器，明天我就安排人按进价把它们处理出去！"那个朋友高兴了，看着我问："真的，国宪？"我知道他是怕我反悔，便把手按在桌子上，说："来！"那朋友果然把手掌按在我的手背上。你老叔一见，也伸出自己的手，紧紧按在我那位朋友的手背上，大声说："好，一言为定！"我和那位朋友听了，也像喊口号似的大声说："一言为定！"说完正要松手，你老叔突然又喊出两句话来："雄关漫道真如铁，而今迈步从头越……"这两句话是毛主席一首诗词里的句子，我和那位二建司的朋友都读过，因此还没等他话音落下去，便如春雷爆发般，和着你老叔的声音大声地念了出来："从头越——"念完，我们才大笑着松开了手。后来我们都觉得，这真是一个值得纪念的日子。

过了两天，你老叔清理了公司的货物，列了长长的几大张清单，和我签了合同，又陪我去工商局更改了营业执照。我那边，也安排处理完了自己的那些家用电器，和二建司那个朋友签了门市转让协议。你老叔原来聘请的李燕、张英、吴强，我全部留了下来。第二天你老叔就要离开县城到重庆开辟新的人生航道，我知道，商场如战场，他这一去，我们在各自的江湖上打拼，见面的时间就会少了。于是这天晚上，我约他和二建司那个朋友，一起到县城最好的"皇冠酒楼"喝酒。你老叔的酒量不行，这我是知道的，可是那天晚上他像是特别高兴，一杯接一杯地和我们干杯。喝着喝着，他就醉了，也不知他想起了什么，喜极而泣，突然伏在桌子上放声大哭了起来。哭着哭着，又忽然大笑起来。我和二建司那个朋友见他这样，也是一会儿哭，一会儿笑。哭着笑着，三个人又搂成一团，然后又东倒西歪地争着去付钱。酒楼老板见我们醉了，连钱也不忙收，就叫车把我们送了回去。第二天一早，我说好要去送你老叔的，可一觉醒来，赶到他那儿一看，他却早就走了。

他到重庆后如鱼得水，生意越做越大，现在他不但是"白美姿"日化公司西南地区的总代理，手下管着一两百个销售商，而且还是另外两家日化生产公司重庆市的总销售代表，每年的销售总值都在几个亿以上。每天二十辆车子在他仓库里出出进进，源源不断地把那些日化商品送到云、贵、川等地去，成了响当当的"西南日化大王"。真没想到，是不是？所以他值得你们这些笔杆子好好写一写！我给你说了这么多，书出来后，大作家可不要忘记了请客……叫贺世亮请也行，他这个土豪不出点血谁出……